Christian Berger

La Patera

Das weiße Fell der Ziege

novum ◢ pro

Dieses Buch ist auch als e-book erhältlich.

Bibliografische Information der Deutschen Nationalbibliothek:

Die Deutsche Nationalbibliothek verzeichnet diese Publikation in der Deutschen Nationalbibliografie. Detaillierte bibliografische Daten sind im Internet über http://www.d-nb.de abrufbar.

Gedruckt in der Europäischen Union auf umweltfreundlichem, chlor- und säurefrei gebleichtem Papier.

© 2024 novum Verlag

ISBN 978-3-7116-0227-5
Lektorat: Sandra Fantner
Umschlagfoto: Christian Berger
Umschlaggestaltung, Layout & Satz: novum Verlag
Innenabbildung: Christian Berger

www.novumverlag.com

Druckprodukt mit finanziellem
Klimabeitrag
ClimatePartner.com/16547-2311-1001

Für Emilie und Paul

„Dans les champs de l'observation, le hasard ne favorise que les esprits préparés."

Louis Pasteur

Inhaltsverzeichnis

Prolog

Arnaud warf einen prüfenden Blick auf die Wunde des Verletzten und sah, dass sich diese entzündet hatte. Der Mann war gestern von einigen seiner Glaubensbrüder schwer verletzt und kaum bei Bewusstsein auf die Burg Montsegur gebracht worden. Seiner Kleidung nach zu schließen war er ein „Perfectus" und abgesehen von seiner Verletzung war er bei guter Gesundheit. Arnaud hatte den blutgetränkten Verband von seinem linken Oberschenkel entfernt und das gesamte Ausmaß der Verletzung gesehen. Der Schwerthieb hatte eine tiefe Furche im Oberschenkel des Mannes hinterlassen und reichte von der Innenseite des Beines bis zum Kniegelenk. Aus der Tiefe der Wunde sickerte unaufhaltsam frisches Blut. Nachdem er die Wunde gesäubert und mit dem Brandeisen verschorft hatte, hatte er einen frischen Verband angelegt und dem Patienten einen Sud aus Weidenrinde gegeben. An der Außenseite des Kniegelenks hatte sich nun eine tiefrote Blase gebildet. Der Mann lag in hohem Fieber. Arnaud nahm sein Messer, erhitzte es über dem Feuer und mit einem gezielten Stich seitlich der Kniescheibe öffnete er das Gelenk. Der Verletzte gab ein tiefes Stöhnen von sich und hellbrauner Eiter quoll aus der Stichwunde hervor. Nun nahm Arnaud den Flaum der Patera und verteilte ihn sorgfältig auf der Wunde. „Wird er es überleben?", fragte Bernadette, die soeben das Haus betreten hatte. „Das liegt in der Hand Gottes. Wenn das Fieber in drei Tagen zurückgeht, dann vielleicht." Arnaud gab dem halb Bewusstlosen zu trinken und drei kleine Kugeln aus Bienenwachs, welche dieser nur widerwillig schluckte. „Claire ist mit dem Essen fertig", sagte Bernadette, „kommst du, Vater?" Arnaud nickte und betrachtete seine Tochter. Sie war über die Jahre eine wunderschöne Frau geworden. Die schwarzen Haare und die dunklen gütigen Augen hatte sie von ihrer Mutter, aber ihr Gesicht war runder und manchmal glaubte er, sich selbst in seiner Jugend in ihrem Blick zu erkennen. Arnaud nahm seinen Stock und ging hinaus auf die Straße in Richtung oberer Teil der Burg.

Die Sonne blendete ihn, da sein Augenlicht bereits getrübt war. Seine Gelenke ließen ihn mitunter im Stich und er kam nur langsam voran. Claire erwartete ihn an der Eingangstür. „Und wie geht es dem Verletzten?" „Ich habe alles in meiner Macht Stehende getan, wir können nur beten." Die Patera hatte ihm über die Jahre gute Dienste geleistet, doch schlussendlich waren alle in der Hand Gottes. Beim Mahl sagte Bernadette: „Weißt du, dass der Bischof heute angekommen ist?" „Guilhabert ist hier?", fragte Arnaud mit staunendem Blick. „Ja, er ist extra aus Pieusse gekommen." „Ich muss ihn unbedingt sprechen." Kaum hatte er diese Worte gesprochen, als sich mit einem lauten Knarren die Eingangstür öffnete und Guilhabert de Castres[1] den Raum betrat. „Arnaud, mein alter Freund, wie geht es dir?" Der Bischof war älter geworden über die Jahre, doch seine blauen Augen hatten nichts von ihrer Strahlkraft eingebüßt und die beiden umarmten sich innig. „Danke, ich bin zufrieden, du kennst meine Frau Claire?" „Ja, natürlich, es ist zwar schon eine Zeit her. Guten Tag, Claire, und mein Gott, bist es du, Bernadette?" Bernadette warf dem Bischof einen freundlichen Blick zu. Guilhabert kannte sie seit ihrer Kindheit und war überrascht, nun eine wunderschöne und offensichtlich selbstbewusste Frau vor sich zu sehen. „Wie ich sehe, hast du die höheren Weihen erhalten." „Ja, Bruder Guilhabert", sagte Bernadette im Gewand einer „Perfecta" gekleidet. „Das macht mich sehr stolz", erwiderte der Bischof, „lass dich umarmen." Guilhabert legte seinen weißen Mantel ab und setzte sich mit einem Ausdruck der Erleichterung auf den Stuhl. „Ich habe betrübliche Nachrichten, meine Freunde. Raymond von Toulouse hat sich ergeben und der König wird Okzitanien unter seine Herrschaft bringen. Die Heilige Inquisition und der Dominikanerorden sind uns auf den Fersen." Claire und Bernadette bedeckten ihre Münder in einem Ausdruck der Ungläubigkeit. Zwanzig Jahre hatte sich Raymond von Toulouse dem Aufruf des Papstes zur Vernichtung der Albigenser und dem darauffolgenden Kreuzzug widersetzt. Selbst nach seinem Exil in England war er wieder zurückgekehrt, um die Katharer zu unterstützen.

„Wie soll es jetzt weitergehen?", fragte Arnaud. „Ich habe mit Raymond de Pereille[(2)], eurem Burgherrn, vereinbart, die Burg Montsegur stärker zu befestigen. Wir haben nur noch wenig Unterstützung im Adel, aber in Queribus und Usson gibt es auch noch eine sichere Zuflucht." Bernadette und Claire waren erschüttert. „Genug der Politik", sagte der Bischof. „Lasst uns gemeinsam essen!" Arnaud war innerlich aufgewühlt. Toulouse verloren, der Papst und der König würden die Reste der Albigenser-Bewegung vom Erdboden löschen. Er musste dringend mit Guilhabert unter vier Augen reden. Nach dem Essen bedeutete Arnaud seinem Freund, in seine Kammer zu kommen. „Ich muss unbedingt mit dir reden, mein Freund", sagte er mit besorgter Stimme. Guilhabert entschuldigte sich bei Claire und Bernadette und folgte Arnaud. „Ich brauche deine Hilfe. Dieser Brief muss unbedingt seinen Adressaten finden und ich möchte, dass du ihn mit deinem bischöflichen Siegel versiehst." „Geht es um die Patera?", fragte Guilhabert. Arnaud nickte. „Ich werde dir natürlich helfen." Arnaud erhitzte etwas Siegelwachs und tropfte es auf einen Umschlag, der verschlossen am Tisch lag. Bischof Guilhabert de Castres drückte seinen Siegelring in das noch weiche Wachs.

Kapitel 1

Chateau Gisors im Jahre 1183

Arnaud Calvez trat im Alter von achtzehn Jahren in die Dienste des Templerordens ein. Mit einer Unterschrift der Willenserklärung hatte er vor einer Woche sein Schicksal besiegelt. Er würde gegen den Willen seines Vaters die Arbeit in der nächstgelegenen Burg der Ordensherren aufnehmen. Nun auf dem Weg zu ihnen stockte ihm beim Anblick der Burg Gisors der Atem. Die Burg lag auf einer Anhöhe und war von einer runden, meterhohen Mauer umgeben. In der Mitte ragte auf der Motte* ein mächtiger Donjon empor. Von dem Wehrturm aus konnte das umgebende Land kilometerweit überblickt werden. Die Burg Gisors lag an der alten Römerstraße, welche von Paris in die Normandie führte. „Komm schon, Junge", sagte der alte Händler aus Dinan, der ihn aus seiner Heimatstadt mitgenommen hatte. Auf seinem Ochsenkarren sitzend, eine Flasche Wein in seinen Händen und immer ein Lied auf den Lippen, war er mit seinem Leben zufrieden. Nicht so Arnaud. Er wollte die Welt kennenlernen. Hinaus aus dem kleinbürgerlichen Leben seiner Familie. Er wollte partout nicht in die Fußstapfen seines Vaters als Gewürzhändler treten und hatte sich deshalb für ein Leben bei den Templern entschieden. Diese hatten Burgen in ganz Europa und schützten die Pilgerrouten ins Heilige Land. Das Heilige Land zu sehen, das war sein Traum.

La Motte, altfranzösisch für Erdklumpen, ist der Erdhügel, auf dem die Burgen im Mittelalter zur besseren Verteidigung errichtet wurden. Der Teppich Nr. 19 von Bayeux beschreibt die Belagerung von Dinan durch Wilhelm, den Eroberer[3].

An der Außenmauer der Burg hingen die weißen Schilder mit rotem Kreuz, die Insignien der Templer. Nachdem sie den Burghügel erklommen hatten, standen sie vor dem riesigen Eingangstor, welches durch zwei schwere, nach oben hin abgerundete Eichentüren gesichert war. „Wer begehrt Einlass?", fragte die Wache. „Ach, du bist es François", sagte der Templer, nachdem sich der Händler zu erkennen gegeben hatte. „Wen hast du denn da im Schlepptau?" „Einen jungen Burschen aus Dinan, er möchte in eure Dienste treten." „Lass mich deine Papiere sehen!", forderte der Wachmann. „Arnaud Calvez aus Dinan", murmelte er. „Gut, ihr könnt passieren. Hast du den guten Wein dabei, François?" „Natürlich, zwei Fässer." „Und du, junger Mann, melde dich beim Drapier, du findest ihn im großen Haus unterhalb des Donjons gleich neben der Eisentür." Als Arnaud die hohen Mauern der Burg hinter sich gebracht hatte, war er erstaunt vom geschäftigen Treiben, welches sich dahinter abspielte. Der Donjon und der innere Zirkel der Burg waren von einer weiteren Mauer geschützt, welche nur einen Eingang über eine steinerne Treppe und ein großes schmiedeeisernes Tor hatte. Unmittelbar davor waren Ritter und Knappen mit Übungen für den Schwertkampf beschäftigt. Anstatt der scharfen Klingen wurden Deckung und Kampftechnik mit hölzernen Schwertern geprobt und nicht selten ging einer der Übenden mit einem lauten Stöhnen zu Boden. Arnaud ging zu einem der Kämpfenden. „Wo finde ich den Drapier?" „Gleich im Haus da drüben, welches an der Mauer zum Donjon liegt", sagte der Junge mit gebrochener Stimme. Er erholte sich nur langsam von dem Hieb auf den Rücken, den er soeben erhalten hatte. Arnaud dankte ihm höflich und überquerte den Übungsplatz in Richtung des großen Hauses. An der Eingangstür stand ein korpulenter Mann und beobachtete mit prüfendem Blick die Schwertkämpfe. Arnaud trat auf ihn zu und zeigte ihm seine Papiere. „Aus Dinan? So, so. Ich bin Richard de Delincourt, der Drapier dieser Komturei. Wenn du in deinem Leben bisher nicht Disziplin und Gottesfürchtigkeit gelernt hast, so werden wir es dir beibringen", sprach er mit einem strengen Blick. „Kannst du lesen und schreiben?" „Ja, ich war drei Jahre bei den Benediktinern in Mont

Saint Michel." „Dann müsstest du Bruder Phillipp kennen, er ist ein guter Freund von mir und wir halten seit Jahren Briefkontakt." „Er war mein Lehrer", erwiderte Arnaud mit einem breiten Grinsen. Arnaud erinnerte sich an seine Zeit auf dem Klosterfelsen. Wenn seine Studien beendet waren, musste er täglich den Säulengang neben der heiligen Kapelle kehren. Er liebte den Vorplatz der Kirche, denn von dort konnte man das Meer in allen Himmelsrichtungen überblicken. In der Ferne sah er im Westen die Schiffe, welche nach St. Malo einliefen. Ihre Segel zeugten davon, dass sie aus fernen Ländern dem Hafen zusteuerten. Nach Norden hin war die offene See, aber Richtung Süden konnte man bei Ebbe sehen, wie sich das Meer vom Felsen zurückzog und den sandigen Boden preisgab. Es war ein beeindruckendes Schauspiel der Natur, welches sich zweimal am Tag vollzog. Nur kleine Ströme von Wasser bahnten sich dann mäanderförmig ihren Weg Richtung Festland. Arnaud liebte den Geruch des Meeres, diese Mischung aus verwesendem Seetang, gepaart mit dem Duft der Muscheln. „Blick dich um!", sollte Bruder Phillipp sagen, „die Welt gehört dir, mein Junge." Arnaud wurde jäh durch die forschen Worte des Drapiers aus seinen Erinnerungen gerissen. „Gut, das werden wir morgen überprüfen. Dein bisheriges Leben endet hier und jetzt, du wirst nie wieder der sein, der du einmal warst. Entkleide dich und nimm dir einen der braunen Mäntel. Folge mir!", befahl er, „ich werde dich einweisen." Richard de Delincourt war von gedrungener Gestalt und hatte weißes, wallendes Haar und einen Kinnbart, welcher nach vorne spitz endete. Er trug den weißen Mantel der Templer mit rotem Kreuz und seine Gesichtszüge hatten etwas Gütiges, außer, wenn er mit der ihm innewohnenden Autorität sprach. „Da drüben sind die Stallungen und gleich daneben befindet sich deine Schlafstatt." Delincourt zeigte zu den Gebäuden im Osten der Burg. Arnaud folgte ihm und betrachtete sein neues Zuhause. Der Korridor der Knappen war sparsam eingerichtet, nur ein Tisch in der Mitte mit wackeligen Stühlen und eine Reihe von Betten mit Strohmatratzen. „Du kannst dieses Bett haben. Es gehörte Berengar, einem meiner Diener. Er ist vorigen Monat verstorben. Sollte Bruder Phillipp bei deiner Erziehung gute Arbeit geleistet haben, wirst du seinen Platz einnehmen. Die Heilige Messe wird fünfmal täglich gelesen und der Besuch ist verpflichtend. Wenn du im Krankheitsfall nicht daran teilnehmen kannst, musst du dreizehn Pater Noster beten. Verstanden?", sagte Richard mit ernster Miene. „Sehr wohl, Meister." „Wenn du dich erleichtern musst, findest du an der Außenseite der Mauern einen Aborterker. Komm, Arnaud, ich zeige dir unseren Heiligsten Ort." Die Kapelle der Burg war sowohl von außen als auch im Inneren nicht an Schönheit zu überbieten. Die mehrbahnigen Maßwerkfenster verliehen dem Innenraum eine helle Atmosphäre, gepaart mit schier unendlichen Reflexionen aus den bunten Fenstern. Die Erbauer wollten mit den farbigen Fenstern, welche aus tausenden in Blei gefassten Gläsern bestanden, das Aufgehen der irdischen Existenz in einem mystischen Farbraum schaffen. Arnaud war tief beindruckt und völlig überwältigt von der Aura, die diesen Raum erfüllte. „Darf ich noch etwas verweilen, Meister?", fragte er. „Natürlich, wir sehen uns bei der Vesper." Nach dem bescheidenen Abendmahl, bei dem sich alle Anwesenden in Schweigen gehüllt hatten, begab sich Arnaud in seine Unterkunft. Er wurde von den anwesenden Knappen und Sergeanten keines Blickes gewürdigt und verkroch sich in seine Strohmatte. Die Nacht hatte sich schon über die Burg gesenkt und Arnaud lag immer noch wach, den Kopf voller Fragen: „War es die richtige Entscheidung gewesen, sich den Templern anzuschließen? Wie wird mein Leben ab nun verlaufen?" „Bist du noch wach?", fragte eine Stimme vom Bett neben ihm. „Ja", sagte Arnaud. „Wie heißt du?"

„Ich bin Arnaud Calvez aus Dinan. Wer bist du?" „Ich heiße Simon Faiblos. Mach dir keine Sorgen, das ist am ersten Tag immer so. Ich bin schon fast mein ganzes Leben hier, du wirst es mögen. Schlaf gut Arnaud."

Am nächsten Morgen wurde Arnaud durch ein kräftiges Rütteln jäh aus seinen Träumen gerissen. „Arnaud, steh auf, wir müssen zur Messe!" „Was, jetzt schon? Es ist noch dunkel draußen." „Komm schon!", erwiderte Simon ungeduldig und die beiden machten sich auf den Weg zur Kapelle. Dabei fiel Arnaud auf, dass Simon am linken Bein hinkte und sein Fuß eine komische Form hatte. „Was ist mit deinem Bein?" „Das habe ich schon seit meiner Geburt, mein Fuß ist verklumpt, die Mönche nennen es ‚pied bot'. Es tut nicht weh, aber für den Dienst mit der Waffe bin ich nicht geeignet."

In der Kapelle hatten sich schon alle zum Morgengebet versammelt und Richard de Delincourt warf den beiden jungen Knappen einen ernsten Blick zu. Die Messe begann mit dem Psalm „Venite" und endete so wie auch die Mette mit dem „Gloria patri" zum Ruhme der Trinität. Erst als sich der Großmeister und die zelebrierenden Kapläne erhoben hatten, durften die Sergeanten und Knappen ebenfalls aufstehen und die Kapelle verlassen. Nach der Messe gab es ein bescheidenes Frühstück aus Brot und Suppe. Arnaud hatte gerade sein Mahl beendet, als sein Name gerufen wurde. „Arnaud Calvez, du sollst dich sofort beim Drapier melden!", schrie ein Sergeant. „Jawohl, Bruder", erwiderte dieser und begab sich unversehens zum Haus von Richard. „Nun, mein Sohn, lass uns sehen, was Bruder Phillipp dir beigebracht hat." Auf dem Tisch lag ein Bündel von Papieren. „Das sind die Rechnungen für Verpflegung und die Bestellungen für Bekleidung für diese Woche. Ich möchte, dass du eine Liste erstellst und den Bedarf errechnest. Kennst du dich mit dem Abakus aus?" „Ja, mein Herr", erwiderte Arnaud. Im Hause eines Händlers war der Abakus ein unverzichtbares Utensil und Arnaud hatte schon in seiner Kindheit gelernt, damit umzugehen. Die Tafel mit den Ringen erlaubte es in kurzer Zeit, Zahlen zu addieren und zu subtrahieren. „Ich kehre zu Mittag wieder zurück und erwarte eine vollständige Auflistung!" Mit diesen Worten schloss Delincourt die schwere Tür und Arnaud machte sich daran, die einzelnen Papiere zu entschlüsseln. Anfangs tat er sich schwer, denn er war mit der Schriftweise nicht vertraut, doch als er einmal dieses Hindernis überwunden hatte, ging die Arbeit rasch voran. Als der

Großdrapier, wie angekündigt, zu Mittag wieder zurückkehrte, lagen eine sorgfältige Auflistung der erwünschten Dokumente und die entsprechende Berechnung der Kosten auf dem Tisch. Richard setzte sich und ging das Geschriebene Punkt für Punkt durch und spitzte dabei mit prüfendem Gesichtsausdruck immer wieder seine Lippen. „Bien joué, mon fils", sagte er am Ende. „Du wirst einer meiner Sekretäre. Heute Abend wirst du den Eid auf den Tempel leisten!"

Die Kapelle war bis auf den letzten Platz gefüllt. Arnaud kniete auf dem ihm zugewiesenen Platz vor dem Altar. Nachdem die Anwesenden den Eröffnungschoral gesungen hatten, stand der Meister, Almarich de Villefort, auf und ging auf ihn zu und sah ihm tief in die Augen. Er sprach mit festlicher Stimme: „Wollet Ihr Knappe unseres ehrbaren Ordens werden?" Arnaud antwortete, „Ja, das will ich." „So erhebet nun Eure Schwertrechte zum Schwur und sprecht mir nach: ‚Ich bin hier erschienen, um unserem ehrbaren Orden und dem hochedlen Großmeister Treue zu geloben. Ich werde stets bemüht sein, gewissenhaft meine Pflichten zu erfüllen und das Amt eines Ritters zu erstreben! Das gelobe ich.'" Als Arnaud diese Worte gesprochen hatte, erhob de Villefort sein Haupt und fuhr fort: „Wir haben Euer Wort gehört und sohin nehmen wir Euch als Knappen in unserem Orden auf. Nur wisset: Ein wahres Gelöbnis abzulegen, ziemt nur einem wahren Mann!" Nach einer kurzen Pause, in der seine Worte in der Kapelle nachhallten, sagte er: „Doch seid gewahr, wenn Ihr das Gelöbnis leichtfertig brechen solltet, wird Euer Name in den Annalen unseres Ordens gelöscht werden, wie wir diese Kerze löschen!" Mit einer raschen Bewegung der rechten Hand löschte der Großmeister die auf dem Altar stehende Kerze aus und bedeutete Arnaud, sein Haupt zu neigen. „Nimm dies als Zeichen deiner Zugehörigkeit." Es war ein hölzernes Templerkreuz und auf der Rückseite waren seine Initialen, der Name seiner Stamm-Komturei und die Jahreszahl seines Beitritts in kunstvollen Lettern eingebrannt. Daraufhin wies de Villefort Arnaud an, sich zu erheben und auf seinen Platz zurückzukehren. Die versammelten Templer stimmten das „Gloria patri" an.

Erst jetzt realisierte Arnaud, was soeben passiert war. Er hatte die Worte wie in Trance gesprochen und nun war er tatsächlich ein Mitglied des Templerordens.

Am nächsten Morgen war auch die Zurückhaltung der anderen Knappen und Sergeanten beim Frühstückstisch gewichen. Arnaud wurde mit einem festen Hieb auf die Schulter von den Anwesenden in ihren Kreis aufgenommen. Simon Faiblos gesellte sich zu ihm. „Nun, da du einer von uns bist, sollst du auch in unsere Regeln eingeweiht werden. Wie lautet unser Leitspruch?" Bereits am ersten Tag hatte sich Arnaud die Worte, welche ab nun sein Leben bedeuten würden, eingeprägt. Mit stolzer Stimme erwiderte er: „Non nobis Domine, non nobis, sed nomini tuo da gloriam", nicht uns, oh Herr, nicht uns, sondern deinem Namen gib Ehre. Simon nickte zufrieden. „Was weißt du über unsere Kommenden?", fragte er. „Jede Komturei wird von einem Meister geleitet." „Ja, Almarich de Villefort ist unser Meister, aber ihm zur Seite stehen noch der Komtur, der Marschall und der Drapier. Richard de Delincourt kennst du ja bereits. Unser Komtur und oberster Tressler ist Jacques de Montalban und ich würde dir raten, dich soweit es geht von ihm fernzuhalten. Im Gegensatz zu Richard ist er von Grund auf misstrauisch und neigt zu Wutanfällen bei der kleinsten Ungereimtheit seiner Finanzen", sagte Simon mit einem breiten Grinsen. „Für Waffen und die Verteidigung ist Marschall Guy de Toroge zuständig. Sein Bruder Arnaud[4] bekleidet seit vier Jahren das Amt des Großmeisters des Tempels* zu Paris und ist somit oberster Meister unseres Ordens. Er hat beste Kontakte zum Königshof. Hast du dir alle Namen gemerkt?" „Natürlich, aber können wir nun endlich etwas essen? Ich sterbe vor Hunger."

Der Templerorden wurde 1118 zum Schutz der Pilgerrouten über Jaffa und Ramla nach Jerusalem gegründet. Die Gründungsmitglieder waren Hugo von Payns[5], Gottfried Saint-Omer[6] und Andreas von Montbard[7]. Dieser war ein Onkel von Bernard de Clairvaux[8], einem der bedeutendsten Zisterzienser und Scholastiker des Hoch-

mittelalters. Bernard de Clairvaux veröffentlichte flammende Auf-
rufe zu den Kreuzzügen und rief mehrmals zum Beitritt zum Temp-
lerorden auf.

Nach dem Frühstück wurden täglich Waffenübungen abgehalten. Simon war auf Grund seiner Verstümmelung davon befreit und auch Arnaud bereiteten sie keine rechte Freude. Er war von mittlerer Größe und hatte einen sehnigen Körper. Sein langes braunes Haar war der Ordensregel zum Opfer gefallen und er fühlte sich irgendwie nackt am Haupt, vor allem, wenn der Wind um seine Ohren blies. Er hatte die grünen Augen seiner Mutter und ein ebenmäßiges Gesicht mit einer dünnen Nase. Beim Schwertkampf konnte er sich mit dem Schild gut verteidigen und rasch Attacken seines Gegenübers ausweichen, doch er verspürte kein Verlangen, einem anderen Menschen Schmerz zuzufügen. „Was ist mit dir, Bruder Calvez?", fragte Marschall de Toroge, der die Kampfesübungen überwachte. „Du musst deinen Gegner deine Überlegenheit spüren lassen und ihn attackieren!" Arnaud wusste keine rechte Antwort auf die Aufforderung. „Nun, offensichtlich bist du nicht zum Kampf geboren, aber Richard de Delincourt hat, wie ich höre, Verwendung für dich", herrschte de Toroge Arnaud an.

Arnaud gewöhnte sich rasch an den täglichen Ablauf in der Burg. Nur mit dem Fasten konnte er sich schwer abfinden. Die Templer fasteten von Allerheiligen bis Ostern, was bedeutete, dass sie in dieser Zeit nur Gemüse, Hülsenfrüchte, Suppe mit Brot zu sich nahmen. Es gab zwei Mahlzeiten am Tag und Arnaud hatte ständig Hunger. Nach dem Osterfest wurde an Freitagen Fisch und Geflügel gereicht und am Sonntag gab es immer eine Fleischspeise. Einzig im Februar durften die Templer das Fasten brechen und siebzehn Tage lang Fleisch essen. Diese Zeit wurde nach dem lateinischen Ausdruck für „Lebe wohl, Fleisch" als „carne val" bezeichnet. Wenn Arnaud nicht mit Arbeiten für den Drapier beschäftigt war, traf er sich meistens mit Simon. Sie wurden über die Zeit beste Freunde. Eines Tages gingen sie bei den Stallungen vorbei, in denen die Knappen gerade mit dem Aufzäumen der Pferde beschäftigt waren. „Warum gibt es hier so viele Pferde?", fragte Arnaud. „Die Burg beheimatete zwanzig Ritter und zehn Kapläne, die jedoch von weltlichen Aktivitäten ausgenommen waren. Nun, jeder Ritter braucht drei Pferde. Ein Schlachtross, meistens einen Hengst, ein Reitpferd, welches eine Stute oder ein Wallach ist und ein Packpferd. Schon vor dem Beitritt muss der zukünftige Templer den Ritterschlag erhalten haben und somit von hoher Geburt sein." „Platz da!", schrie einer der Ritter und ritt im Galopp an ihnen vorbei. In den Stallungen herrschte reges Treiben. Die Abreise des Großmeisters de Villefort stand bevor. Gemeinsam mit zehn Rittern würde er morgen zum Tempel nach Paris aufbrechen, um dem Generalkapitel des Ordens beizuwohnen. Dieses wurde einmal im Jahr in Paris abgehalten und alle Provinzialmeister nahmen daran teil. De Villefort war in seiner Funktion als Provinzialmeister auch befugt, einen neuen Großmeister zu wählen. „Es geht das Gerücht, dass unser jetziger Großmeister Arnaud de Toroge an einer schweren Krankheit leidet", sagte Simon. „Es würde mich nicht wundern, wenn in den nächsten Tagen seine Nachfolge geregelt wird. Komm, wir gehen in die Bibliothek, ich muss dir etwas zeigen." Arnaud folgte seinem Freund über die steinerne Treppe durch das schwere Eisentor zum obersten Gebäude der Burg, welches direkt an den Donjon angrenzte. Der Wehrturm war den Kaplänen und Rittern vorbehalten, aber das angrenzende Haus durfte von allen Mitgliedern betreten werden. Als sie in die Bibliothek eintraten, empfing sie ein Duft von Pergament und Leder. Simon war nicht der einzige Schreiber und Archivar der Burg. „Jeder der fünf Schreiber und Kopisten hat einen eigenen Tisch mit Dokumenten, die er erstellen oder vervielfältigen muss", erklärte Simon. Sie waren allein und nachdem sie Platz genommen hatten, sagte er: „Wie du weißt, bin ich auch für die Kreditbriefe der Komturei zuständig."

„Ja, aber ich habe mich immer schon gefragt, wie es möglich ist, Golddukaten an einem Ort zu hinterlassen und tausende Kilometer weit entfernt nur durch Vorweisen eines Schriftstücks den gleichen Gegenwert zu erhalten." „Wir Templer haben Niederlassungen in ganz Europa und im Heiligen Land. Um die erwirtschafteten Beträge besser und ohne Gefahr zu transferieren, haben wir ein System von Schuldscheinen entwickelt. „Sieh her", sagte Simon und reichte Arnaud das Dokument. „Jeder Kreditbrief trägt am Kopf unser Siegel, der Text lautet: SIGILLUM MILITUM CHRISTI DE TEMPLO.

Das Dokument ist mit dem Siegelwachs der ausstellenden Komturei verschlossen. Wenn eine Komturei einen Kreditbrief erhält, wird dieser auf seine Echtheit hin überprüft. Als zusätzlicher Schutz vor Fälschern wird vom Aussteller noch ein Passwort mit farblosem Essig an der rechten Oberseite des Briefes geschrieben. Beim Trocknen verdampft das Wasser aus dem Essig, während die Essigsäure auf dem Papier bleibt. Diese Schrift wird erst nach Behandlung mit Rotkohlwasser als rötlich-violette Buchstaben sichtbar." Simon tropfte etwas Rotkohlwasser auf den Kreditbrief und tatsächlich wurden die Worte „obedientia et pudicitia" sichtbar. „Gehorsam und Keuschheit, die Maxime der Templer," brachte Arnaud hervor. Simon grinste. „Nur wenn der Besitzer des Briefes auch dieses Passwort kennt, wird die verbriefte Summe ausbezahlt." Arnaud konnte seine Verwunderung nicht verbergen. Simon lächelte ihn an und sagte: „Siehst du, auch ohne Schwert bin ich nicht ganz machtlos." „Darf ich dir eine persönliche Frage stellen, Simon?" „Ja, nur zu." „Wie lange bist du schon in Gisors und wer sind deine Eltern?" Simons Lächeln fror von einem Moment auf den anderen ein. „Ich bin ein Findelkind", sagte Simon mit betrübter Stimme. „Ich wurde vor den Toren der Burg gefunden. Offensichtlich wollte mich meine Mutter nicht behalten, da mein linker Fuß verkrüppelt ist. Die Mönche wussten nichts mit mir anzufangen und gaben mich in die Obhut von François, dem Händler. Ich glaube, du kennst ihn, oder?" „Ja, natürlich, er war so freundlich, mich hierher mitzunehmen." „François und Nathalie hatten bereits vier Kinder und waren bereit, mich großzuziehen. Mit acht Jahren übergaben sie mich wieder den Templern, welche mir eine umfassen-

de Bildung angedeihen ließen. Eines Tages werde ich Haupt-
archivar dieser Burg sein", sagte Simon, der nun sein Lächeln
wiedergefunden hatte.

Arnaud blickte in sein Spiegelbild im Wasser des Brunnens. Er sah, dass der Flaum der Jugend aus seinem Gesicht nun einem stattlichen Vollbart gewichen war. Vor zwei Jahren war er nach Gisors gekommen und nun war er Sergeant und die rechte Hand von Richard de Delincourt. Das Leben auf der Burg und die damit verbundenen Pflichten hatten ihn voll in Anspruch genommen, doch ab und an dachte er noch an seinen Traum von einer Reise ins Heilige Land. Vor allem, wenn Simon wieder Geschichten von den Ereignissen im Königreich Jerusalem berichtete. Sie trafen sich heimlich im Archiv der Burg und Simon zeigte ihm seine wahre Leidenschaft, die Kalligrafie. Auf seinem Schreibpult befanden sich dutzende kleiner Gläser mit den schönsten Farben, welche die Natur bereitstellte. Er erklärte ihm, dass blaue Farbe aus Lapislazuli hergestellt werde und das Rot aus Krapp stamme, der mit Alaun versetzt würde. Simon fertigte Abschriften der Heiligen Schrift mit farbig illustrierten Abbildungen der Wunder von Jesus Christus an. Besonders von der Heilung der Kranken war er in höchstem Maße angetan. Seine bevorzugte Legende war die Heilung des Lazarus.* „Seine Reliquien liegen in der Kathedrale von Autun. Hast du das gewusst?" „In Burgund?" „Ja, sie kamen über Umwege in den Besitz des Bischofs." Simon verbrachte ganze Tage damit, die Bilder in den schönsten Farben zu gestalten. „Sieh her, Arnaud, das ist unser Herr Jesus bei der Erweckung des Lazarus.","Wundervoll, so habe ich es mir immer erträumt. Du bist ein Meister deines Faches."

---

* Der Name „Lazarus" leitet sich aus dem althebräischen „El Azar" ab und bedeutet „Gott hat geholfen". Die Reliquien des Heiligen Lazarus stammten ursprünglich aus Larnaka in Zypern. Über Konstantinopel und Marseille waren sie nach Autun in die Lazarus Kathedrale gelangt. Im Jahr 1146 wurden sie in die neu gebaute dreischiffige Basilika überstellt.

Arnaud erkundigte sich, ob es schon Nachrichten aus dem Heiligen Land gebe. „Wie du weißt, ist Arnaud de Toroge im September des Vorjahres gestorben. Bei dem, darauffolgenden Generalkapitel ist Gerard de Ridefort[9] zum neuen Großmeister der Templer ernannt worden. Traurigerweise ist das Königreich von Jerusalem nun sowohl von Norden als auch von Süden durch Saladins Truppen bedroht und es mangelt an Rittern und Fußvolk", sagte Simon mit bedächtiger Stimme. „Erinnerst du dich an Montgisard?" „Ja", erwiderte Arnaud, „wie könnte ich nicht? Du weißt, dass das Heilige Land das Ziel meiner Träume ist." „Der Sieg unter Baudoin IV.[10] in der Schlacht von Montgisard vor acht Jahren hat dem Königreich Jerusalem nur eine kurze Atempause beschert", sagte Simon mit bedrückter Stimme. Arnaud war voll der Bewunderung über den Mut und die Taktik der Tempelritter. Trotz numerischer Unterlegenheit war es gelungen, Saladin, den Herrscher der Sarazenen, zu besiegen. Unter der Führung von Odo Saint-Amand[11], dem Großmeister von Jerusalem, hatte eine Phalanx von nur vierundachtzig Rittern die Truppen von Saladin wie ein Hammer getroffen, sodass ihre Reihen aufbrachen und der Weg für die königlichen Truppen unter Baudoin frei war. Saladin[12] selbst war von der Wucht des Angriffs erschüttert gewesen.*

Diese Kampftaktik war eine Neuheit in der mittelalterlichen Kriegsführung und wurde Eschielle, nach dem französischen Wort für „Staffel" genannt. Im Prinzip war es eine dicht zusammengedrängte Schwadron der Templer, wobei diese so nahe Sattel an Sattel ritten, dass nicht einmal ein Apfel zwischen den Pferden hinunterfiel. Im Gegensatz zu regulären Truppen, welche niemals einen so hohen Perfektionsgrad ihrer Attacken erreichten, wurde die Eschielle bei den Templern explizit trainiert.

„Gerard de Ridefort hat in allen Komtureien um Freiwillige für den Dienst im Heiligen Land geworben."

Arnaud blickte in die Augen seines Freundes und wusste ab diesem Moment, dass er das Kreuz auf sich nehmen würde. Am nächsten Tag meldete er sich für den Dienst im Heiligen Land. Er war die ganze Nacht wach gelegen. Seine Freundschaft mit Simon bedeutete ihm sehr viel und auch die Burg Gisors war ihm zur zweiten Heimat geworden. Doch es war beschlossene Sache, dass er gemeinsam mit fünf Rittern der Burg nach Jerusalem reisen würde. Arnaud beendete seine Morgenwäsche und suchte Simon in der Bibliothek auf. „Wie geht es dir, mein Bruder?" Simon blickte kurz von seiner Abschrift auf und erwiderte: „Gut, auch wenn es mich betrübt, dass sich unsere Wege morgen trennen." Arnaud blickte ihn betreten an. „Simon, du bist wie ein Bruder für mich und ich werde dich immer in meinem Herzen tragen. Ich werde dir schreiben, so oft es möglich ist, lass dich umarmen." Er trat auf Simon zu und umarmte ihn aus der Tiefe seiner Seele und sprach: „Ich muss meinen Weg gehen, pass auf dich auf, mein Bruder."

Am nächsten Tag verließ Arnaud gemeinsam mit fünf Rittern unter der Führung von Roger de Granville die Burg Gisors in Richtung Paris. De Granville nahm schon zum zweiten Mal das Kreuz auf sich und war erst im Vorjahr aus dem Heiligen Land zurückgekehrt. Simon stand auf der Mauer der Burg und Arnaud warf seinem Freund einen letzten Blick zu, bevor sich die Templer in Bewegung setzten. Sie nahmen die alte Römerstraße in Richtung Cergy, doch kamen sie auf Grund der schlechten Witterung nur langsam voran. Der Boden war tief und der permanente Regen machte sowohl den Reitern als auch den Pferden zu schaffen. Die Nächte waren für März noch viel zu kalt, sodass sie nur tagsüber reiten konnten. Nach einer knappen Woche konnten sie endlich Paris in der Ferne erkennen und ritten von Westen her Richtung Marais. Die Stadt war größer, als Arnaud gedacht hatte und ihr Geruch bereitete Arnaud tiefes Unbehagen. Die Bevölkerung verrichtete ihre Notdurft auf offener Straße und von den Häusern wurde das Abwasser aus den Fenstern geschüttet, sodass sich kleine stinkende Bäche ihren Weg durch die Straßen und weiter zum nahegelegenen Fluss bahnten. Sie ritten entlang der Seine bis zur Ile de Cite. Schon von Weitem konnte man die in Bau befindliche Kathedrale Notre Dame erkennen. Arnaud war überwältigt von der schieren Größe des Bauwerks. „Sie bauen schon seit zwanzig Jahren", sagte Roger de Granville. „Wenn sie fertig ist, wird es das imposanteste Bauwerk der Christenheit und eine Huldigung aller Franzosen an unseren Gott, den Schöpfer, sein." Der Nordturm war bereits vollendet und ragte so hoch in die Wolken empor, dass er sich fast mit dem Himmel vereinte. Sie überquerten die Seine über die Pont Notre Dame und trafen schließlich im Tempel zu Paris ein. Dieser lag im Marais, einem ehemaligen Sumpf. Wie alle Templerburgen war er gut befestigt und erstreckte sich über mehrere Gebäude. Direkt vor dem Tor befand sich die Unterkunft der Schwestern der Heiligen Elisabeth. Als Ordensbrüder, welche das Kreuz auf sich genommen hatten, wurden sie von Gerard de Ridefort* persönlich empfangen.

Gerard de Ridefort ereilte der Ruf, als Ordensmann zu dienen, erst spät in seinem Leben. Ursprünglich sollte er durch Heirat mit Lucia von Batrun Ländereien unter Raymond III. von Tripolis[13] erhalten, doch der Graf hatte ihn betrogen und so trat er 1174 dem Templerorden bei und war von 1184 bis zu seinem Tod im Jahre 1189 vor Akkon ihr Großmeister.

Nach einem bescheidenen Mahl begaben sich alle in die Kapelle, um für das Unterfangen im Heiligen Land zu beten. Die Mette wurde mit dem Psalm „Venite" eröffnet und endete mit dem „Gloria patri", zum Ruhme der Dreifaltigkeit. Als die Kreuzfahrer am nächsten Tag ihre Pferde sattelten, war Arnaud glücklich, Paris wieder zu verlassen. Bei all der Schönheit, welche er gesehen hatte, verließ er die Stadt mit ambivalenten Gefühlen, hauptsächlich ob ihres Gestanks. Gerard de Ridefort hatte zugesichert, dass er im Sommer persönlich ins Heilige Land aufbrechen würde, um König Baudoin zu unterstützen. Im Morgengrauen brachen sie in Richtung Clairmont auf. Die Straßen waren tief vom Schlamm des Winters und die Pferde kamen nur langsam voran. Nach einer Woche erreichten sie die Auverne. Clairmont lag vor ihren Füßen. Im Osten ragte der Puy de Dome empor, der mit seiner kegelförmigen Gestalt über die Landschaft herrschte. An seinen sanften, grün bewachsenen Abhängen grasten Herden von Schafen und Ziegen. Von Weitem erkennbar, erhob sich die Kathedrale Notre Dame du Porte über die Stadt. Clairmont war der Sitz der Bischöfe und im Gegensatz zu anderen Regionen Frankreichs war die gallo-römische Bevölkerung nach dem Untergang des Römischen Reichs nicht geflüchtet, sondern in der Stadt geblieben. Gegenüber der Bischofskirche befand sich der Stadtteil Montferrant. Die prächtigen Bürgerhäuser und die belebten Straßen der Stadt zeugten davon, dass hier die wirtschaftliche Metropole der Auverne war. Roger de Granville führte die Kreuzfahrer zum Bischofsitz. Sie fanden Unterkunft im nahegelegenen Kloster und wurden von Bischof Ademar mit einem vorzüglichen Mahl bedacht. Am nächsten Morgen zeigte Roger seinen Begleitern den Ort, an dem der erste Kreuzzug begonnen hatte. Sie durchquerten den Narthex* und gelangten schließlich in das Hauptschiff der Kathedrale.

„Hier hat die schicksalsträchtige Synode im Beisein von 13 Erzbischöfen und hunderten Bischöfen und Äbten stattgefunden", sagte Roger mit ernster Stimme. Der Papst selbst hat zur Unterstützung der Byzantiner gegen die Seldschuken zur Pilgerfahrt ins Heilige Land aufgerufen und tausende waren seinem Aufruf gefolgt." Die Kreuzfahrer verharrten in stiller Ehrfurcht und es schien, als würden die Worte „Dieux el volt" von den Mauern der Kathedrale Notre Dame du Port widerhallen.

Der Narthex ist eine schmale eingeschoßige Vorhalle altchristlicher Kirchen. Er reicht über die ganze Breitseite und ist mit dem Kirchenschiff beispielsweise durch eine Arkade verbunden. Als Vorraum führt der Narthex in den Naos, den Gemeinderaum. Im Jahre 1095 fand in der Kathedrale von Clairmont unter Papst Urban II.[14] die Synode statt, welche zum ersten Kreuzzug führte. Die anwesenden Gläubigen sollen seine Rede mit den Worten „Deus lo vult" quittiert haben. Im Lateinischen lautet der Ausspruch: „Deus vult", ausgehend vom unregelmäßigen Verb velle. „Dieux el volt" stellte eine Abwandlung für die nicht an das klassische Latein gewöhnten Zeitgenossen aus Okzitanien und deren Idiom dar.

Die Pässe des Zentralmassivs öffneten sich in den nächsten Tagen und somit war der Weg zum Mittelmeer frei. Und tatsächlich wurde mit dem Einzug des Frühlings die Reise weniger beschwerlich. Sie passierten die Hochebene der Grands Causses, als gerade die ersten Blumen ihre zarten Triebe der Sonne entgegenstreckten. Das Kalksteinplateau des Larzac erblühte in den schönsten Farben und war übersät von wilden Orchideen, Kardabella und rosa Pulsatilla, welche die Einheimischen Kuhschellen nannten. Milchschafe und Ziegen weideten genüsslich das frische Grün des Frühlings ab. Arnaud ritt vorbei an den mächtigen Monolithen des Mosaique de Paysage und schließlich machten die Kreuzfahrer Halt in einem kleinen Dorf, um sich zu stärken. Der Wirt der Auberge servierte frisches Lamm und einen speziellen Käse*, den keiner zuvor gekostet hatte. Es war ein Blauschimmelkäse aus reiner Schafsmilch, wie der Gastgeber versicherte. Nach dem Mahl verabschiedeten sich alle wohl gesättigt und Roger de Granville fragte beim Verlassen der Gaststube: „Wie heißt dieses Dorf?" „Roquefort", erwiderte der Wirt mit einem breiten Lächeln.

Der Käse der Grands Causses wird schon bei Plinius dem Älteren[15] erwähnt und ist seit dem Jahr 1070 in den Klosterbüchern der Abtei Conques erstmals dokumentiert. Im Jahre 1411 erteilte der französische König den Bewohnern von Roquefort das Monopol zur Käsereifung in den Kalksteinhöhlen des Bergmassivs Combalou.

Das nächste Etappenziel war Millau, welches auf dem Weg nach La Cavalerie, einer Templerburg im Süden des Landes lag. Nicht nur die Landschaft hatte sich im Laufe ihrer Reise verändert, auch die Sprache der Bewohner. Während im Norden Frankreichs das Langue d'oïl, nach dem Bejahungsartikel gesprochen wurde, hieß die Sprache in Okzitanien Langue d'oc aus dem Lateinischen „hoc ille". Als sie in die Stadt einritten, trafen sie auf weitere Templer, die von einer Gruppe von Fußsoldaten begleitet wurden. „Wohin des Weges?", fragte ihr Anführer. „Ich bin Roger de Granville aus der Burg Gisors und wir sind auf dem Weg ins Heilige Land." „Seid gegrüßt, Bruder Roger, mein Name ist Bruder Benezet und meine Stammburg ist La Cavalerie", sagte der Anführer. „Wir rekrutieren Fußvolk für den Orden im Heiligen Land und werden morgen wieder nach La Cavalerie zurückreiten." „Dürfen wir uns euch anschließen?", fragte Roger. „Natürlich, seid willkommen, Bruder. Wir müssen nur noch einen jungen Mann namens Bernard Najac ausfindig machen. Sein Vater steht tief in unserer Schuld."

Albert Najac, Bernards Vater, war Hufschmied in Millau und ein stadtbekannter Trunkenbold. Nicht nur, dass er seinem Sohn alle Arbeit aufbürdete, er hatte es durch regelmäßige Besuche in den Kneipen und Hurenhäusern der Stadt geschafft, so viele Schulden bei den Templern anzuhäufen, dass er Bernard an den Orden verkaufen musste.*

*Jeden Morgen, wenn Albert Najac seine Notdurft verrichtete, tropfte etwas Eiter aus seinem Gemächt. Er empfand ein Brennen, welches sich jedoch nach dem ersten Becher Wein wieder legte. Mit der Verbreitung der Gonorrhoe hatte er sicher zur Unfruchtbarkeit einiger Damen in Millau beigetragen, genauso wie Kronprinz Rudolf[16] von Österreich-Ungarn durch regelmäßige Besuche in diversen Etablissements bewirkt hat, dass seine Frau Stephanie von Belgien nach der Geburt von Prinzessin Elisabeth Marie unfruchtbar wurde. Ihr Vater Leopold II.[17] von Belgien war durch die Unterstellung des Kongos als sein persönliches Protektorat für einen der größten Genozide im 19. Jahrhundert mit geschätzten 15 Millionen Toten und ebenso vielen abgehackten Händen verantwortlich. Später sollte ein weiterer Herrscher des Kongo die Tradition von Albert Najac fortführen. Mobuto Sese Seko Kudu Ngbendu wa Zabanga[18] hatte den Beinamen: Der Anführer, der von einem Sieg zum anderen eilt, wurde aber im Volksmund auch als der Hahn, der keine Henne „unbestiegen" lässt, bezeichnet.

Als die Templer am Stadtrand bei der Schmiede von Albert Najac eintrafen, war Bernard gerade damit beschäftigt, das Feuer in der Esse zu schüren. Er war von kräftiger Statur, hatte langes blondes Haar und Hände so groß wie die Tatzen eines Bären. „Bernard Najac", rief Bruder Benezet. „Ihr seid ab nun Eigentum des Templerordens, packt eure Sachen und begleitet uns." Bernard war völlig vor den Kopf gestoßen. Mit einem Mal sollte er sein Haus verlassen und sich den Templern anschließen. „Nicht mit mir", dachte er. Mit einer Schaufel nahm er die lodernde Glut aus der Esse und warf sie den Templern vor die Pferde. Das plötzliche Feuer erschreckte die Tiere dermaßen, dass sie aufstiegen und einer der Ritter aus dem Sattel geschleudert wurde. Bernard nutzte die Gelegenheit und rannte durch die Hintertür der Schmiede auf das offene Feld. Es dauerte eine Weile, bis sich die Templer wieder gefasst und ihre Pferde unter Kontrolle gebracht hatten. „Ihm nach", schrie Benezet, „fasst ihn." Bernard lief, so schnell er konnte, in Richtung des nahegelegenen Waldes. Die Templer preschten mit ihren Pferden über das freie Feld und bereits nach kurzer Strecke hatten sie ihn eingeholt. Nachdem sie ihn umzingelt hatten, stieg Bruder Benezet vom Pferd und schritt auf ihn zu. „Das ist für den Ungehorsam, Junge", sagte er und versetzte Bernard mit dem Knauf seines Schwertes einen Hieb in die Magengrube, sodass dieser zu Boden ging. „Du kommst mit uns", befahl Benezet. Als sie zur Schmiede zurückkehrten, sah Arnaud, dass Bernard auf wackeligen Beinen hinter dem Pferd von Benezet trottete. „Packt seine Sachen und setzt ihn auf ein Pferd, wir brechen auf!" Bernard ritt schweigend am Ende des Trosses und wagte nicht, seinen Kopf zu heben. Innerlich verfluchte er seinen Vater. Nachdem er sich einigermaßen gefasst hatte, fragte er Arnaud, welcher neben ihm ritt: „Wer bist du?" „Ich bin Arnaud Calvez aus Dinan, dein Vater hat dich an unseren Orden verkauft." Bernard schluckte und fragte: „Wo reiten wir hin?" „Nach La Cavalerie und von dort weiter nach Jerusalem." „Nach Jerusalem?", fragte Bernard ungläubig. „Ja, König Baudoin braucht dringend Unterstützung im Kampf gegen die Sarazenen. Sieh es doch so", sagte Arnaud mit freundlicher Stimme, „du wirst die Welt sehen und fremde Länder kennenlernen und kannst etwas für dein Seelenheil und deine Stellung im Himmel tun. Was für eine Zukunft hättest du in der Schmiede in Millau gehabt?" Die Worte klangen in Bernards Ohren nach. Am nächsten Tag erreichten sie La Cavalerie. Die Templerburg war erst vor Kurzem errichtet worden und in ihrer Mitte ragte der Turm der Kathedrale Notre-Dame-de-l'Assomption in die Höhe. Als sie bei den Stallungen ankamen, sagte Bernard zu Arnaud: „Lass mich dein Pferd neu beschlagen, es lahmt am rechten Vorderhuf." „Danke, Bernard, aber unser erster Weg führt uns zum Meister des Ordens. Du wirst in deine Plichten eingewiesen werden. Kannst du lesen und schreiben?" „Nein." „Nun, das müssen wir dringend ändern", sagte Arnaud mit einem breiten Grinsen.

Roger de Granville und Bruder Benezet legten beim Großmeister der Burg einen Bericht über ihre Tätigkeit ab. Sie erfuhren, dass sich schon weitere zehn Ritter mit der Gefolgschaft in der Burg versammelt hatten. Die Kreuzfahrer würden gemeinsam über Montpellier nach Marseille reiten und von dort ein Schiff ins Heilige Land nehmen. Sie hatten keine Zeit zu verlieren. Bald würden die Westwinde des Frühjahrs eine günstige Gelegenheit für die Reise ins Heilige Land bieten. Am nächsten Morgen kümmerte sich Bernard um Arnauds Pferd. Er entfernte das Hufeisen und zeigte Arnaud die Stelle, wo sich der Huf des Tieres entzündet hatte. „Ich werde es neu beschlagen, dann hält es bis Marseille."

Die Reise nach Marseille verlief deutlich angenehmer als der Ritt über das Zentralmassiv und schließlich erschien Marseille mit der imposanten Kathedrale Vieille Major am Horizont. Benezet deutete nach Osten. „Seht ihr, das ist euer Tor ins Heilige Land."

Der Hafen von Marseille war voll von Schiffen, die auf günstige Winde warteten. Neben den klassischen Dromonen der Byzantiner fanden sich auch einige Koggen.*

Die Kogge war ein Einmaster des Mittelalters, der vor allem in der Ostsee zum Einsatz kam. Der Deutschritterorden wurde im Jahr 1190 bei der Belagerung von Akkon von bremischen und lübischen Kaufleuten unter dem Schutz des Segels einer Kogge gegründet. Auf Grund der katastrophalen hygienischen Zustände im Kreuzfahrer-

heer entstand unter ihrem Dach ein Feldlazarett zur Versorgung der Verletzten.

„Das ist euer Schiff, die Neptune", sagte Benezet. „Es misst dreißig Meter und bietet für alle Platz. Die Überfahrt wurde bereits vom Orden übernommen. Lasst die Pferde bei mir, ich werde sie sicher nach La Cavalerie bringen." Roger de Granville erwiderte: „Das ist sehr zuvorkommend von Euch, Bruder Benezet, aber die Hengste nehmen wir mit. Es dauert Jahre, bis ein Schlachtross in der Technik der Eschielle ausgebildet ist, sie sind uns genauso teuer wie Schwert und Schild." Bruder Benezet blickte verdutzt und zuckte mit den Achseln. „Wie ihr wollt, aber die Überfahrt wird ihnen nicht bekommen." Dann überreichte er Roger eine Satteltasche mit Dokumenten. Es waren persönliche Nachrichten an den Großmeister von Jerusalem und Kreditbriefe aus ganz Frankreich. „Behaltet sie gut im Auge, Bruder Roger!", sagte er mit mahnendem Blick und verließ die Mole.

Nachdem die Ausrüstung und die Pferde verladen worden waren, stachen sie in See. Arnaud fand einen Platz im Heck des Schiffes und legte sich in seine Hängematte. Einerseits war er voller Erwartung, dass nun ein neues Kapitel in seinem Leben aufgeschlagen wurde, andererseits fühlte er sich nicht wohl. Das ständige Schwanken des Schiffes bereitete ihm Übelkeit und er musste sich mehrmals übergeben. Obwohl in der Normandie aufgewachsen, hatte er noch nie eine längere Schiffsreise unternommen. Bernard wiederum genoss das Leben auf hoher See. Er liebte es, am Bug des Schiffes zu stehen und die Gischt, welche an die Planken der Neptune prallte, in seinem Gesicht zu spüren. Arnaud hatte recht behalten, das Leben bot mehr als eine armselige Schmiede in Millau. Bernard wurde von Roger de Granville beauftragt, sich um die Tiere zu kümmern. Er wechselte täglich das Stroh unter ihren Hufen, fütterte sie und bürstete ihnen bei hohem Wellengang das Fell, um sie zu beruhigen. In der Mitte des Schiffes war das Schwanken geringer. Dank seiner kundigen Fürsorge kam keines der Pferde zu Schaden.

Nach einer Woche auf hoher See gewöhnte sich Arnaud allmählich an das permanente Schwanken und trat erstmals auf das Deck des Schiffes. Nicht, dass er sich nach dem offenen Wasser gesehnt hatte, aber der Gestank unter Deck, diese Mischung aus menschlichen und tierischen Fäkalien, war unerträglich. „Nun, mein Freund, wie geht es dir?", fragte Bernard. „Besser", zum ersten Mal seit der Abreise hatte er wieder feste Nahrung zu sich genommen. „Wo sind wir?" „Kurz vor Korsika, wir werden, so die Meinung des Kapitäns, morgen in Bonifacio einlaufen."

Am nächsten Morgen tobte die See und es regnete in Strömen. Die Stadt Bonifacio war auf einem sechzig Meter aus dem Meer ragenden Felsmassiv erbaut, doch der Hafen der Stadt lag an der Seite zum Festland und war nur durch eine enge Schlucht zwischen den Kreidefelsen zu erreichen. Durch den hohen Seegang waren die Pferde im Bauch des Schiffes unruhig und schnaubten vor Aufregung. Bernard hatte Mühe, sie zu bändigen. Die Tiere stampften mit ihren Hufen gegen den Schiffsboden und gerieten in Panik. Mit einem lauten Wiehern riss sich einer der Hengste los und trat mit voller Wucht gegen die Planken des Schiffes. Bernard konnte ihn trotz aller Bemühungen nicht zähmen. Das Tier schlug mit seinen Hinterhufen ein Leck in die Schiffswand. Ein großer Schwall an Wasser drang augenblicklich binnenbords ein. Dem Schiffszimmermann war die Panik der Tiere nicht entgangen. Er stürmte die Treppe herunter, nahm kurzerhand ein Kalfateisen und rammte das Werkzeug dem Hengst von einem Ohr zum anderen durch den Schädel. Der Hengst fiel augenblicklich zu Boden. Eine schwarze Lache aus Blut ergoss sich aus dem gepfählten Haupt.

„Pferde und Schiffe passen einfach nicht zusammen", fluchte der Zimmermann. „Hilf mir beim Abdecken des Lecks, du Nichtsnutz!" Der Zimmermann nahm einen großen Ballen Werg und stopfte ihn in das Loch, bis der Wasserschwall weniger wurde. Dann nagelte er drei zusätzliche Planken über den Defekt. „Wir müssen das Leck an der Außenseite kalfatern, mach du hier weiter, ich spreche mit dem Kapitän!" Als Roger de Granville davon erfuhr, dass einer der Hengste tot war, stellte er den Kapitän wütend zur Rede. „Diese Tiere sind für die Verteidigung des Heiligen Landes unerlässlich. Eure Mannschaft ist sich wohl dieser Tatsache nicht bewusst!" „Es war einer eurer Männer, der das Tier entkommen ließ. Wenn der Zimmermann nicht so schnell reagiert hätte, lägen wir nun alle auf dem Grund des Meeres." De Granville stutzte. „Mit so viel Wasser im Bauch des Schiffes können wir die Passage zum Hafen nicht navigieren. Wir gehen in der nächsten Bucht vor Anker und reparieren den Schaden. Weist eure Männer an, beim Ausschöpfen des Wassers zu helfen." De Granville drehte sich wutentbrannt um und schrie nach Bernard. Im Bauch des Schiffes wurde er fündig. Bernard stopfte gerade Weidenrinde und Pech in die Seitenränder der neuen Planken. Der Templer versetzte Bernard eine Ohrfeige, sodass dieser zu Boden ging. „Ab nun haftest du mit deinem Leben für das wohl der Hengste, verstanden? Du bleibst unter Deck und wachst jede Sekunde über sie!"

Die Bucht von La Grande Sperone lag südlich von Bonifacio. Sie war windgeschützt und bot einen flachen Strand, an dem die Neptune vor Anker ging. Der Schaden an der hölzernen Hülle war beträchtlich und es dauerte einen halben Tag, um die Neptune wieder hochseefest zu machen. Der Zimmermann verschloss die Spalten an der Innenseite mit Kalfatleisten, die mit speziellen Klammern, den Sinteln, befestigt wurden. Dann wurden die defekten Planken der Außenhaut ersetzt und Spalten zentimeterweise mit Werg und Pech verschlossen. Als das Schiff endlich trockengelegt war, lehnte sich Arnaud erschöpft vom Tragen der Holzeimer an die Reling. Das Wasser in der Bucht war türkisblau. Der Strand der Bucht erstrahlte hellgrau vom Granit der Felsen und es wimmelte von Fischen. Die Matrosen mussten nur die Netze auswerfen und Hunderte Doraden wurden an Bord gehievt. Die Prophezeiung von Bruder Benezet hatte sich bewahrheitet.

Nach einer weiteren Woche erreichten sie die Straße von Messina. Sizilien und das italienische Festland lagen hier so eng beieinander, dass man aus der Entfernung die schmale Passage nicht

erkennen konnte. Der Hafen von Messina war voll von Kreuzfahrerschiffen, sodass die Neptune südlich der sichelförmigen
Landzunge, die der Stadt ihren griechischen Namen Zankle gegeben hatte, vor Anker ging. Nachdem sie Wasser und Lebensmittel gebunkert hatten, befahl der Kapitän, den Anker zu lich-
ten und Segel zu setzen. Akkon war noch vier Wochen entfernt.
Sie hatten keine Zeit zu verlieren. Arnaud nutzte die Tage auf
See, um Bernard Lesen und Schreiben beizubringen. Bernard
wiederum brachte ihm die Sprache seiner Heimat Okzitanien
bei. Die Überfahrt verlief deutlich angenehmer als die stürmi-
schen Tage zu Beginn der Reise. Nach einem kurzen Zwischen-
stopp in Kreta erreichten sie schließlich die Küste der Levante.

Arnaud und Bernard standen an Deck, als Roger de Granville Richtung Festland zeigte. „Seht ihr die Landzunge, die ringsum
befestigt ist? Das ist Akkon, der einzige Hafen im Heiligen Land,
der auf Grund seiner Lage das ganze Jahr über angefahren werden
kann." Der mit Steinlagen auf Sykomoren gebaute Hafen von Akkon
war völlig überfüllt von Kreuzfahrerschiffen und erst nach langem
Suchen gelang es dem Kapitän, einen Ankerplatz für die Neptune zu finden. „Folgt mir zur Burg Al-Chazna", sagte de Granville,
nachdem das Schiff fest vertaut war. Die Burg mit dem mächtigen
Turm lag auf einer Anhöhe der Stadt und war das Hauptquartier der
Templer. Als Arnaud über die hölzerne Rampe das erste Mal gehei-
ligten Boden betrat, kniete er nieder und war von Demut ergriffen.

„Endlich, das Heilige Land, davon habe ich immer geträumt."
Er küsste den beigen Staub der Mole und bekreuzigte sich dreimal. „Der Großmeister von Akkon erwartet uns, beeilt euch!", befahl Roger de Granville. Albert de Beaujeu saß im Refektorium der
Burg. Die imposante Halle hatte ein meterhohes Gewölbe aus qua-
dratischen Steinen, welche durch massive Kreuzrippen verstärkt
waren. Der Großmeister brütete über der Landkarte des Königreichs von Jerusalem. Sein Diener öffnete den soeben Gelandeten
die Tür. „Neue Ordensbrüder aus der Heimat, Meister!" De Beaujeu erhob sein Haupt und sprach: „Seid willkommen Brüder, wir
freuen uns, dass Gott der Herr euch sicher zu uns gebracht hat.
Nun was bringt ihr für Neuigkeiten?" De Granville trat vor. „Ich

bin Bruder Roger und hier sind Dokumente und Kreditbriefe aus ganz Frankreich." „Seid bedankt, Bruder, Ihr müsst ermattet sein von der langen Reise, mein Diener wird Euch den Schlafkorridor zeigen." Arnaud und Bernard genossen das erste Bad mit Süßwasser seit Monaten und begaben sich nach einem bescheidenen Abendmahl zur Mette. Wie in seiner Heimat wurde auch bei den Templern im Heiligen Land fünfmal täglich die Messe gelesen.

Am nächsten Tag brachen sie unter der Führung von Roger de Granville und in Begleitung eines lokalen Führers nach Jerusalem auf. Arnaud wurde als Sergeant ein Pferd zugewiesen, Bernard jedoch musste, wie alle Knappen, die alte Pilgerroute zu Fuß zurücklegen. Die Luft war heiß und die Sonne brannte erbarmungslos vom Himmel. Beim ersten Halt in Jaffa bot sich endlich die Gelegenheit für eine längere Pause. „Warum gibt es hier keine Bäume, die Schatten spenden?", fragte Bernard. „Nun, das ist die Wüste", antwortete Arnaud, als sie über die Berge Richtung Ramla zogen. „Bruder Roger hat mir gesagt, dass wir spätestens in zwei Tagen in Jerusalem eintreffen werden." Tatsächlich konnten sie bereits am Abend des darauffolgenden Tages die goldene Kuppel des Felsendoms im Licht der untergehenden Sonne erkennen. „Jerusalem!", rief Arnaud.

„Morgen wir sind endlich am Ziel unserer Reise!"

Kapitel 2

Jerusalem im Jahre 1185

Als sie durch das Damaskustor in die Stadt ritten, läuteten überall die Glocken und schwarze Fahnen hingen von den Häusern. Die Menschen rannten aufgeregt durcheinander und Bruder Roger fragte einen Tempelritter in Rüstung, der ihnen entgegenkam: „Was ist passiert, Bruder?" „König Baudoin ist tot. Ich muss sofort zu Graf Raymond nach Tripolis, meldet euch im Hauptquartier!" Die Nachricht verbreitete sich wie ein Lauffeuer unter den Reisenden und Arnaud ahnte, dass dies nichts Gutes zu bedeuten hatte. Roger führte die Truppe entlang der Tariq al Wad, welche vom Norden durch die Stadt vorbei an der Klagemauer verlief. Sie lag im Tyropöon-Tal, dem Tal der Käsemacher, und leitete die Abwässer der Stadt in Richtung Mist-Tor. Das Hauptquartier der Templer in Jerusalem befand sich in der Al-Aqsa-Moschee auf dem Gebiet des alten herodianischen Tempels.*

* Der Legende nach soll hier auch der Tempel Salomons gestanden haben und nachdem die ersten Templer diesen Ort als Quartier von König Balduin I. zugewiesen bekommen hatten, nannten sie sich fortan: „Arme Ritterschaft Christi und des Salomonischen Tempels".

Die Stallungen befanden sich an der Ostseite der Moschee und hatten enorme Ausmaße. Hunderte Pferde waren hier untergebracht und der Platz wimmelte vor Knappen und Handwerkern. „Lasst die Pferde hier, die Knappen melden sich beim Stallmeister und alle anderen folgen mir!", befahl de Granville. Als sie das Refektorium betraten, stockte Arnaud der Atem. Der Palais, wie er von den Brüdern genannt wurde, war eine Halle von immensen Ausmaßen. Im Inneren des Raumes wurde das Gewölbe von Säulen gestützt und an den Wänden hingen Waffen und Schilder mit den Templerkreuzen. Es hatten sich bereits Hunderte Brüder versammelt und der Seneschall von Jerusalem und Roger de Moulins[20], der Großmeister des Johanniter-Ordens, traten vor die Versammelten und erhoben ihre Stimme:

„Seid gegrüßt, Brüder. Wir haben schlechte Nachrichten. König Baudoin ist tot. Die Herrschaft im Königreich wird auf seinen Sohn Balduin V. übergehen. Nachdem er noch ein Kind ist, wird Guy de Lusignan[19], als Ehemann von Baudoins Schwester Sybilla, die Regentschaft übernehmen."

Ein Raunen erhob sich im Palais und Roger de Moulins endete mit den Worten: „Lasst uns gemeinsam für unseren verstorbenen König beten!" Daraufhin knieten alle Anwesenden nieder und sprachen fünf „Pater Noster" und das „Gloria patri".

Am nächsten Tag wurden Arnaud und Bernard in ihre Pflichten eingewiesen. Arnaud wurde, so wie in Gisors, dem Großdrapier als Sekretär zur Seite gestellt. Bernard versah seinen Dienst in den Stallungen des Tempels und musste sich um das Wohl der Pferde kümmern. Außerhalb von Jerusalem hatten die Templer großzügige Weidengründe und Gehege für die Schafe, Rinder und Pferde des Ordens. Auf diesem Terrain wurden auch die Waffenübungen der Ritter durchgeführt. Jeder Ritter kämpfte mit Lanze, Helm und Schild. Zusätzlich trugen sie ein Kettenhemd und waren mit einem Schwert und einem Dolch bewaffnet. Anders als beim normalen Heer trainierten die Templer gemeinsam, um hohes Kampfniveau zu erreichen. Die Taktik der *Eschielle* wurde auch von Sergeanten gelernt und sollte dem Heer auf dem Schlachtfeld eine strategische Überlegenheit sichern. Der Tempel in Jerusalem bot Platz für 500 Ritter und hatte eine große Waffenkammer und eine eigene Schmiede, wo Metallteile für Sättel hergestellt und Harnische repariert wurden. Die Schlafsäle befanden sich auf einem Korridor, welcher an der der Kirche zugewandten Seite, also im Norden des Tempels, lag. Jeder Bruder besaß einen Stuhl, eine Kommode, ein Bett, eine mit Stroh gefüllte Matratze, ein Kissen, Leintuch und eine Decke. Beim gemeinsamen Mahl hatten die Meister und Kaplane einen fixen Platz. Die Tische waren mit Tischdecken versehen und es herrschte absolutes Schweigen. Im Sinne der christlichen Nächstenliebe wurden die Essensreste an die Armen verteilt. Der Großdrapier von Jerusalem, ein kleiner untersetzter Mann namens Henry de Troyes, war mit Arnauds Diensten äußerst zufrieden, sodass er ihm schon nach kurzer Zeit die Organisation der Verpflegung überantwortete. Hatte Arnaud in den ersten Wochen seines Aufenthalts wenig Zeit gehabt, den Tempel zu verlassen, so war er nun fast täglich damit beschäftigt, Nahrungsmittel und Stoffe zu besorgen. Ganz nebenbei lernte er auch die Stadt kennen, welche in vier Viertel, das Christliche, das Armenische, das Jüdische und das Arabische unterteilt war. Besonders im arabischen Viertel entlang des Al-Wad und seinen Seitengassen konnte man ausgezeichnete Qualität erwerben. Arnaud führte genau Buch über die Ausgaben des Ordens. Zu einem alten Händler in einer kleinen Seitengasse fasste er besonderes Vertrauen. Tariq* wohnte im arabischen Viertel, ein paar Querstraßen zur Via Dolorosa. Er besaß dort einen kleinen Laden, in dem er Gemüse und Gewürze feilbot. Sein Haus war eines der ältesten des arabischen Viertels und wurde seit mehreren Generationen von seiner Familie bewohnt. Ebenerdig befand sich auch das Lager, in welchem Waren aller Art und große Tontöpfe mit den unterschiedlichsten Gewürzen aufbewahrt wurden. Allein beim Eintritt in den Lagerraum wurde man von einem unglaublich intensiven Erlebnis an olfaktorischen Reizen erfasst. An einer Ecke roch es intensiv nach Kardamom, ein paar Meter weitere gesellten sich der Duft von Kümmel und Zimt dazu und wieder einen Topf weiter konnte man an der Farbe des Tontopfes und der Farbspuren, die Jahrzehnte der Lagerung hinterlassen hatten, erkennen, dass hier Safran aufbewahrt wurde.

Der Name Tariq hat eine lange Historie in der arabischen Welt. Er bedeutet „der Hämmernde" und ist Symbol für den Morgenstern. Der zum muslimischen Glauben konvertierte Berber Tariq Ibn Ziyad besiegte die Westgoten unter Roderich im Jahre 711 und ebnete dadurch den Weg für die maurische Eroberung Spaniens. Der Name

von Gibraltar leitet sich aus der arabischen Beschreibung für Dscha-
bal Tariq, „Felsen des Tariq" ab.
* Der Name Spaniens geht übrigens auf die Phönizier zurück. Beim*
Anblick der Kaninchen auf der iberischen Halbinsel würden die See-
fahrer aus der Levante an Schliefer – eine Murmeltiergattung – er-
innert und nannten das Land fortan „I-Shapan".

Arnaud wurde unweigerlich an seine Kindheit in Dinan und das
väterliche Gewerbe erinnert. Schon damals war er von den unterschiedlichen Gerüchen und Geschmacksnoten der Gewürze
seines Vaters fasziniert gewesen. Er konnte die Ankunft neuer
Ware über den Hafen in St. Malo und weiter über die Boote auf
dem Fluss Rance bis zum Hafen von Dinan kaum erwarten. Jedes Mal, wenn eines der kleinen Boote unter der dreibogigen
Steinbrücke in Richtung Hafen fuhr, stand er bereits an der
Mole und inspizierte mit neugierigen Augen die neue Fracht. Er
wartete ungeduldig an der Seite seines Vaters, bis dieser endlich die neu eingetroffene Ware begutachten konnte und für den
Fall, dass man sich handelseinig wurde, der Befehl an die Trä-
ger erging, das erworbene Gut über den steilen Weg bergauf in
die Stadt zu bringen.
  Die Auswahl an Gewürzen in Jerusalem war jedoch viel exo-
tischer und Arnaud quälte Tariq ständig mit Fragen nach der
Herkunft und der Verwendung der einzelnen Gewürze. Der Keller des Hauses war mit einer schweren Holztüre verschlossen
und auf die Frage, was sich darin befände, murmelte Tariq nur
etwas Unverständliches in seinen bereits ergrauten Bart. Wenn
es die tägliche Pflicht zuließ, traf Arnaud sich mit Bernard zu
einem abendlichen Gespräch in den Stallungen. Bernard war
äußerst geschickt in seinem Handwerk und konnte diverse Ge-
genstände aus Metall anfertigen. Seit der Krönung von Guy de
Lusignan hatte Jerusalem zwar wieder einen König, doch man
spürte eine seltsame Nervosität in der Stadt. Händler berichte-
ten von Überfällen muslimischer Karawanen durch die Templer und Arnaud fragte sich, ob sich der fragile Frieden im Land
halten würde. „Was denkst du?", fragte er Bernard. „Ich weiß

nicht, aber die Grafen von Ibelin, Tripolis und Akkon werden uns sicher beschützen. Außerdem ist auch unser Großmeister Gerard de Ridefort mittlerweile in der Stadt und er wird uns mit großer Weitsicht im Namen des Herrn leiten."

Arnaud war nun schon mehr als ein Jahr im Heiligen Land und trotz der Hitze in den Sommermonaten liebte er die Stadt, weil er sich Jesus Christus näher fühlte und das Miteinander der verschiedenen Religionen und Kulturen bewunderte. Für die Christen war der Felsendom nur eine Moschee, für Muslime aber war der Felsen der Platz, an dem ihr Prophet Mohammed in den Himmel aufgestiegen war. Diese Tatsache machte Jerusalem nach Mekka und Medina zur drittheiligsten Stätte ihrer Religion. Für die Christen war die Klagemauer nur eine Außenmauer der Tempel von Herodes, aber für die Juden war es ein heiliger Ort. Die Grabeskirche wiederum hatte größte Bedeutung für die christlichen Bewohner Jerusalems und zog scharenweise Pilger aus aller Herren Länder an. Seine Freundschaft mit Tariq hatte sich vertieft und manchmal gingen sie einfach durch die Viertel der Stadt und Tariq erklärte Arnaud, wo wer wohnte und welche Bewandtnis es mit den Gebäuden hatte. Als sie in einem der Viertel beim Durchgang von Muristan eine ältere Frau mit weit geöffnetem Kleid im Fenster sahen, fragte Arnaud: „Was macht diese Frau?" „Sie bietet sich feil, soll ich sie nach dem Preis fragen?", fragte Tariq mit einem schelmischen Lächeln. „Du weißt, dass mir der Kontakt mit Frauen verboten ist", antwortete Arnaud. „Ich darf nicht einmal meine Schwester oder Mutter küssen." „Nun denn, aber ich glaube, du verpasst etwas. El gamal El kebir, yealem el rekup." „Was bedeutet das?" „Auf alten Kamelen lernt man reiten", sagte Tariq und zog dabei seine rechte Augenbraue hoch. An diesem Tag zeigte Tariq Arnaud, was sich hinter der Kellertür verbarg. Mit einer Öllampe stiegen sie die Steintreppe hinunter und als sich Arnaud an die Finsternis gewöhnt hatte, konnte er sein Staunen nicht unterdrücken. „Was ist das alles?", fragte sich Arnaud. Überall lagen Steine in diversen Farben und über dem massiven Steintisch thronte ein hölzernes Regal mit Dutzenden kleinen Fläschchen und Phiolen, die mit Flüssigkeiten gefüllt waren. „Was bewahrst du hier auf?" „Diese vielen Fläschchen, das ist Alchemie und die ist des Satans." „Nein", erwiderte Tariq und zeigte ihm einen der grünblauen Kristalle, die ebenfalls im Keller herumlagen. „Kennst du die Schriften von Dschābir ibn Hayyān[21]?" Bei euch Christen wird er auch ,Jeber' genannt." „Nein", antwortete Arnaud. „Er war einer der größten muslimischen Gelehrten des achten Jahrhunderts, nach eurer Zeitrechnung, und hat ein umfangreiches Werk naturphilosophisch-alchemistischer und medizinischer Schriften hinterlassen. Ich habe diese Kristalle am Ufer des Toten Meeres in der Nähe der Quellen des Herodes gefunden. Sie enthalten Kupfer. Wenn man die Kristalle mit Salpeter unter Zugabe von Bittersalz erhitzt, erhält man eine starke Säure, welche Jeber ,Scheidewasser' genannt hat. Es löst Silber auf, aber bei echtem Gold bleibt es ungefärbt. Dieses Fläschchen enthält das ,Aqua dissolitiva', aber Vorsicht mein Freund, du darfst die Flüssigkeit nie mit bloßen Händen berühren." Arnaud wusste nicht, ob er seinem arabischen Freund Glauben schenken sollte, das war sicher Teufelswerk und allein für die Tatsache seiner Anwesenheit in einer solchen Hexenkammer konnte er vom Orden ausgeschlossen und gehängt werden. Tariq sah den Zweifel in seinen Augen. „Ihr Christen habt mächtige Katapulte und schwere Rüstungen, aber von Naturwissenschaften habt ihr keine Ahnung. Komm, ich zeige es dir!" Er tropfte etwas Säure auf eine Silbermünze und sie verfärbte sich schwarz. Zufällig fielen ein paar Tropfen auf die Steinplatten des Kellers und plötzlich stieg beißender Rauch auf und der Stein begann, sich aufzulösen. Arnaud nahm die Öllampe und betrachtete die Reaktion. Der Stein schmolz förmlich dahin. „Siehst du", erklärte Tariq, „es ist nicht ungefährlich." „Das ist unglaublich!", sagte Arnaud. „Erzähl mir mehr von diesem Jeber." Tariq nahm ein in Leder gebundenes Buch und erklärte Arnaud die Schriften des Gelehrten. Arnaud war fasziniert von dem Wissen und den Erkenntnissen, die das Buch offenbarte. „Nun, mein Freund", sagte Tariq, „vielleicht siehst du die Welt nun mit anderen Augen?" Von draußen konnte man den Ruf des Muezzins hören und Tariq verabschiedete sich, da es für ihn Zeit des Gebets war. Er rollte seinen Gebetsteppich aus, kniete nieder und begann sein Abendgebet mit den Worten:

„Lā ilāha illāllāh, muḥammadu r-rasūlullāh."

Arnaud bedankte sich und als er das Haus seines Freundes verließ, schwirrten Hunderte Gedanken in seinem Kopf.

Der Stein, aus dem die meisten Gebäude von Jerusalem gebaut waren, hieß Melekeh. Er wurde im Norden der Stadt abgebaut und war schon seit Jahrtausenden das meistverwendete Baumaterial der Stadt. Melekeh war ein besonders dichter Kalkstein und konnte nur mit schwerem Gerät bearbeitet werden. Auch die Al-Aqsa-Moschee bestand zum Großteil aus Melekeh.

Eines Tages nahm Arnaud in der Küche des Tempels eine Ladung Wein aus Pella in Empfang. Pella lag nördlich von Jerusalem und von seinen Hängen hatte man einen wunderbaren Blick über das Tal des Jordans. Der Wein aus dieser Region war sehr bekömmlich und ein Amphitheater aus der Römerzeit zeugte davon, dass Pella schon seit Jahrtausenden bewohnt war. Nachdem er die Ladung vorschriftsmäßig quittiert hatte, stellte Arnaud ein Acetabulum mit Essig so ungeschickt auf den Rand des hölzernen Tisches, dass es zerbrach und sich sein Inhalt über den Boden ergoss. Arnaud ärgerte sich über seine Tollpatschigkeit und begann, die Scherben vom Boden aufzuheben. Der Essig jedoch blieb nicht auf dem Steinboden liegen, sondern floss durch eine kleine Ritze zwischen zwei Platten des Bodens in die Tiefe. Arnaud nahm ein Leinentuch und säuberte die Platten. Jahrhunderte von Staub und Schmutz hatten eine dicke Kruste über dem Stein gebildet. Arnaud nahm etwas Wasser und schüttete es über den Boden, wiederum blieb nur ein kleiner Teil an der Oberfläche und der Rest sickerte durch die kleine Ritze. Als er den Stein vollständig gesäubert hatte, kam am rechten oberen Ende der einen Platte ein Zeichen zum Vorschein. Der Spalt zwischen den Steinen befand sich etwas unterhalb davon. Arnaud wunderte sich zwar über das Loch im Boden, doch er schenkte dem Vorfall keine Bedeutung und bedeckte die Stelle mit Stroh.

Im Mai des darauffolgenden Jahres spitzte sich die Lage im Königreich Jerusalem dramatisch zu. Die Grafen des Königreichs waren zerstritten und Saladin nutzte die Uneinigkeit der Christen aus. Er schickte seinen Sohn Al-Afdal[22] mit einer Armee von Sarazenen aus, um Rache für den Überfall einer muslimischen Karawane zu üben. Raymond III. von Tripolis weigerte sich immer noch, Guy de Lusignan als König anzuerkennen. Schließlich war er jahrelang der Berater Königs Baudoins gewesen und trug sich mit dem Gedanken, ein Bündnis mit Saladin einzugehen. Als Gerard de Ridefort, der Großmeister des Templerordens, und Roger de Moulins, der Großmeister des Johanniter-Ritterordens, davon erfuhren, stellten sie eine kleine Truppe aus Templern und königlichen Truppen aus Nazareth zusammen, um Al-Afdal entgegenzureiten. Bernard musste die Templer am nächsten Tag nach Nazareth begleiten und Arnaud suchte ihn bei den Stallungen auf. Sein Freund war gerade mit dem Aufzäumen eines schwarzen Hengstes beschäftigt. „Ein schönes Tier, wie heißt es?" „Al-Debaran, er ist nach den Sternen benannt* und gehört dem Großmeister Gerard de Ridefort."

Al-Debaran, auf Arabisch „der Nachfolgende", ist ein Stern in der Galaxie α Tauri. Er folgt immer den Plejaden, auch Atlantiden, die nach der Tochter des Gottes Titan benannt sind. Al-Debaran war der Name des weißen Hengstes, der im legendären Wagenrennen des Historiendramas „Ben Hur" auf der Innenbahn des Vierergespanns lief.

Bernard war voll des Tatendrangs und erzählte Arnaud vom bevorstehenden Ereignis. „Ich darf mit den Rittern gegen Saladins Sohn ziehen. Hoffentlich erweise ich mich als würdig und werde in der Schlacht bestehen." „Das wirst du sicher, pass nur auf, dass dich die Krummsäbel der Sarazenen nicht treffen."

Am nächsten Tag marschierten Templer und Johanniter gemeinsam aus der Stadt. Arnaud winkte seinem Freund Bernard Lebwohl. Irgendwie beschlich ihn das Gefühl, dass diese spontane Mission ohne Rückendeckung des gesamten Heeres nicht von Erfolg gekrönt sein würde und dass die beiden Großmeister die Schlagkraft ihrer Truppen überschätzten. Als er tags darauf Tariq in seinem Laden besuchte, saß dieser bei einem Tee und einem Teller voller Süßigkeiten. „Ich dachte, die Muslime fasten im Ramadan", sagte er mit Verwunderung. *„Ain al Fitr"*, erwiderte Tariq. „Der Tag des Zuckers, das Fasten ist vorbei." Nach einem ausgiebigen Mahl schlenderten sie durch die Stadt. Arnaud sah an einem der Häuser ein Zeichen, das der Inschrift auf dem Stein ähnelte. „Was bedeutet das?" „Das ist das hebräische Wort für Gold, der Mann ist ein Goldschmied", sagte Tariq mit einem breiten Lachen auf seinen Lippen. „Ich danke dir, mein Freund", sagte Arnaud und verabschiedete sich, höflich, aber bestimmt. Am Rückweg zum Tempel schwirrten die unmöglichsten Gedanken durch seinen Kopf, doch eines wusste er sicher: Er würde den Boden der Küche noch genauer untersuchen. Am nächsten Tag ereilte die Stadt die Nachricht von der Schlacht bei Cresson. Am Brunnen von Ain Gozeh war es den Sarazenen gelungen, die Ritter und das Fußvolk der Ordensritter zu spalten, die getrennten Truppen aufzureiben und zu besiegen. Es ging das Wort, dass nur wenige Christen die Schlacht überlebt hatten und Arnaud blickte voller Sorge Richtung Norden.

Am Abend traf eine kleine Gruppe von Reitern in Jerusalem ein. Unter ihnen war Gerard de Ridefort, der Großmeister des Templerordens und auch Bernard Najac. Die Reiter waren die einzigen Überlebenden des Massakers am Ain Gozeh. Arnaud stürmte ihnen entgegen. „Um Himmels willen, Bernard, was ist passiert?" Bernard saß wie paralysiert im Sattel und fiel seinem Freund vor die Füße. Er war völlig aufgelöst, sodass ihn Arnaud zu den Stallungen brachte und ihm einen Krug Wein reichte. Nachdem er ausgiebig getrunken und sich wieder gefasst hatte, sagte er mit tränenden Augen: „Wie kann es sein, dass ein Heer von Christen, welches im Namen Gottes in die Schlacht zieht, völlig gottverlassen abgeschlachtet wird? Die Sarazenen haben alle enthauptet, es war eine vernichtende Niederlage. Ich bin gemeinsam mit Gerard de Ridefort und William de Tracy[23]* nur mit knapper Not dem Tod entkommen. Der Großmeister der Johanniter Roger de Moulins ist tot, auch er wurde enthauptet." Bernard sank in sich zusammen und weinte. „Welche Schande", sagte er, „welche Schmach."

William de Tracy war einer der vier Ritter, die im Jahre 1170 Thomas Becket[24] in der Kathedrale von Canterbury erschlagen hatten. Er war zur Buße vom Papst ins Heilige Land geschickt worden. Der erste Schwerthieb des Attentats wurde von Reginald von Fitzurse ausgeführt. Dieser spaltete Thomas Becket den Schädel. Anlass dafür war die wutentbrannte Rede von Heinrich II.[25] von England gewesen, in der er sich über das renitente Verhalten seines Untergebenen beschwerte.

Heinrich II. hatte sich mit seinem ehemaligen Lordkanzler und Erzieher seiner Kinder, unter anderem auch Richard Löwenherz[26], im Disput über die Gerichtsbarkeit des Klerus überworfen. Um sicherzugehen, dass Thomas Becket auch wirklich tot war, wurde sein Gehirn von den vier ambitionierten Rittern auf dem Altar der Kathedrale verteilt. Thomas Becket wurde im Jahre 1173 vom Papst heiliggesprochen und Heinrich II. musste als Buße im darauffolgenden Jahr eine Nacht kniend neben seinem Sarg Wache halten. Heinrich II. starb am 6.7.1189 in der Stadt Chinon. Chinon liegt nur gering südlich der Stadt Angers – der Namensgeberin des Angevinischen Reichs und des Stammsitzes der Grafen von Anjou. Das Angevinische Reich umfasste neben England und Schottland auch den gesamten Westen und Teile des Südens von Frankreich. Der Graf von Toulouse war in Personalunion somit auch Earl of Leicester.

Die Grablegung Heinrichs II. erfolgte in der Abbaye Royale von Fontevraud. Heinrichs Vater, Gottfried V.[27] von Anjou, hatte immer einen Ginsterzweig – „la plante genêt" – als Helmzier verwendet und war somit Namensgeber für das Haus Plantagenet, das über mehrere Jahrhunderte England regierte.

Zum ersten Mal in seinem Leben wurde Arnaud von Zweifeln erfüllt und der Gedanke stieg in ihm empor, ob dieses von Fanatikern propagierte Töten wirklich im Sinne von Jesus Christus war. „Hat nicht unser Herr Jesus die Nächstenliebe über alles im Leben gestellt und uns gelehrt, unsere Feinde zu lieben?" Am nächsten Tag hatte sich Bernard wieder einigermaßen gefasst und Arnaud bat ihn in sein Schreibzimmer. „Ich möchte mit dir reden." Du hast mir von friedliebenden Christen in deinem Land erzählt." „Die Albigenser meinst du?" Arnaud nickte. Bernard erzählte ihm von einer Glaubensgemeinschaft in Okzitanien, die eine gänzlich andere Auslegung der Heiligen Schrift praktizierten. „Stell dir vor, die Messe wird sogar in unserer eigenen Sprache gelesen und nicht in Latein, was sowieso keiner versteht. Die Mitglieder leben in Armut und teilen all ihr Hab und Gut untereinander." Die Katharer seien wohl erstmals in der Stadt Lombers aufgetaucht und hätten sich dann im gesamten Languedoc verbreitet, ausgehend von der Stadt Albi. „Aha", erwiderte Arnaud, daher also der Name Albigenser. Der Gedanke an diese Menschen ließ ihn nicht mehr los. Was, wenn die Kirche, wie er sie seit seiner Kindheit kannte, nicht dem Vorbild von Jesus Christus und der christlichen Nächstenliebe entsprach? „Während deiner Abwesenheit habe ich eine Entdeckung gemacht", sagte er. „Wovon sprichst du?" „Ich brauche deine Hilfe in der Küche des Tempels." „Wobei?" „Wir müssen eine der Steinplatten des Fußbodens entfernen. Ich glaube, darunter befindet sich etwas Wertvolles." Arnaud erzählte seinem Freund von der Unterhaltung mit Tariq und zeigte ihm das hebräische Zeichen für Gold: *ריפֹוא

* Das Land Ophir ist ein Goldland in der hebräischen Bibel. König Salomon der Weise soll von dort sein Gold geholt haben. Der Beiname „der Weise" geht auf einen Urteilsspruch zurück. Zwei Frauen hatten zur gleichen Zeit entbunden und eines der Kinder starb. Beide Frauen behaupteten vor Gericht, die leibliche Mutter des überlebenden Kindes zu sein. Salomon nahm sein Schwert und schickte sich an, das Kind zu töten. „Haltet ein", sprach eine der beiden Frauen. „Gebt es ihr, mein Herr." Nur die wahre Mutter würde durch ihre Worte das

Überleben des Kindes sichern. Der Legende nach brachte König Salomon nach drei Jahren Abwesenheit 400 Zentner Gold aus dem Land Ophir nach Jerusalem. Ophir wird oft mit dem aus ägyptischen Quellen bekannten Goldland „Punt" in Zusammenhang gebracht. Die genaue Lage in Afrika, der Sage nach in Eritrea oder Somalia, ist unbekannt. Die Römer kannten den Kontinent Afrika bis Tansania.

Kapitel 3

Der Tempel

In den nächsten Wochen waren alle Ordensbrüder im Tempel mit dem vernichtenden Ausgang der Schlacht von Cresson beschäftigt und sorgten sich um die Zukunft von Jerusalem. Saladin hatte seinen Belagerungskreis enger um die Stadt gezogen. Der Sommer des Jahres 1187 war besonders heiß und die Nachricht von der Belagerung der Stadt Tiberias sorgte für zusätzliche Unruhe in der Stadt. Eschiva von Bures[28], die Gemahlin von Raimund III von Tripolis, war in der Festung von Tiberias eingeschlossen und drohte, Saladin in die Hände zu fallen. Es gab Gerüchte über einen bevorstehenden Krieg und allerorts wurden Lebensmittel und Wasser zur Verpflegung der Truppen rationiert. Arnaud hingegen hegte immer mehr Zweifel, ob das permanente Töten wirklich im Sinne des Herrn war. Er machte sich daran, einen Plan für die Bergung der Steinplatte zu schmieden. Seine Neugierde war geweckt. Nachdem er gemeinsam mit Bernard die schmale Ritze zwischen den Steinen mit einem Messer untersucht hatte, steckte er einen Strohhalm hinein und konnte darunter keinen Widerstand ertasten. Beim Abklopfen des Fußbodens stellten beide fest, dass nur die Platte mit der Inschrift hohl klang. Der Boden war vielleicht vor Jahrhunderten, wenn nicht sogar noch zu Zeiten König Salomons, verlegt worden und die Ränder boten keine Möglichkeit einer Halterung. „Kannst du mir zwei Hufnägel schmieden, durch welche man an der Spitze eine Öse anbringen kann?" „Natürlich, aber was hast du im Sinn?" Arnaud dachte an die magische Säure von Tariq, die den Stein binnen Sekunden aufgelöst hatte. „Wir treffen uns morgen abends!", sagte er aufgeregt.

Am nächsten Tag suchte Arnaud das Haus seines arabischen Freundes auf. „Tariq, können wir in den Keller gehen, ich habe eine Bitte." Tariq wunderte sich über die direkte Vorgangsweise seines Freundes, da sie normalerweise am Morgen Tee tranken und sich dann über den Einkauf unterhielten. „Natürlich, mein Freund, wenn es dir beliebt." Im Keller angekommen fragte Arnaud: „Kannst du mir ein Fläschchen mit dem Aqua Dissolutiva geben, ich brauche es dringend." Tariq blickte ihn mit fragenden Augen an. „Du weißt um die Gefahr dieser Flüssigkeit." Arnaud nickte. „Nun denn, mein Freund, so sei es, aber bitte, nimm den Lederhandschuh mit und vermeide jeglichen Kontakt mit deiner Haut." Arnaud verbeugte sich in Dankbarkeit und stieg die Treppen des Hauses empor. Als sie sich am Abend nach der Mette wie vereinbart in der Küche trafen, zog Arnaud den Lederhandschuh aus seinem Mantel und streifte ihn behutsam über seine rechte Hand. Dann öffnete er die Phiole und tropfte ihren Inhalt auf die Mitte der Steinplatte. „Was machst du da?", fragte Bernard. „Sieh doch, der Stein wird durch die Säure aufgelöst." Der beißende Geruch des geätzten Kalksteins stieg auf und Bernard wich zurück. „Das ist Teufelswerk!" „Blödsinn, ich habe die Wirkung der Säure in den Schriften eines sehr klugen Mannes gelesen. Komm, wenn wir es schaffen, ein Loch in der Mitte zu ätzen, dann können wir deine Hufnägel an einem Gewicht befestigen und die Platte aus dem Fundament lösen." Tatsächlich, noch bevor die Phiole leer war, hatte sich in der Platte ein Loch gebildet und Arnaud sondierte es mit einem kleinen Brenneisen. Die Platte hatte keinen festen Boden. „Gib mir die Hufnägel!", sagte er aufgeregt zu Bernard. Das Loch war noch zu klein für beide Nägel, doch darunter konnte er einen Hohlraum ertasten. Noch etwas Säure, und die Öffnung würde Platz für die Bergung bieten. „Die Nägel!" Bernard reichte ihm die vorgefertigten Metallstifte und Arnaud befestigte eine Öse durch deren Öffnung. Im Licht der flackernden Öllampen verknotete Arnaud ein Seil an der Öse und spannte es über den großen Steintisch der Küche. „Nimm das Korbgeflecht für die Melonen und befülle es mit den Steinen von der Feuerstelle!" Dieser tat, wie ihm geheißen wurde und erzeugte so einen Zug auf die Platte. Arnaud beträufelte die Seitenränder der Platte mit einigen Tropfen aus der Phiole und nach kurzer Zeit löste sich der

Stein aus seiner Verankerung. Arnaud legte die Platte behutsam zur Seite und nahm eine der Öllampen. Unter der Platte befand sich eine quadratische Öffnung, sodass die Platte nur auf ihren vier Ecken befestigt war. Darunter konnte er eine kleinere runde Öffnung erkennen, welche mit Sand bedeckt war. Arnaud griff mit dem Lederhandschuh in die Tiefe und tastete nach dem Boden des Hohlraums. Alles, was er fühlte, war Sand, doch die Öffnung ging noch tiefer in das Fundament. „Nur Akthar!", sagte Arnaud. „Was bedeutet das?" „Mehr Licht, mein Freund." Nachdem er die oberste Schicht des Sandes entfernt hatte, sah er im Licht der Lampe ein metallisches Glitzern. Er fragte sich, was das wohl sei? Bernard übernahm die Lampe und Arnaud schürfte nun mit beiden Händen in der Tiefe. Schlussendlich bekam er ein rundliches Gebilde zu fassen und zog es aus seinem Bett. Es war eine goldene Schale mit flachem Boden. Sie war in etwa handtellergroß und hatte an den Rändern zwei Perforationen. Arnaud blies den Staub von der Schale und sah, dass ihr Boden mit einer Inschrift versehen war. „Was ist das?", fragte Bernard. „Ich weiß es nicht, aber irgendjemand hat sich große Mühe gemacht, es zu verstecken. Und wir haben es gefunden." Arnaud reinigte die Schale mit Wasser und beträufelte sie mit dem Rest der Säure. Wenn sie aus Gold war, würde sich die Flüssigkeit nicht verfärben. Und tatsächlich, keine Reaktion. „Wir müssen das Loch wieder verschließen und die Platte an ihren Platz legen." „Sollen wir dem Großmeister von unserem Fund berichten?", fragte Bernard. „Nein, es ist schon zu spät und der Meister ist mit anderen Dingen beschäftigt." Arnaud nahm die Schale und zog einen Lederriemen durch die seitliche Perforation. Er wickelte sie in ein Leinentuch und hängte sie um seinen Hals, an dem sich das hölzerne Kreuz der Templer befand. Nachdem sie die Steinplatte wieder in ihr Fundament gelegt hatten, versiegelten sie den Boden mit Sand und Arnaud umarmte Bernard. „Danke, mein Freund!" Am nächsten Tag würde er dem Großdrapier von ihrem Fund berichten. Arnaud wurde jäh durch das Läuten der Kirchenglocken aus seinem kurzen Schlaf gerissen.

„Zu den Waffen, Brüder!", hallte es durch den Schlafkorridor. „Wir ziehen in den Krieg!" Er dachte an die Ereignisse der letzten Nacht und fragte sich, ob er geträumt hatte. Doch dann spürte er ein Objekt auf seinem Brustkorb und tastete danach. Tatsächlich, die Schale hing an seinem Hals, es war kein Traum gewesen. Er zog sich hastig an und suchte den Großdrapier. Im Refektorium wurde er fündig und lief zu ihm. „Meister Henry, ich muss Euch erzählen, was ich gestern in der Küche gefunden habe." „Nicht jetzt, Arnaud", sagte dieser mit einer abwehrenden Geste seiner Hand. „Hast du es nicht gehört? Wir ziehen in den Krieg gegen die Sarazenen, das gesamte Heer. Weise die Diener an, die Ochsenkarren zu beladen! Du weißt schon, Wasser, Lebensmittel und Decken, falls wir auf offenem Feld schlafen müssen. Mach dich bereit, wir rücken heute noch aus!"

Arnaud tat, wie ihm geheißen wurde und machte sich im Trubel der allgemeinen Aufbruchstimmung auf den Weg zum Lager. Nachdem er die Liste von Henry de Troyes abgearbeitet hatte, musste er an Tariq denken. Er musste sich unbedingt von ihm verabschieden und sich für die Phiole bedanken. Ohne zu überlegen, rannte er in Richtung des arabischen Viertels. Die Stadt war trotz des Lärms der Kriegsvorbereitungen von einer sonderbaren Unruhe erfüllt, da die Händler nicht wie sonst üblich ihre Waren anpriesen, sondern ihre Läden verschlossen hatten. Auch das geschäftige Treiben der Kinder und Jugendlichen auf den Marktplätzen schien an diesem Tage einer bedeutungsschweren Ruhe zu weichen. Endlich sah er das Haus von Tariq und lief hinein. „Du ziehst in den Krieg, Arnaud?" „Ja, wir rücken heute noch aus. Ich wollte mich unbedingt von dir verabschieden und mich bei dir bedanken. Das Fläschchen hat mir gute Dienste geleistet." Tariq lächelte und umarmte seinen Freund so inniglich, als ob er ihn für eine lange Zeit verabschieden wollte. Mit gebrochener Stimme erwiderte Tariq: „Maleikum salam", nachdem sich Arnaud auf der Schwelle des Hauses verabschiedet hatte. Eines Hauses, in dem er so viel Freundschaft und Zuneigung erfahren hatte und welches ihn schlussendlich auch in den Besitz eines kostbaren Gutes gebracht hatte.

Als Arnaud in die Al-Aqsa-Moschee zurückkehrte, sah er, dass sich schon Hunderte Tempelritter davor versammelt hatten. Der König hatte Befehl gegeben, nach Akkon zu ziehen und von dort die Entsetzung Tiberias zu planen. Bernard kam ihm wild gestikulierend entgegen und bedeutete ihm, dass er sich umgehend um die Pferde kümmern müsse, da die Abreise kurz bevorstand. Inmitten des chaotischen Treibens begab er sich eilends in die Küche, betrachtete die Steinplatte mit der Inschrift. Der Sand und das mit Erde verklumpte Stroh hatten jegliche Spuren der letzten Nacht verdeckt. Als er schlussendlich alles auf den ihm zugewiesenen Ochsenkarren gepackt hatte, vergewisserte er sich noch einmal über die Vollständigkeit des Essens und der Wasservorräte. Schon ertönte das Signal zum Abzug und unter Beifall und Applaus der christlichen Bevölkerung setzte sich das Kreuzfahrerheer unter der Führung von Guy de Lusignan in Bewegung. Der König trug das weiße Gewand mit den fünf Kreuzen, welches auf Gottfried von Bouillon[29]*, den ersten christlichen Regenten von Jerusalem, zurückgeht.

Gottfried von Bouillon war ab 1099 der erste christliche Regent von Jerusalem. Aus Ehrfurcht vor Jesus Christus verweigerte er den Titel König von Jerusalem. Die fünf Kreuze seines Mantels symbolisieren die fünf Wunden, welche Jesus Christus bei seiner Kreuzigung erlitten hatte. Die vier kleinen Kreuze nehmen Bezug auf die Verletzungen an Händen und Füßen – durch die Nägel – und das fünfte, ein griechisches Kreuz in der Mitte seines Mantels, repräsentiert den tödlichen Stoß mit der Lanze in die Seite des Gekreuzigten.

Die königlichen Streitkräfte verließen Jerusalem durch das Damaskus-Tor, allen voran das Kreuz von Bethlehem, getragen von dessen Bischof. Die Templer und Johanniter hingegen nahmen das Herodes-Tor vorbei an den Patrizierhäusern des Stadtteils Bethesda. Der Großmeister des Templerordens Gerard de Ridefort führte seine Ordensleute an und ihm zur Seite ritt Reunald de Châtillon[30], welcher durch seine wiederholten Überfälle auf sarazenische Karawanen und Massaker an Muslimen Anlass für den bevorstehenden Feldzug gegeben hatte. Arnaud befand sich im letzten Teil des Trosses gemeinsam mit den „Milites ad treminum" und den Turkopolen. Er erfuhr erst spät vom bevorstehenden Plan der Kreuzritter, sich in Sepphoris mit den Rittern unter Raymund von Tripolis zu vereinen und danach Richtung Tiberias zu ziehen. Raymund hatte sich auf Grund der Sommerhitze und der mangelnden Verfügbarkeit von Wasser für etwa 20.000 Truppen explizit gegen den Schlachtplan ausgesprochen, wurde aber vom König nicht erhört. Guy de Lusignan war durch einen nächtlichen Besuch und die Intervention des Templergroßmeisters am Ende doch zum Schluss gekommen, dass das Unternehmen erfolgreich durchgeführt werden konnte, und wischte Raymonds Bedenken vom Tisch. Bei brütender Hitze setzte sich am darauffolgenden Tag das Kreuzfahrerheer in Bewegung. Raymond von Tripolis bestritt als ortskundiger Führer die Vorhut, die königlichen Truppen bildeten die Mitte und die Templer und Johanniter unter der Führung von Balian von Ibelin[31] und Rainald von Sidon[32] ritten am Ende des Heeres.

Der erste Angriff der Sarazenen traf die Templer völlig unvorbereitet. Bernard war mit dem Anlegen der Kettenpanzerung bei Al-Debaran beschäftigt, als die gegnerischen Truppen von einer Anhöhe her herunterpreschten. Sämtliches Buschwerk war von den Sarazenen verbrannt worden und dadurch gab es keine Möglichkeit einer natürlichen Deckung. Die Templer versuchten, dem Angriff mit einer Eschielle entgegenzutreten, doch die Wucht der Attacke verhinderte eine geordnete Schlachtreihe. Zusätzlich prasselte ein Hagel aus Pfeilen auf sie herunter, der einige der unvorbereiteten Ritter niederstreckte. Die Zahl der Angreifer war schier unfassbar und von allen Seiten stürmten Bodentruppen auf die Templer zu. Bernard nahm sein Schwert und stürmte im Gefolge des Großmeisters den angreifenden Sarazenen entgegen. Das Blut kochte in seinen Adern und Gerard feuerte mit den Worten „Dieux el volt" seine Ordensbrüder an. Nur unter schweren Verlusten konnten sie den ersten Angriff zurückschlagen und als der Abend dämmerte, bereiteten sie ein Lager für die Nacht. Die Hauptstreitmacht der Sarazenen hatte sich wieder zurückgezogen. Der Großmeister Gerard war zu Guy de Lusignan geritten, um die Strategie für den nächsten Tag festzulegen. Der erste Tag in der Wüste hatte dem Kreuzfahrerheer ziemlich zugesetzt. Die Männer waren erschöpft und dürsteten nach Wasser. Nur der Durchbruch zum See Genezareth konnte eine Entschärfung der misslichen Lage bringen. Bernard war die ganze Nacht damit beschäftigt, die Pferde auf den nächsten Tag vorzubereiten. Der Himmel war wolkenlos und die Sterne erstrahlten in hellem Glanz. Bernard glaubte, den Stern Al-Debaran am Himmel zu entdecken, und dachte an Arnaud und die goldene Schale, die sie gefunden hatten. Wie war es seinem Freund wohl ergangen? Lebte er noch, oder lag er bereits tot im Sand der Wüste? Der Meister hatte gesagt, dass sich die Schlacht morgen entscheiden würde.

Am Morgen trafen die Sarazenen mit der vollen Wucht ihres Heeres auf die Kreuzfahrer. Der Durchbruch zum See Genezareth gelang nicht und als sich der Tag dem Ende neigte, war Guy de Lusignan gefangengesetzt und Renald de Châtillon enthauptet. Die Kreuzfahrer hatten eine vernichtende Niederlage erlitten. 15 000 Christen sollten den nächsten Tag nicht mehr erleben und Jerusalem lag ungeschützt zu Saladins Füßen.

* Guy de Lusignon wurde im Anschluss an die Niederlage von Hattin vor den Toren Jerusalems auf einem Esel vorgeführt. Dies stellte einerseits eine Verhöhnung der Christen dar, da Jesus von Nazareth am Palmsonntag auf einem Esel als „König der Juden" nach Jerusalem geritten war, andererseits war es eine Anspielung voller Spott und Hohn auf den Frankenkönig „Karl den Großen". Als Halb-Analphabet – er kannte wohl die Buchstaben, tat sich aber mit dem Schreiben sehr schwer – wurde seine Krönung von seinen Zeitgenossen mit den Worten „Rex dyslectus, asinus coronatus" kommentiert. Seit Burchard von Worms[33], 100 Jahre nach Karl dem Großen, war das Eselsbegräbnis – sepultra asini – als Bestattungsform für Exkommunizierte und Selbstmörder üblich. Wörtlich sollten diese: „sepultra asini sepeliantur, et in sterquilinium sint super faciem terrae", also Eselsbegräbnisse erhalten und auf dem Misthaufen über

der Erde verbleiben. Im Laufe der Jahrhunderte sollte noch ein Würdenträger beim Attentat von Anigni im Jahre 1303 durch ein Eselsfell gedemütigt werden.

Arnaud war am Ende seiner Kräfte und völlig blutüberströmt. Der Firmariearzt des Ordens, ein Mann namens Hugo Colombiers, lächelte ihn mit müdem Blick an. „Bien joué, mon fils", sagte er mit gebrochener Stimme. Seine Augen hatten eine Leere, wie Arnaud sie noch selten bei einem Menschen gesehen hatte, und zeugten davon, dass selbst für einen erfahrenen Medicus des Ordens die Geschehnisse des heutigen Tages schwer zu ertragen gewesen waren. Sie hatten sich erst am Morgen kennengelernt. Arnaud schürte gerade das nächtliche Feuer, als Colombiers auf der Suche nach Hilfskräften am Ende des Wagentrosses laut schreiend und völlig aufgelöst aufgetaucht war. Durch die permanenten Angriffe der Sarazenen waren schon seit den Morgenstunden Hunderte schwerverletzte Soldaten zu versorgen gewesen. Der Firmariearzt war daher dringend auf Unterstützung durch die Hilfstruppen angewiesen. Arnaud hatte als Sergeant die Befehlsgewalt über die Diener und Knappen und bot dem Arzt an, bei der Versorgung verwundeter Soldaten zu helfen. Die meisten Verwundeten hatten Schussverletzungen durch den Hagel aus Pfeilen, welcher ohne Pause auf das Kreuzfahrerheer niedergeprasselt war. Auf Anweisung Colombiers wurden aus allen Versorgungstruppen Leinen und Stoffreste zusammengetragen und auf Arnauds Ochsenwagen gelagert. Die Ritter, welche im Nahkampf verletzt worden waren, hatten tiefe Wunden, sowohl am Rumpf als auch an den Extremitäten, aus denen permanent Blut floss. Arnauds Aufgabe war es, die Wunden mit einem Stabeisen auszubrennen, Pfeile mit einer Kneifzange zu entfernen und die Verletzten provisorisch zu verbinden. Die Schreie und das Jammern der armen Seelen brannten sich tief in sein Gedächtnis. Er hatte den ganzen Tag mit der Versorgung verwundeter Soldaten zugebracht und wie durch ein Wunder blieb er im Schutze seines Ochsenkarrens unverletzt. Als sich am Abend der Lärm der Schlacht legte und der Rauch langsam zurückwich, wagte er einen Blick auf das vor ihnen liegende Schlachtfeld. Arnaud war bestürzt über das Ausmaß an menschlichen Verlusten. Für die meisten christlichen Soldaten kam jede Hilfe zu spät und Arnaud sah nun in der Abenddämmerung zum ersten Mal in seinem Leben die Schrecken des Krieges. Überall lagen abgetrennte Extremitäten und bis zur Unkenntlichkeit entstellte Körper. Ein Geruch von Verwesung durchströmte die Luft, überschattet von den verzweifelten Schreien der wenigen Überlebenden. Auf einer Anhöhe erblickte er einige Pferde der Templer. Er machte sich auf die Suche nach Bernard, den er bereits zu Beginn der Kampfhandlungen aus den Augen verloren hatte. Bereits aus der Ferne erkannte er seinen Freund am braunen Mantel und sah, dass dieser am Boden lag. Sein Kopf war von seinen Schultern getrennt worden und seine Eingeweide lagen seitlich seines aufgeschlitzten Abdomens. Arnaud musste sich mehrfach übergeben und war tief in seiner Seele erschüttert. Er dachte an das letzte Wort von Jesus am Kreuz: „Eli, Eli lama sabachthani." Gott hatte sie verlassen.

Plötzlich ritt ein Trupp von Soldaten auf ihn zu. Es waren Männer des Grafen von Balian von Ibelin. „Die Schlacht ist verloren, der König ist gefangengesetzt und nur Raymond von Tripolis ist durch das Wadi al Hammam entkommen. Folge uns, wir reiten mit Balian nach Akkon, dort bist du sicher!" Arnaud schwang sich auf sein Pferd und schloss sich den Soldaten an. Nachdem sie die ganze Nacht durchgeritten waren, gelangten sie im Morgengrauen nach Akkon. Am Stadttor stand ein Wanderprediger, der lautstark verkündete: „Einen Ungläubigen zu töten, ist keine Sünde, es ist das Tor zum Himmelreich!" Arnaud musste bei diesen Worten unweigerlich an Tariq und seine jahrelange Freundschaft denken. Akkon war in Aufruhr, denn die Nachricht der Niederlage von Hattin verbreitete Angst und Panik in der Stadt. Überall wurden Vorbereitungen für eine mögliche Belagerung gemacht. Nach dem Stadttor kehrte Arnaud aus einem Instinkt heraus nicht in die Burg Al-Chazna zurück, sondern stoppte beim nächsten Brunnen und riss sich seinen blutgetränkten Mantel vom Leib. Er wusch sich. Das viele Blut und das damit verbundene Leid waren nicht zu ertragen. Arnaud ließ den Mantel einfach liegen und warf sich eine Decke um und ritt Richtung Hafen. Dort verkaufte er das Pferd und kleidete sich neu ein. In der nächsten Herberge aß und trank er ausgiebig und nahm sich eine Kammer über dem Stall. Am nächsten Tag erwachte er zeitig. Arnaud fragte den Wirt, ob es Neuigkeiten von der Schlacht gab. „Wie es aussieht, zieht Saladin nach Jerusalem und verschont Akkon. Saladin hat die gefangenen Ritter verschont, um Lösegeld zu erpressen, aber alle Templer und Johanniter wurden enthauptet." Arnaud stockte der Atem. „Alle geköpft?" Der Wirt nickte betroffen. „Ein Muslim hat mir von Saladins Absicht erzählt, er würde die Erde von diesen schädlichen Parasiten reinigen, die niemals ihre Feindschaft aufgäben." Arnaud wanderte ziellos durch die Stadt und versuchte, seine Gedanken zu ordnen. Ohne den Schutz der Ordensritter war Jerusalem verloren und würde in absehbarer Zeit in die Hände der Sarazenen fallen. Welchen Sinn hatte es, im Heiligen Land zu bleiben? Die Grafen und Ordensritter waren ein Haufen streitsüchtiger Adeliger, die keine Skrupel hatten, Tausende Männer in den Tod zu schicken. Jeder war nur auf seinen eigenen Vorteil bedacht und das Königreich Jerusalem war dem Untergang geweiht. Was anfänglich nur ein Instinkt gewesen war, reifte in ihm nun zur Gewissheit. „Er würde nicht wie Bernard mit abgeschlagenem Kopf in der Wüste enden." Am Hafen sah er ein Handelsschiff, das sich gerade zum Auslaufen bereit machte. „Wohin segelt ihr?", fragte er. „Nach Narbonne!", kam, die Antwort zurück. „Nehmt ihr mich mit? Ich bezahle auch dafür."

Arnaud stand an Deck des Schiffes und sah, wie die Silhouette von Akkon am Horizont verschwand. Er würde die Katharer suchen, von welchen Bernard erzählt hatte. Das war er seinem Freund schuldig. Vielleicht würde er durch ein Leben in ihren Reihen auch den Frieden seiner Seele wiederfinden. Während der Überfahrt verspürte Arnaud nur wenig Appetit und verließ kaum den Laderaum. Zu sehr war er mit den Erinnerungen an das Geschehene beschäftigt.

Nach Wochen der Überfahrt traf das Schiff endlich in Narbonne ein. Es war schon Herbst geworden und die Hitze des Sommers war angenehmeren Temperaturen gewichen. Von Weitem konnte man den Südturm der im Bau befindlichen Kathedrale Saint Juste et Saint Pasteur sehen. Arnaud verließ das Schiff und wurde angewiesen, sich beim Hafenmeister einzuschreiben. Dieser saß mit offenem Wanst hinter seinem Tisch und fragte mit unhöflicher Stimme:

„Woher kommst du?" „Akkon." „Name?" Arnaud hielt inne und dachte an Bernard, mit einem Räuspern sagte er: „Najac." „Trag dich auf der Liste ein und wenn du nicht schreiben kannst, mach drei Kreuze", sagte der Hafenmeister, ohne sein Haupt zu heben. Arnaud nahm die Feder und schrieb mit zitternder Hand seinem Namen. Der Hafenmeister wurde ungeduldig und riss ihm das Pergament aus der Hand, sodass der letzte Tropfen Tinte auf das „j" in Najac fiel. Durch die brüske Bewegung des Beamten wurde das „j" zum „z" und dieser grummelte: „Nazac also. Du bist hier fertig!", herrschte er Arnaud an. „Der Nächste!"

Arnaud drehte sich um und dachte. „So sei es, ab nun würde sein Name Arnaud Nazac lauten." Er verließ die Stube des Hafenmeisters und irgendwie hatte er das Gefühl, wieder frei zu sein. In der nächsten Taverne gönnte er sich nach den Monaten auf See ein ausgiebiges Mahl und fragte den Wirt: „Ich suche die Katharer, kannst du mir sagen, wo ich sie finde?" „Nun, hier steht einer", sagte dieser mit einem breiten Lächeln. „Ich bin Pierre, Pierre Maroux. Hier in Narbonne gibt es nur eine kleine Gemeinde, aber in Beziers leben viele von uns." „Glaubst du, dass ich dort Arbeit finde?" „Sicher, es leben viele ‚Tesseyers' in Beziers und die suchen immer Arbeit in den Webereien. Frag nach Antoine Colbert in der Rue Abreuvoir, er ist ein Freund von mir."

„Arbeit und ein neues Leben."

Arnaud fasste wieder Mut und machte sich auf den Weg. Er wanderte durch die Stadt Richtung Norden. Narbonne war voller Ruinen aus der Römerzeit* und Arnaud fühlte sich irgendwie beim Anblick der Gebäude an Jerusalem erinnert.

Veteranen der siebenten Legion von Julius Cäsar haben sich nach der Eroberung Galliens in Gallia Narbonensis niedergelassen. Die Region wird deshalb auch Septimanien genannt.

Kapitel 4

Beziers im Jahre 1187

Sein Weg führte entlang der Küste und Arnaud genoss den frischen Wind in seinem Gesicht. Nach Monaten voller Schwermut und innerer Aufgewühltheit konnte er sich erstmals wieder seines Lebens erfreuen. Beziers war nur zwei Tage entfernt und Pierre Maroux hatte ihn durch seine offene freundliche Art weiter bestärkt, ein Leben mit den Katharern zu führen. Am Abend des nächsten Tages erreichte er Beziers. Die Sonne tauchte die Pont Vieux in ein goldenes Licht und die Kathedrale von Saint Nazaire thronte über der Stadt. Er überquerte die Brücke und fragte an ihrem östlichen Ende nach der Rue Abreuvoir. „Siehst du die Kirche da unten?", sagte der Wächter. „Das ist Saint Jude, wo die Benediktinerinnen leben. Zwei Straßen dahinter ist der Ort, den du suchst."

Arnaud blickte zurück und sah das Glänzen des Flusses in der Abendsonne und die grünen dicht bewaldeten Ufer des Orb. Dies würde sein neues Zuhause werden. Die Rue Abreuvoir war voll von Webereien und Werkstätten, in denen Leder gegerbt wurde. Als er schließlich beim Haus von Antoine ankam, saß ein Kind auf den Stufen und spielte mit einer Puppe. „Wohnt hier Antoine Colbert?" „Ja, Papa ist im Haus." Er trat ein und rief nach dem Hausherrn. Antoine trat aus dem Dunkeln der Weberei hervor. „Wer seid Ihr?" „Ich bin Arnaud Nazac, Pierre Maroux aus Narbonne schickt mich." „Ah, Pierre, wie geht es ihm?" „Gut, ich bin auf der Suche nach Arbeit." „Siehst du die Kleine vor dem Haus? Ich habe fünf davon und muss täglich ihre Mäuler stopfen. Ich habe keine Verwendung für einen Tagelöhner." „Aber ich kann lesen und schreiben", antwortete Arnaud. „Nun, ich könnte jemanden für die Bücher gebrauchen. Du kannst heute Nacht in der Weberei schlafen, morgen werden wir sehen, wozu du nutze bist. Bist du hungrig?" „Immer", sagte Arnaud mit einem breiten Grinsen. „Dann komm und iss mit uns!" Antoine hatte tatsächlich fünf Töchter und seine Frau Francine kochte vorzüglich. Nach dem Mahl bedankte er sich und begab sich in den hinteren Teil des Hauses. Hier lagerte die Wolle und es roch angenehm nach Lavendel. Er machte sich eine Schlafstatt und versank sofort in seinen Träumen. Arnaud träumte von Bernard und Tariq.

Als er am Morgen aufwachte, war er schweißgebadet. „Steh auf", sagte das kleine Mädchen von der Stiege. Arnaud brauchte etwas Zeit, um die nächtlichen Dämonen hinter sich zu lassen. „Wie heißt du?" „Ich bin Fleur, Vater will mit dir sprechen." „Nun Arnaud, hier sind die Rechnungen des letzten Monats. Stell mir bitte eine Liste mit Schuldnern zusammen." Arnaud warf einen Blick auf die Dokumente. „Wird erledigt. Habt ihr einen Abakus?" „Einen was?" „Ach, nicht so wichtig", murmelte Arnaud. Bereits zu Mittag hatte er eine komplette Aufstellung der ausständigen Beträge errechnet und legte sie Antoine vor. „Bien joué", sagte dieser, „du bist eingestellt." Das Haus von Antoine Colbert war bescheiden, mit zwei Geschossen über der Manufaktur, aber es diente seinem Zweck. An der Rückseite befand sich der Aborterker* und frisches Wasser wurde vom Orb durch ein Wasserrad, angetrieben von zwei Eseln, und eine hölzerne Wasserleitung in eine Zisterne oberhalb der Rue Abreuvoir befördert.

Auf Grund des Gestanks der Fäkalien im Sommer hatte Bischof Arnaud de Levezou[34] bereits im Jahre 1147 den Bau von Aborterkern an den Häusern und an der Burgmauer verordnet. Direkte Nahfahren des Hauses Levezou waren die Grafen von Bruniquel. Der letzte Graf war Sicard I, Vizegraf von Lautrec und über die Stammfolge des Hauses nördlich von Toulouse auch Urahn des Malers Henri Marie Raymond de Toulouse-Lautrec.[35]

Sowohl die ansässigen Färbereien als auch das Ledergewerbe waren auf das Wasser angewiesen. Die Bewohner der Straße genossen dadurch den Luxus einer täglichen Wäsche. Arnaud lebte sich rasch in das Gewerbe der Weber ein und wurde bald die rechte Hand des Meisters. Das Templerkreuz und die goldene Schale verbarg er hinter einem Stein im Keller des Hauses. Er bekam ein eigenes Zimmer im Haus und liebte es, durch die belebten Straßen der Stadt zu schlendern. Beziers war voller Leben und sowohl Katholiken als auch Katharer lebten friedlich miteinander. Der Kirchgang war so, wie Bernard es beschrieben hatte. Die Gemeinschaft der Katharer versammelte sich zum Gebet und die Messe wurde auf Okzitanisch gelesen. Sie lebten in persönlicher Armut und teilten all ihre Habe untereinander. Erst, wenn man sich durch jahrelange Askese und Bescheidenheit ausgezeichnet hatte, wurde man in die Reihen der „Perfecti" aufgenommen. Sie aßen weder Fleisch noch Fisch und lehnten jede Nahrung ab, die durch das Töten eines Tieres entstanden war. „Perfecti" durften als einzige das Consolamentum, die Geistestaufe, spenden. Alle anderen Sakramente der katholischen Kirche lehnten die Albigenser ab. Als Vorstufe zum „Perfectus" musste man sich verpflichten, nach den moralischen Grundsätzen der katharischen Kirche zu leben und sich dadurch als „Initiierter" würdig zu erweisen. Auch ihnen war der Verzehr von Fleisch verboten und sie durften keine Waffen tragen. Arnaud wusste, dass er nicht die geistige Stärke für ein höheres Amt bei den Albigensern hatte, doch er fühlte sich wohl in ihrer Mitte und wurde über die Jahre ein eifriger „Credens". Die Albigenser hatten große Unterstützung durch den Adel im Languedoc und Beziers war in gewisser Weise wie Jerusalem. Katholiken, Albigenser und Juden respektierten einander und machten miteinander Geschäfte.

Antoine und Arnaud wurden gute Freunde und er liebte es, mit den Töchtern des Hauses zu spielen. Einer der treuesten Abnehmer von Antoines Stoffen war Avigdor in der Rue la petite Jérusalem. Er und seine Frau Sarah waren kinderlos und wurden Arnauds engste Vertraute im Stoffhandel. Als sie sich eines Tages über neue Muster für die Stoffe unterhielten, fragte Avigdor: „Kannst du mir nicht etwas mehr Purpur in das Muster einweben, und es müsste etwas orientalischer aussehen." Arnaud erinnerte sich an das Antepedium im Tempel zu Jerusalem. Dieses war aus purpurrotem Stoff mit einem goldenen Kreuz und hing vom Altar der Kirche. Die Ränder waren aus mäanderförmigen Linien, welche mit Safran gelb gefärbt waren. „Natürlich, ich weiß, was du willst, aber es wird nicht billig. Man braucht zehntausend Purpurschnecken*, um aus ihrer Drüse die nötige Menge an Farbstoff zu gewinnen, und du weißt, wie begehrt er ist." Avigdor lachte: „Du wirst das schon schaffen." Zwei Wochen später kam Arnaud mit den neuen Mustern. Avigdor war begeistert. „Das ist genau, was ich gesucht habe. Ich denke, meinem Freund in Girona wird das sehr gefallen." „Wen meinst du?" „Hernan Ramirez de Villar kommt nächsten Monat in die Stadt. Er ist Tuchhändler in Girona und beliefert von dort ganz Spanien."

*Im Palast des Kaisers von Byzanz gab es ein Zimmer, das mit Porphyr getäfelt war. Nur, wenn der Vater des Kindes bereits Kaiser des Reichs war, durfte der Nachfolger dort entbunden werden. Es handelte sich dann um eine purpurne Geburt.

Sechs Jahre waren seit seiner Ankunft in Beziers vergangen und Arnaud hatte sowohl die goldene Schale und auch das hölzerne Kreuz der Templer schon fast vergessen. Man schrieb das Jahr 1193.

Kapitel 5

Interludium Richard Löwenherz

Die Gefangennahme von Richard Löwenherz löste einen Sturm der Bestürzung in der mittelalterlichen Welt aus. Bereits am 28.12.1192 informierte Heinrich der IV. den französischen König Phillipp II.[36], dass der „Feind unseres Reichs und Unruhestifter deines Reichs (inimicus imperii nostri et turbator regni tui) von Hadmar II. von Kuenring[37], einem der mächtigsten Ministerialen des Babenberger Herzogs Leopold V.[38], in der Burg Dürnstein inhaftiert worden war. Die päpstliche Kurie war entrüstet und Papst Coelestin III.[39] forderte die Freilassung und drohte mit Exkommunikation, da Richard als Kreuzfahrer unter dem Schutz der Kirche reiste. Ursprünglich war sein Ziel nach der Abreise aus dem Heiligen Land per Schiff Albion gewesen. Albion war seit Claudius Ptolemäus der antike Name für England, entstanden durch die weißen Kreidefelsen von Dover. Richard erlitt jedoch Schiffbruch und war daher gezwungen, den Landweg über das römisch-deutsche Reich zu nehmen. Er wurde auf der Reise vom „Hemitritäus", einem dreitägigen Fieber befallen. Im Norden Deutschlands war die harmlose „Malaria tertiana" unter dem Namen Marschenfieber bekannt. Durch das Trockenlegen der Marschen konnte sie ausgerottet werden. Sein Ziel war Bayern, wo Heinrich der Löwe[40], sein Schwager, regierte.

Der Babenberger Herzog Leopold V. von Österreich war nach der Belagerung und Eroberung von Akkon 1191 nicht gut auf den englischen König zu sprechen. Trotz aktiver Teilnahme und Bereitstellung von Truppen hatte er keinerlei Kompensation aus der Beute erhalten. Richard reiste in Begleitung von drei Rittern und einem Kaplan in nicht-standesgemäßer Bekleidung, was in Anbetracht seiner Stellung eigentlich sehr dilettantisch war. Diese suspekte Reisegesellschaft war schon Anfang Dezember den Grafen von Görz aufgefallen und Richard wurde schließlich in einer Gastwirtschaft in Erdberg, einem Stadtteil von Wien, gefangengenom-

men. Er hatte bei der Zubereitung eines Huhnes vergessen, seinen goldenen Ring abzulegen. Nach der initialen Inhaftierung in Schloss Dürnstein an der Donau wurde Richard Anfang 1193 nach Regensburg gebracht und dem Kaiser vorgeführt. Heinrich IV. [41] und Leopold V. konnten sich jedoch nicht auf eine Lösegeldsumme einigen. Der Babenberger Herzog Leopold hatte jedoch nicht die Absicht, sich von seinem Lehensherren so einfach abspeisen zu lassen und so nahm Leopold seinen Gefangenen Richard einfach wieder mit nach Österreich. Erst zwei Monate später wurden die beiden Regenten handelseinig, und die festgesetzte Summe von hundertfünfzigtausend Mark Reinsilber wurde auf beide Länder verteilt. Richards Bruder, Johann ohne Land [42], war zwischenzeitlich nach Paris gereist und hatte in Absicherung seines Erbes die Belehnung durch Phillipp II. mit der Normandie und somit eine Stellung unter der französischen Krone akzeptiert. Richard kehrte 1994 nach England zurück und versöhnte sich mit seinem Bruder Johann. In seiner Anstrengung, das Angevinische Reich wiederherzustellen, landete er Ende des Jahres 1194 in Frankreich und überraschte den französischen König mit diesem Schachzug so sehr, dass dieser das königliche Archiv und das königliche Siegel am Schlachtfeld zurücklassen musste. Richard Löwenherz kehrte fünf Jahre später ins Limosine** zurück und wurde am 6.4.1199 bei der Belagerung von Chalus-Chabrol durch Armbrustschützen getroffen. Er erlag wenige Tage darauf durch Wundbrand seinen Verletzungen.

** Die Limousine war eine luxuriöse Kutsche, typisch für die Region. Der Name der Limousine im Kraftfahrzeug-Karosseriebau leitet sich davon ab. Die Berline wiederum ist ein viersitziger voll durchgefederter Reisewagen, welcher in Deutschland verwendet wurde. In Italien heißt dieser Karosserie-Typ Berlinetta.

Der schottische König Eoin IV. [43] hatte einen Sohn namens Fiacrius, der sich jedoch weigerte, die Thronfolge anzutreten und über Irland nach Frankreich floh, um als Einsiedler zu leben. Er ließ sich in der Provinz Brie nieder und bekam vom Bischof Farun von Meaux ein Stück Land zugeteilt. Auf Grund seiner Wunder wurde er *als Heiliger verehrt. Die ersten überdachten Kutschen erlebte Paris Jahrhunderte später vor dem Hotel St. Fiacre. Die Kutscher in Wien werden in Anlehnung an den Heiligen Fiacrius auch heute noch „Fiaker" genannt.*

Kapitel 6

Das weiße Fell der Ziege

Im darauffolgenden Frühjahr erhielt Avigdor Besuch von seinem Freund Hernan Ramirez aus Girona. Dieser war in Begleitung seiner Tochter Margaritha angereist. Die neuen Stoffmuster hatten seine Neugier geweckt. Avigdor traf sich mit ihm in seinem Laden und als Margaritha ihren Schleier hob, staunte er. „Mein Gott, Margaritha", sagte er voller Bewunderung. „Du bist eine erwachsene Frau geworden. Wie lange ist es her, dass wir uns das letzte Mal getroffen haben?" „Das war vor fünf Jahren in Girona", antwortete diese mit einem verschmitzten Lächeln. „Wer hat diese Stoffe gewoben?", fragte Hernan interessiert. „Sie stammen von Antoine Colbert und Arnaud, seinem neuen Partner. Ich dachte mir, dass dir die Kreation gefallen würde, aber du kannst ihn gleich persönlich kennenlernen. Er ist gerade auf dem Weg hierher." Als Arnaud den Laden von Avigdor betrat, traf sein Blick auf die gütigsten Augen und das wunderschönste Gesicht, das er jemals gesehen hatte. Für einen kurzen Moment war es so, als würde die Zeit stillstehen und erst durch Avigdors Begrüßung wurde er wieder in die Realität zurückgebracht. „Arnaud, mein Freund, darf ich dir Hernan Ramirez und seine Tochter Margaritha vorstellen?" Arnaud verbeugte sich und blickte schüchtern zu Boden. „Diese Stoffe sind von hervorragender Qualität und die Farbgebung der Muster wird in Spanien sicher großen Anklang finden", sagte Hernan. Avigdor sah das Leuchten in Arnauds Augen, als er Margaritha betrachtete. „Arnaud, warum zeigst du unserem Gast nicht die Stadt, während ich mit Hernan über den Preis verhandle?" „Wenn Ihr das wünscht, mein Herr." „Ja, ja, geht nur, wir haben Wichtigeres zu tun." Margaritha war von zierlicher Gestalt und hatte dunkles Haar und geschwungene Augenbrauen, die in harmonischer Linie ihre dunklen Augen bedeckten. Ihre Lippen waren wohlgeformt und zwischen ihren Backenknochen thronte eine zierliche Nase. Arnaud ging mit ihr auf die Rue de la petite Jérusalem. „Willst du die Kathedrale Saint Nazaire sehen?" „Natürlich", antwortete sie mit einem Lächeln. Nach einem zögerlichen Beginn war Arnaud wie entfesselt und genoss es, an ihrer Seite durch die Stadt zu wandern und ihr all seine Lieblingsplätze zu zeigen. Die Rue de Bonsi, welche nach Osten führte, die Kirche Saint Jacques, in der er zur Messe ging und schließlich die Pont Vieux. „Das ist der Fluss Orb und dahinter ist die Straße nach Narbonne", sagte er und zeigte nach Westen. Im Hafen nahmen sie ein kleines Mahl zu sich und im Laufe des Tages war seine Schüchternheit gewichen und er brachte sie bei jeder Gelegenheit zum Lachen. Als sie am Abend wieder in die Rue de la petite Jérusalem zurückkehrten, bedankte sich Margaritha mit den Worten: „Danke, das war ein wunderschöner Tag", und mit einem Lächeln fügte sie hinzu, „du warst sehr unterhaltsam." „Werde ich dich wiedersehen?" „Vater meint, wir kommen im Sommer noch einmal für ein paar Tage nach Beziers, wer weiß?" Arnaud verließ den Tuchladen mit einem noch nie dagewesenen Gefühl. In der Vergangenheit war er schon öfter mit Frauen zusammengewesen, doch bei keiner hatte er so empfunden. Er würde Avigdor gleich am nächsten Tag fragen, wann Hernan und seine Tochter wieder in der Stadt sein würden.

Die Wochen vergingen und Arnaud konnte es kaum erwarten, dass es Sommer wurde. Avigdor war das Interesse von Arnaud an Margaritha nicht entgangen und im Spätsommer zeigte er ihm eine Nachricht aus Girona: „Mein lieber Freund Avigdor, wir kommen Ende September wieder nach Beziers, hast du genug Ware? Sei gegrüßt, Hernan." „Endlich", dachte Arnaud. Er konnte es kaum erwarten. Die Stunden mit Margaritha waren für ihn etwas Neuartiges und so Berauschendes gewesen, dass er nahezu täglich daran dachte. Als sie schließlich mit ihrem Vater wieder nach Beziers kam, war er bei Avigdor und diskutierte über die Farben und die Qualität der Wolle. Die Frau, die da in der Tür stand, war noch bezaubernder, als er sie in Erinnerung hatte und Arnaud konnte seinen Blick kaum von ihr abwenden. Sarah, Avigdors Frau, warf ihm einen flüchtigen Blick zu und er errötete.

Am nächsten Tag sortierte er in seiner Schreibstube Rechnungen für Antoine. Plötzlich stand Margaritha in der Tür. „Vater und Avigdor müssen geschäftlich für einige Tage nach Montpellier. Hast du Zeit für einen Spaziergang?" „Natürlich", erwiderte er mit pochendem Herzen. Gleich neben der Rue Abreuvoir befand sich die Kirche Saint Jude. „Hier wohnen die Benediktinerinnen, sie haben ein Hospiz für Kranke eingerichtet", erklärte Arnaud. „Der Vorgarten der Kirche dient als Weide für die Schafe des Klosters." Der Klostergarten duftete nach den verschiedensten Kräutern, die von den Nonnen in einem abgetrennten Areal kultiviert wurden. Neben den typischen Kräutern der Region wie Rosmarin, Thymian und Salbei fanden sich auch exotischere Pflanzen wie Orchideen und Strelitzien. „Hast du Lust auf eine Bootsfahrt auf dem Orb? Der Fluss führt jetzt wenig Wasser und ich könnte dir einen meiner Lieblingsplätze zeigen." „Warum nicht?" Sie nahmen sich ein kleines Boot und Arnaud ruderte stromaufwärts. Tatsächlich war die Strömung des Flusses gering und sie kamen rasch voran. Die Silhouette von Beziers wurde immer kleiner. „Auf halbem Weg nach Lignan-sur-Orb gibt es eine Insel im Fluss, auf der im Frühling die Vögel brüten und welche unbewohnt ist. Wenn ich genug vom Trubel der Stadt habe, fahre ich gerne hierher, um die Einsamkeit zu genießen." Die Insel war tatsächlich ein Kleinod inmitten des Flusses. Überall blühten Oleander und die Ufer waren von einem grünen Teppich aus Gras gesäumt. Nachdem sie das Boot vertaut hatten, legte sich Arnaud ins Gras und atmete tief durch. Das Rudern stromaufwärts war doch anstrengender gewesen, als er geglaubt hatte. Er schloss die Augen und lauschte dem Gesang der Vögel und dem Wind, der durch die Grashalme peitschte. Plötzlich spürte er eine zärtliche Berührung auf seinem Mund. Er wagte nicht, die Augen zu öffnen und wartete. Mit einer sanften Bewegung nahm Margaritha seine Hand und legte sie um ihre Taille, dann küsste sie ihn noch einmal, aber dieses Mal verblieben ihre Lippen auf seinem Mund und er war überwältigt von ihrem süßen Geschmack. Als er seine Augen wieder öffnete, glänzte ihr Haar im Sonnenlicht und sie lächelte. „Du bist wunderschön", sagte er und küsste sie. Die nächsten Tage verbrachten sie fast jede Stunde gemeinsam. Sarah hatte das Lachen der beiden und die verstohlenen Blicke natürlich bemerkt und als Arnaud bei ihr in der Küche stand, sagte sie: „Du bist verliebt, Arnaud." Er errötete, doch kein Wort kam über seine Lippen. „Avigdor und dein Vater werden morgen aus Montpellier zurückkommen." „Was, jetzt schon?", brach es aus Margaritha hervor. „Ja, die Diener sind schon vorausgeritten und haben mir die Nachricht überbracht." Nach dem Essen verabschiedete sich Arnaud und ging betrübt nach Hause. Die Zeit mit Margaritha war die glücklichste seines Lebens gewesen und da ihr Vater nun seine Geschäfte abgeschlossen hatte, würden sie sicher bald nach Girona zurückkehren. Antoine und seine Familie schliefen schon, als er bei Kerzenlicht die Bücher durchsah. Die Arbeit war in den letzten Tagen liegengeblieben, sodass er einige Stunden beschäftigt sein würde. Er machte sich gerade daran, die Tür zur Weberei zu verschließen, als er ein leises Klopfen vernahm. Dann schob sich eine zarte Frauenhand durch den Türspalt und Margaritha schlüpfte durch den Eingang. „Was machst du hier zu später Stunde", wollte Arnaud fragen. Doch er kam nicht dazu. Sie küsste ihn, wie sie es noch nie getan hatte, und zog ihn in den hinteren Teil der Weberei, wo die Wolle gelagert war. Er riss sich das Hemd von Leib und legte sich auf die Ballen aus Wolle. Durch den zarten Schein der Kerze konnte er erkennen, wie Margaritha ihr Kleid ablegte und sich zu ihm begab. Ihre Brüste waren zart und rund und sie hatte einen wohlgeformten Körper. Arnaud zog sie zu sich und überdeckte sie mit Küssen. Dann legt er sich auf sie und drang in sie ein. Margaritha gab ein leichtes Stöhnen von sich und Arnaud glich sich dem Rhythmus ihrer Bewegungen an. Als er sich schließlich in sie ergoss, war es, als ob er seine Vergangenheit mit diesem Moment hinter sich gelassen hatte. Im Gegensatz zu den nächtlichen Überschwappungen der Natur in seinem Leben spürte er nun, wie es sich anfühlte, mit einem anderen Menschen vollständig vereint zu sein. Margaritha empfand ebenso und beide lagen danach einfach nur da und schauten einander an. „Ich möchte dich heiraten", sagte Arnaud mit zitternder Stimme. „Willst du meine Frau werden?" „Ja", antwortete sie und legte seinen Kopf in ihren Schoß. Nachdem sie sich wieder angekleidet hatten, begleitete er sie zu Avigdors Haus in der Rue de la petite Jérusalem. Die Luft war lau, die Sterne strahlten vom Himmel, als wären sie Nadelstiche im Mantel der Nacht und beide konnten ihr Glück kaum fassen.

Am nächsten Tag zog Arnaud seine besten Kleider an und machte sich auf den Weg zu Avigdors Haus. Avigdor und Hernan Ramirez begutachteten gerade ihren Einkauf aus Montpellier, als Arnaud zu ihnen trat. Er nahm all seinen Mut zusammen und sagte: „Meister Ramirez, ich möchte um die Hand Eurer Tochter anhalten." Hernan war völlig vor den Kopf gestoßen. „Nein, das ist unmöglich. Ich habe andere Pläne mit ihr." „Aber wir lieben uns. Ich weiß, dass ich ihrer in Euren Augen nicht würdig bin, aber die Geschäfte laufen gut, Ihr habt die Qualität meiner Ware gesehen. Ich verspreche Euch, dass sie nie in ihrem Leben einen Mann finden wird, der sie so sehr liebt und verehrt, wie ich." Hernan blickte zu Avigdor und dieser lächelte. „Wusstet Ihr davon?" „Nein, aber die Augen einer Frau kann man nicht täuschen, ein kleines Täubchen hat mir etwas angedeutet." „Genug für heute!", herrschte Hernan den verdutzten Arnaud an. „Ich muss mit meiner Tochter reden", sagte Hernan und verließ den Laden. „Das war sehr direkt", sagte Avigdor zu Arnaud, aber so ist die Liebe nun einmal. „Glaubst du, dass er einwilligen wird?" „Das kommt darauf an, welches Leben du Margaritha bieten kannst. Ein eigenes Haus wird wohl sicher vonnöten sein." Beim Heimweg überschlug Arnaud seine Ersparnisse und dachte an das Haus von Meister François, am oberen Ende der Rue Abreuvoir. Es stand seit Monaten leer, nachdem François mit seiner Familie nach Carcassonne gezogen war. Der Preis war jedoch viel zu hoch und er hatte keine Wertsachen, die er verpfänden konnte. Da erinnerte er sich an die goldene Schale aus Jerusalem. Er hatte sie gemeinsam mit

dem hölzernen Kreuz der Templer im Keller der Weberei versteckt. Vielleicht würde Avigdor sie ihm abkaufen. „Aber würde
sie nach all den Jahren noch immer an ihrem Platz sein?" Sein
Gang beschleunigte sich und er rannte die Rue Malapague hinunter. Dann bog er bei der Kirche Saint Jacques Richtung Fluss
ab und erreichte schließlich die Straße der Wasserträger. Im
Keller von Antoines Weberei löste er den Schlussstein aus der
Mauer und tatsächlich, das kleine Säckchen aus Leder befand
sich noch dahinter. Er nahm die goldene Schale und band sie
sich mit dem Riemen um den Hals. Auf dem Rückweg dachte er
an Bernard und die Nacht, in der sie die Schale gefunden hatten. Alles war dann so schnell gegangen. Der Moment, als er sie
in der Tiefe des Bodens ertastet hatte, die Freude seines Freundes und die verhängnisvollen Tage danach. Irgendwie war die
Schale ein ewiges Band ihrer beider Leben und ja, er war dem
Rat seines Freundes gefolgt und hatte im Languedoc ein neues
Leben begonnen und wertvolle Freunde gefunden. Avigdor begrüßte ihn mit einem Lächeln. „Arnaud, was kann ich für dich
tun?" „Ich möchte, dass du dir etwas ansiehst." „Bitte komm in
meine Stube." Avigdor entzündete die sieben Kerzen des bron-
zefarbenen Kandelabers und bat Arnaud, Platz zu nehmen. Arnaud öffnete sein Hemd und legte das Ledersäckchen auf den
Tisch. Mit schwerer Brust sagte er:

„Mein wirklicher Name ist Arnaud Calvez und ich stamme
aus Dinan. Ich war früher ein Sergeant des Templerordens. Hier
ist das Kreuz meiner Stammburg Gisors." Arnaud zeigte ihm das
Kreuz mit den Initialen und der Inschrift der Burg. „Ich war bei
der vernichtenden Niederlage des Kreuzfahrerstaates in den Hügeln von Hattin im Jahre 1187 dabei. Durch das Wissen meines arabischen Freundes Tariq und die Treue meines Freundes
Bernard Najac bin ich in den Besitz dieser Schale gekommen.
Sie stammt aus der Al-Aqsa-Moschee, dem Tempel des Ordens
in Jerusalem. Du kennst ihn als den Tempel des Salomon." Arnaud legte die goldene Schale auf den Tisch und sah Avigdor direkt in die Augen. „Ich biete sie dir als Pfand für ein Darlehen,
damit ich das Haus von Meister François für mich und Marga-

ritha kaufen kann." „Arnaud, du überraschst mich immer wieder aufs Neue. Daher der Name Nazac, ich hatte mich schon gewundert. Lass einmal sehen. Ah, eine Patera." „Was bedeutet das?", fragte Arnaud. „‚Patera'* ist das lateinische Wort für Schale und der Legende nach wurde das Blut eures Herrn, Jesus Christus, in einer solchen Schale nach dem tödlichen Stich durch die Lanze aufgefangen. Es ist massives Gold, aber was bedeutet die Inschrift?" „Ich weiß es nicht, ich habe Jerusalem überhastet verlassen müssen und du weißt, dass nun Saladin über die Stadt herrscht."

Der Ursprung der Patera liegt im antiken Griechenland. Die Schale wurde als „Phiale" bezeichnet und diente bei rituellen Opferungen zum Auffangen des Blutes der Tiere und zur Verkostung von Wein.

„Ich glaube, es ist althebräisch", sagte Avigdor mit prüfendem Blick. „Warte, da steht etwas von Schafen und Ziegen. Ich kann es leider nicht entziffern, aber das ist auch nicht so wichtig. Sarah hat mir gesagt, dass sie die wahre Liebe in deinen Augen gesehen hat. Behalte sie, es ist ein Andenken an deine Vergangenheit." „Ich leihe dir das Geld für das Haus, um eine standesgemäße Unterkunft für Margaritha zu erwerben. Und noch ein Rat, bewahre das Geheimnis der Patera und ihrer Herkunft für dich. Die Welt ist schon voller Legenden über den Heiligen Gral*, aber dieses Artefakt ist sicher älteren Datums."

Die Herkunft des Wortes Gral ist nicht restlos geklärt: Am wahrscheinlichsten ist die Herleitung aus dem Okzitanischen „grazal", oder dem altfranzösischen „graal". Das Wort steht für eine Schüssel, lateinisch: Patera. Die Legende „Le Conte du Graal" wurde um 1150 vom französischen Dichter Chretien des Troyes[44] geschrieben. Josef von Arimathäa soll in ihr das Blut Jesu Christi aufgefangen haben.

„Die Menschen achten und lieben den Mann, der du jetzt bist und nicht deine Vergangenheit. Dein Geheimnis ist bei mir gut aufgehoben." Nach langem Zögern fuhr er fort: „Ich kenne einen weisen Mann in Girona, er kann dir vielleicht bei der Inschrift weiterhelfen. Sein Name ist Judah Ben Jakar.“[45] Am nächsten Tag wurde Arnaud von einem Diener Avigdors zum Haus des Tuchhändlers gebeten. Als er dort eintraf, hatten sich alle vor dem Haus versammelt und Hernan Ramirez begann mit leicht gebrochener Stimme: „Arnaud Nazac, ich gebe dir meine Tochter Margaritha zur Frau. Die Hochzeit wird in zwei Wochen in Girona, meiner Heimatstadt stattfinden. Möget ihr glücklich sein und mir viele Enkelkinder schenken!“ „Mazel tov“, sagten Avigdor und Sarah. „Ich danke Euch, Meister“, erwiderte Arnaud und warf Avigdor einen vertrauensvollen Blick zu. Margaritha stürmte auf Arnaud zu und umarmte ihn inniglich. Noch am selben Abend wurden die Hochzeitsvorbereitungen besprochen und Margaritha malte sich die Feierlichkeiten in den schönsten Farben aus. Arnaud jedoch verhielt sich sonderbar. „Was betrübt dich?“ „Bevor du mich heiratest, muss ich dir etwas gestehen: Mein wirklicher Name ist Calvez und nicht Nazac. Ich war früher ein Templer. Hier sind mein altes Ordenskreuz und eine goldene Schale aus meiner Zeit in Jerusalem.“ „Was auch immer du warst, spielt für mich keine Rolle, ich liebe den Mann, der du jetzt bist.“

Girona lag an der Mündung des Flusses Onyar ins Mittelmeer. Die bunten Häuser der Stadt waren bis dicht an den Fluss gebaut. Arnaud und Avigdor ritten gemeinsam mit Sarah in die Stadt. Hernan und Margaritha waren schon eine Woche zuvor angereist, um die Vorbereitungen für die Hochzeit zu treffen. Über den grünen Hügeln thronte die Kathedrale Santa Maria, die aus allen Winkeln der Stadt sichtbar war. Arnaud wurde höflich im Haus von Hernan begrüßt. Er wunderte sich über die Größe des Innenhofs mit dem Brunnen und all den Blumen, welche das Haus schmückten. Irgendwie beneidete er Margaritha um die Kindheit, die sie hier genossen hatte. Als sie jedoch die steinerne Treppe herunterstieg, waren all diese Gedanken vergessen und er nahm sie zärtlich in seine Arme. Margarithas Mutter stand hinter ihnen und musterte ihn von oben bis unten. „Seid gegrüßt, Donna Sophia, ich hoffe, wir werden uns gut verstehen." Margarithas Mutter war von der offenen Art ihres zukünftigen Schwiegersohns überrascht und tat sich schwer, seinen Gruß zu erwidern. Stattdessen bot sie ihm schweigend die rechte Wange zum Gruß. „Es ist alles vorbereitet", mit diesen Worten beendete Hernan die angespannte Stille und bat die Gäste ins Haus. Die Hochzeit fand am nächsten Tag in der Basilika San Felice statt. Arnaud hatte den Eindruck, dass halb Girona auf den Beinen war. Nach der Trauungszeremonie begaben sich die Festgäste in das Haus der Familie Ramirez. Die Diener hatten das gesamte Anwesen mit Orchideen, Margarithas Lieblingsblumen, geschmückt und im Innenhof wurde ein Ochse für das Festmahl gebraten. Die Stimmung war ausgelassen. Arnaud nahm Margaritha zur Seite. „Du bist für mich das Wertvollste auf der Welt, ich werde immer für dich sorgen." Sie erwiderte seine Worte mit einem Kuss und warf sich ins Getümmel der Gäste. „Was für eine Frau", dachte Arnaud. Hernan trat an seine Seite und zog ihn in eine Mauernische. „Sie ist wie eine Perle", sagte er, als er seine Tochter betrachtete. „Du weißt, wie viel sie mir bedeutet. Ich habe sie ein Leben lang beschützt und umsorgt. Ich erwarte von dir das Gleiche und noch mehr. Du bist ab jetzt mein Sohn." Mit diesen Worten umarmte er Arnaud und drückte ihn so fest er konnte. „Komm, lass uns trinken!" Arnaud sah, dass sich Hernan die Tränen aus den Augen wischte. Gemäß der Sitte verabschiedeten sich Arnaud und seine frisch vermählte Braut nach dem Essen und sie begaben sich in ihre Gemächer. Die Hochzeitsgäste versammelten sich im Innenhof des Hauses und es wurde zum Tanz gebeten. In einer Mauernische saßen die Musiker. Mit Flöten und Lauten stimmten sie ein heiteres „Rondeau quatrain" an und wurden dabei von Trommlern begleitet. Die Gäste amüsierten sich prächtig und Donna Sophia genoss es, von Hernan beim Tanz hofiert zu werden. Arnaud öffnete die Tür des Schlafgemachs mit einem kräftigen Tritt und warf Margaritha auf das Bett. Er konnte es kaum erwarten und verzehrte sich vor Verlangen nach ihr. Als sie sich entkleidete, betrachtete Arnaud seine Frau. Im hellen Licht der Kerzen waren ihre Konturen von wahrhaft göttlicher Schönheit und Arnaud dankte dem Herrn für die glückliche Wendung seines Schicksals. Margaritha gab sich ihm mit einer derartigen Wollust hin, dass er wünschte, die Nacht würde ewig dauern.*

Die erste mittelalterliche Beschreibung des weiblichen Orgasmus stammt von Hildegard von Bingen[(46)]. Sie beschreibt das lustvolle Hitzegefühl, den Genuss dieser Lust im Gehirn der Liebenden, wenn der Samen an die richtige Stelle fällt.

Am nächsten Tag traf er Avigdor im Atrium. Arnaud lächelte zufrieden. „Ich danke dir, mein Freund." „Hast du die Patera dabei?" Arnaud nickte. „Komm, folge mir nach El Call, wir haben eine Verabredung." Das jüdische Viertel von Girona befand sich in der Nähe des Flusses Onyar. Im Zentrum des Bonastruct ça Porta befanden sich die Bäder der Stadt. Diese waren ein Relikt aus der maurischen Herrschaft. Die Bewohner von Girona hatten diese Anlage lieben gelernt. Avigdor führte Arnaud in das Apodyterium, den Umkleideraum der Anlage. Es hatte zwei große steinerne Torbögen, unter denen ihnen die Diener die Kleidung abnahmen. Nur mit einem Lendenschurz bekleidet wurden sie in die Badeanlage geführt. Vor dem Tepidarium wurden sie gewaschen und von kundiger Hand massiert. Erst danach durften sie in das anschließende Caldarium, das Dampfbad, treten. Die Hitze des Caldariums wurde durch eine Fußbodenheizung, das sogenannte Hypokaustum, erzeugt. Arnaud war begeistert von der Badeanlage und den Annehmlichkeiten, welche sie bot. Nachdem sie sich erholt hatten, sagte Avigdor: „Es ist Zeit, mein Freund, der Rabbi wartet auf uns. Er ist ein weiser Mann, sein Lehrer war Schlomo Ben Jizchaki[(47)]*, einer unserer größten Gelehrten."

Schlomo Ben Jizchaki, geboren im Jahre 1040 in Troyes, war ein französischer Rabbi und maßgeblicher Kommentator des Tanach und des Talmuds. Er war einer der bedeutendsten jüdischen Gelehrten des Mittelalters und der bekannteste jüdische Bibelexeget.

Judah Ben Jakar wohnte in einem bescheidenen Haus im jüdischen Viertel. Er stand bereits auf der Schwelle des Erdgeschosses, als Avigdor mit seinem Freund um die Ecke bog. „Shalom", sagte Avigdor, als er den Rabbi sah. „Shalom Aleichem." Mit diesen Worten fasste sich der Rabbi an seinen langen weißen Bart und streckte ihnen die Hand zum Gruß entgegen. „Danke, dass, du uns empfängst, ehrwürdiger Rabbi, ich freue mich, dich zu sehen. Hier ist mein Freund Arnaud aus Beziers, er braucht deinen Rat." „Bitte tretet ein und nehmt Platz", sagte der Rabbi. „Ich bleibe hier", entgegnete Avigdor. Die Stube von Rabbi Judah war voller Bücher und Arnaud war tief beeindruckt von der Ausstrahlung des alten Mannes. Eine Aura von tiefer Inspiration und Gelassenheit umgab ihn. „Wie kann ich dir helfen, junger Mann?" Arnaud holte die Patera aus seinem Hemd hervor. „Ehrwürdiger Rabbi, könnt Ihr mir diese Inschrift erklären?" Rabbi Judah nahm die Patera und betrachtete ihre Inschrift mit prüfenden Augen. Er ließ seine Finger über die Inschrift gleiten und nahm eine Öllampe zur Hand. „Das ist althebräisch und stammt aus der Zeit vor dem Babylonischen Exil. Wer hat das geschrieben?" „Das weiß ich nicht, ehrwürdiger Rabbi. Ich habe die Schale in Jerusalem gefunden." „Wo", fragte Judah mit prüfendem Blick. „Im Tempel des Ritterordens, ich war einst ein Sergeant in ihren Diensten." „Du meinst den Hauptsitz der Templer in der Al-Aqsa-Moschee?" „Ja", antwortete Arnaud, „sie war unter einer Steinplatte versteckt." Judah Ben Jakar richtete das Licht der Lampe auf die Patera. Wenn ich die Buchstaben recht entziffere, bedeutet es:

סים ו םישבכ תאוצ קלֶחֶ א שבד ק לֶחֶ א תחקל

Nimm einen Teil Honig, einen Teil Schafskot und einen Teil Wasser und vermenge sie miteinander.

רירק םוקמ א איה הדובע ו פלקל ה אלמל

Befülle die Schale und stelle sie an einen kühlen Ort.

הז זֶגְרָאֶ בְּ םישָׁלֶ עיפומ זעה הנבלה הוורפה םא םירובד תוועש םע

Wenn das weiße Fell einer Ziege die Schale gänzlich ausfüllt, nimm es und ummantle es mit Bienenwachs.

אירְבָ םוחה הלוח רפוה הוהי חַוֹכ אפרמה תתל

Die heilbringende Kraft Jehovas wird den Fieberkranken gesunden lassen.

„Es ergibt für mich keinen Sinn", sagte Judah nachdenklich, als er den Text übersetzt hatte. Arnaud machte sich Notizen und war ebenso verwundert über ihren Inhalt. „Schafe und das weiße Fell der Ziegen", murmelte Judah, „und dann die heilbringende Kraft Jehovas. Ich kenne auch keine Stelle im Talmud, die zu diesem Thema passen würde." Er stand auf und nahm ein in Leder gebundenes Buch vom Regal. „Vielleicht finde ich bei Schlomo Jizchaki eine Erklärung." Behutsam bewegte er Seite für Seite des alten Buches. „Ah, das ist die Passage, die ich gesucht habe. Es ist eine Ergänzung zu den Pflichtopfern aus dem Buch Mose 12, 6-7." Judah las den Kommentar aufmerksam durch:

„Dorthin sollt ihr ihm alle eure Opfer bringen. Die Brandopfer und Mahlopfer, den zehnten Teil eurer Ernte, die Pflichtabgaben, die freiwilligen Gaben und was ihr dem HERRN durch ein Gelübde versprochen habt, ebenso die Erstgeburten eurer Rinder, Schafe und Ziegen." Als er geendet hatte, schüttelte er voller Unverständnis den Kopf. „Tut mir leid, Arnaud, hier ist auch kein ‚weißes Fell der Ziege' erwähnt." Plötzlich kam eine junge Frau in die Stube. „Rabbi, meine Schwester ist soeben darnieder gekommen. Ihr müsst unbedingt das Kind segnen!" „Wie heißt es?", fragte Judah. „Moses Ben Nachmann"*, erwiderte die Frau. „Entschuldige bitte, Arnaud, aber die Inschrift gibt mir nur Rätsel auf, danke für deinen Besuch." Mit diesen Worten verließ Rabbi Judah eilenden Schrittes die Stube.

*Moses Ben Nachmann[48], später Nachmanides, wurde 1194 in Girona geboren. Er war einer der größten jüdischen Gelehrten des Hochmittelalters und wird den Tosafisten zugerechnet. Diese verfassten ergänzende Texte zum Talmud, genannt Tosafot. Nachmanides war Vorsitzender der Sephardim und kehrte am Ende seines Lebens als einer der ersten Sepharden ins Heilige Land zurück. Er gründete dort eine Jeschiwa und starb 1270 in Akkon.

Mit einem höflichen „Shalom" verabschiedete sich Arnaud. Er konnte sich auch keinen Reim auf die Übersetzung machen. „Der erste Teil der Inschrift war leicht zu bewerkstelligen, aber was ist die heilbringende Kraft Jehovas und warum würde man ein so kostbares Gut an einem heiligen Ort verstecken?" Als er das Haus verließ, fragte ihn Avigdor: „Und, hat er dir weiterhelfen können?" „Nein, leider nicht, aber danke für deine Bemühungen."

Am nächsten Tag brach Arnaud mit seiner frisch vermählten Frau auf nach Beziers. Sowohl Hernan Ramirez, als auch Donna Sophia hatten Tränen in den Augen, als sie das Haus verließen. Bereits auf der Reise nach Beziers stellte sich Arnaud vor, wie sie das Haus von François ihren Bedürfnissen anpassen würden. Als sie schließlich die Pont Vieux überquerten, sagte Arnaud: „Siehst du das Haus am Ende der Rue Abreuvoir?" „Ja, mein Gemahl." „Das wird unser neues Zuhause", verkündete Arnaud stolz. „Es ist nicht so luxuriös wie das Haus deiner Eltern, aber du wirst es lieben." Beim Haus von Antoine machten sie Halt, um Arnauds Sachen zu holen. Francine stand, umringt von den Mädchen, und weinte. „Was ist passiert?" „Antoine", schluchzte sie, „er liegt im Fieber. Die Nonnen von Saint Jude sorgen für ihn, aber er wird von Tag zu Tag schwächer." „Kümmere dich bitte um Francine und die Kinder", sagte Arnaud zu Margaritha. „Ich sehe nach Antoine."

Die Nonnen von St. Jude waren Benediktinerinnen, die nach dem Vorbild von Hildegard von Bingen ein Hospiz errichtet hatten und sich um die Kranken von Beziers kümmerten. Als Arnaud das Refektorium des Klosters betrat, war der Saal erfüllt vom Jammern der armen Seelen. Es roch nach Fäkalien und für viele Erkrankte war wohl die letzte Stunde angebrochen. Antoine lag am Ende des Korridors. Schweißperlen standen auf seiner Stirn und er zitterte vor Fieber. „Antoine, mein Freund, wie geht es dir?" „Das Fieber, es geht trotz der Medizin nicht zurück und ich habe das Gefühl, als würde meine Brust von einem zentnerschweren Stein erdrückt." Neben seinem Bett stand ein bronzener Spucknapf, in den er sich erleichterte. Das Sputum war rotbraun und roch abscheulich. „Ehrwürdige Schwester", sagte Arnaud zu einer der Benediktinerinnen. „Ich bin Arnaud, aus der Rue Abreuvoir, was fehlt meinem Freund?" „Seine Lunge ist entzündet und die Körpersäfte sind vergiftet. Wir haben ihn zur Ader gelassen", sagte sie mit einem besorgten Blick auf den Spucknapf. „Habt ihr ihm einen Sud aus Salweide* verabreicht?" Sein Vater hatte ihm die Rezeptur in seiner Jugend beigebracht. Der Sud aus den Rinden der Weiden, welche den Fluss Rance in Dinan säumten, war ein altes Heilmittel der Familie. „Natürlich", antwortete die Schwester schnippisch, „aber das Fieber kehrt immer wieder zurück."

Die Rinde der Salweide, welche an Flussufern wächst, enthält den Wirkstoff Salicin. Dieses wird im menschlichen Körper zu Salicylatsäure umgewandelt. Ein Liter Sud aus 4 % Salicin entspricht der Tagesdosis von 1000 mg Aspirin.

„Ich kümmere mich um deine Familie und das Geschäft. Morgen komme ich dich wieder besuchen", sagte Arnaud und drückte Antoines Hand. Beim Verlassen des Klosters sah Arnaud die Schafherde, welche davor graste. „War in der Inschrift der Schale nicht von Schafskot die Rede?" Er nahm eine Handvoll frischer Exkremente und packte sie in ein Tuch. Als er zum Haus von Antoine zurückkehrte, saßen Francine und Margaritha in der Küche. „Die Nonnen tun ihr Möglichstes, aber es geht ihm sehr schlecht. Ich habe ihm versprochen, mich um euch und das Geschäft zu kümmern. Komm, meine Frau, unser neues Haus wartet!" Margaritha war voller Tatendrang, nachdem sie das Haus bezogen hatte, doch Arnaud musste unweigerlich an seinen kranken Freund denken. Am Abend fragte er sie: „Haben wir Honig im Haus?" „Ja, aber hat dir das Abendmahl nicht gereicht und bist du noch hungrig?" „Sei so lieb und bring mit etwas davon." Margaritha tat, worum er sie gebeten hatte, und begab sich zu Bett. Sie war todmüde von der Reise und hatte sich in den letzten Tagen immer am Morgen übergeben müssen. Im Licht einer Kerze holte Arnaud die Patera und die Notizen, welche er bei Rabbi Judah gemacht hatte, hervor.

„Nimm einen Teil Schafskot, einen Teil Honig und einen Teil Wasser und vermenge sie miteinander."

Arnaud holte einen steinernen Mörser aus der Küche und mischte die Exkremente mit Wasser und Honig. Zu seinem Erstaunen verflüchtigte sich der Geruch des Kots, als er mit den anderen Zutaten vermischt wurde. Er befüllte die Patera und stellte sie an einen kühlen Platz im Keller des Hauses. Am nächsten Morgen ging er in den Keller und betrachtete die goldene Schale. Die braun-gelbe Paste lag immer noch unverändert in ihr. Er stieg die Treppen des Kellers empor und sah, dass sich Margaritha wieder übergeben musste. „Bist du krank, meine Liebe?" „Nein, es geht schon wieder, wahrscheinlich nur das Essen von gestern Abend." Arnaud sah in der Weberei nach dem Rechten und nachdem er mit seiner Arbeit fertig war, ging er ins Kloster Saint Jude. Antoine atmete schwer. Beim Anblick von Arnaud erschien ein Lächeln auf seinen Lippen und mit schwacher Stimme fragte er nach seiner Familie. „Es geht allen gut, halte durch, mein Freund." Antoine neigte seinen Kopf zur Seite und verfiel im nächsten Moment in einen tiefen Schlaf. An den darauffolgenden Tagen verschlechterte sich sein Zustand zunehmend. Arnaud stieg jeden Tag in den Keller des Hauses, doch die Schale und ihr Inhalt lagen auch nach drei Tagen immer noch unverändert an ihrem Platz. Als er am nächsten Tag das Kloster aufsuchte, wurde er von Schwester Marie, der Oberin, zur Seite genommen. „Eurem Freund geht es sehr schlecht, sein Leben wird wohl bald zu Ende gehen. Wir haben alles in unserer Macht Stehende getan, aber es ist Gottes Wille." Arnaud war verzweifelt und rannte zurück in sein Haus. Als er sich in den Keller begab, sah er, dass sich in der Schale an der Oberfläche des Inhalts kleine weiße Kreise gebildet hatten. „Das weiße Fell der Ziege", dachte er, so wie es in der Inschrift beschrieben war. Am nächsten Morgen war die gesamte Patera von einem weißen Flaum bedeckt. Er warf einen Blick auf seine Notizen, holte Bienenwachs von der Küche und schabte den Flaum mit seinem Messer ab. Dann teilte er den Flaum und ummantelte ihn, sodass sechs kleine Wachskugeln entstanden. Arnaud dachte an die letzten Worte der Inschrift:

„Die Kraft Jehovas wird den Fiebernden gesunden lassen."

Er lief ins Kloster und verabreichte Antoine die Wachskugeln. „Trink, mein Freund und schlucke alles auf einmal hinunter!" Antoine war kaum noch bei Bewusstsein und tat, was Arnaud von ihm verlangte. „Dein Leben ist nun in Gottes Händen", sagte er zu ihm und begab sich wieder nach Hause. Margaritha erwartete ihn an der Türschwelle mit einem Lächeln. „Ich habe heute mit Francine gesprochen und ihr von meiner morgendlichen Übelkeit erzählt. Meine Blutung ist seit zwei Wochen ausgeblieben. Arnaud, ich glaube, ich bin schwanger." Arnaud fiel aus allen Wolken und umarmte seine Frau. „Das sind wunderbare Neuigkeiten, ich bin überglücklich. Wenn nur Antoine wieder gesunden würde." „Ich weiß, dass dich das sehr belastet, aber wir können nur beten." Am nächsten Tag hatte sich wieder das „weiße Fell der Ziege" gebildet und Arnaud drückte es in das Wachs und verabreichte die Kugeln seinem Freund. „Was macht Ihr da?", fragte eine der Schwestern. „Das ist Wachs mit Honig von den Bienen am Fluss, vielleicht hilft es ihm." „Wenn Ihr meint, aber er ist dem Tod geweiht." „Dann lasst uns für seine Seele beten, ehrwürdige Schwester." „Nur ein Wunder kann ihm noch helfen", sagte die Benediktinerin mit bestimmtem Ton. Als er Antoine am nächsten Tag besuchte, war das Fieber gewichen. Antoine schlief friedlich. Arnaud betrachtete seinen Freund. Anscheinend würde er es überstehen. Waren es die Gebete oder der Flaum der Patera, die ihn gerettet hatten? „Komm, noch einmal!" Antoine tat im Halbschlaf, wie ihm geheißen wurde. Der weiße Flaum in der Schale wurde in den nächsten Tagen immer weniger und schlussendlich entnahm Arnaud den Inhalt, reinigte die Patera und küsste sie, bevor er die Schale und das hölzerne Templerkreuz im Keller seines Hauses verbarg. Am nächsten Tag war Antoine zum ersten Mal seit Wochen wieder bei Besinnung. „Der Herr hat unsere Gebete erhört, ehrwürdige Schwester", sagte Arnaud zur Oberin Marie. „Ja, die Wege des Herrn sind unergründbar", antwortete diese und bekreuzigte sich.

In den nächsten Wochen war Margaritha vollends mit dem Einrichten des neuen Hauses beschäftigt. Ihre morgendliche Übelkeit hatte nachgelassen und Arnaud sah ein Leuchten in ihren Augen, dass er so noch nie beobachtet hatte. Antoine war nach seiner schweren Krankheit wieder zu Hause in der Rue Abreuvoir und das Leben nahm seinen gewohnten Lauf. Arnaud kümmerte sich um die Geschäfte und wenn er am Abend in sein neues Zuhause zurückkehrte, stand seine Frau schon auf der Türschwelle und wartete mit dem Essen auf ihn. Sie hatte sich in Beziers gut eingelebt und besonders die Besuche bei Avigdor und seiner Frau Sarah bereiteten ihr große Freude. Sonntags besuchten sie die Messe der Katharer in der Kirche Saint Jacques und Margaritha war beeindruckt von der Tiefsinnigkeit der Predigten der Perfecti. Als das Osterfest gefeiert wurde, hatte sie schon einen runden Bauch und kurz nach dem Fronleichnamsfest setzten bei Margaritha die Wehen ein. Arnaud war gerade mit den Büchern beschäftigt, als Francine zu ihm kam. „Arnaud, deine Frau hat ihr Wasser verloren und die Wehen haben eingesetzt. Lauf zu Amelie am Place de Chaudronniers und gib ihr Bescheid! Ich bereite die frischen Tücher und warmes Wasser." Arnaud ließ augenblicklich die Feder fallen und rannte die steile Steintreppe zur Kirche Saint Jacques hinauf. Es war schon dunkel und der Vollmond tauchte Beziers in ein magisches Licht. Dann bog er nach links, überquerte den Jardin des Arènes und klopfte keuchend an Amelies Haus. Amelie war die Hebamme des Stadtviertels und hatte auch alle fünf Töchter von Francine und Antoine entbunden. „Amelie, hier ist Arnaud!", rief er. „Es ist so weit, Margaritha liegt in den Wehen." Nach einer gefühlten Ewigkeit trat Amelie vor die Tür. „Ich bin ja schon da." Sie hatte graues Haar und war über die Jahre etwas rundlich geworden. „Nimm bitte diesen Korb, die Sachen werden wir brauchen." Als sie Arnauds Haus erreicht hatten, blieb dieser in der Stube und Amelie stieg langsam die Treppen zum Schlafzimmer empor. Francine stand neben Margaritha, die im Bett lag und stöhnte. „Es tut so weh!" „Ist schon gut, mein Kind, lass mich einmal sehen." Sie wusch sich die Hände, hob die Decke und tastete nach dem Kind. „Alles in Ordnung, es wird noch eine Weile dauern, aber der Muttermund hat sich bereits geöffnet. Francine, bitte braue aus diesen Kräutern einen Sud." Als Francine die Treppe herunterkam, fragte Arnaud mit besorgtem Blick: „Wie geht es ihr?" „Mach dir keine Sorgen, sie ist bei Amelie in den besten Händen." Die nächsten Stunden vergingen und Arnaud saß voller Anspannung in der Stube. Ab und an kam Francine die Treppe herunter und bat ihn, frisches Wasser aufzustellen, was er bereitwillig machte, um sich abzulenken. Margaritha war völlig durchnässt von den Anstrengungen der Geburt. Amelie hielt ihre Hand. „Komm schon, mein Kind, du hast es bald geschafft, einmal noch tief einatmen und fest pressen!" Beim Morgengrauen hörte Arnaud die ersten Schreie seines Kindes und stürmte die Treppe nach oben. „Es ist ein Junge, er ist kerngesund", sagte Amelie mit einem gütigen Lächeln. „Nimm die Schere und durchtrenne die Nabelschnur!" Arnaud tat, wie ihm geheißen, doch ihm zitterten die Hände. Nur zögerlich löste sich die Verbindung zwischen Mutter und Kind und er wunderte sich, was für ein starkes Band beide verbunden hatte. Es brauchte einen beherzten Schnitt mit der Schere, um das straffe Gewebe zu durchtrennen. Amelie säuberte das Neugeborene mit warmem Wasser von der Käseschmiere und verschloss die Nabelschnur mit einer hölzernen Klemme. Dann wickelte sie es in sanfte Laken und legte den Jungen Margaritha auf den Bauch. „Mein Nicolas", flüsterte Margaritha mit einem glückserfüllten Lächeln. All der Schmerz und die Mühen waren in diesem Moment vergessen. Nicolas hatte die schwarzen Haare seiner Mutter und schrie aus voller Kehle. „Ihr müsst ihn an eure Brust nehmen! Das wird auch die Blutung aus dem Schoß zum Erliegen bringen." Inzwischen war die Sonne aufgegangen und die ersten Strahlen drangen durch das Fenster des Zimmers. Arnaud betrachtete seine Frau im Licht der aufgehenden Sonne und wurde zwangsläufig an eine Mariendarstellung mit Jesus Christus erinnert. Er war wie verzaubert von der Schönheit seiner Frau. Ihr Gesicht strahlte wahre Glückseligkeit aus. Amelie verabschiedete sich und Arnaud half ihr über die Treppe. „Habt tausend Dank, liebe Amelie", sagte er und überreichte ihr eine Rolle aus reiner Seide. „Ihr habt mich zum glücklichsten Menschen der Welt gemacht."

Der Sommer zog ins Land und Nicolas entwickelte sich prächtig. Von Tag zu Tag legte er an Gewicht zu und die Phasen seiner Aufmerksamkeit wurden immer länger. Allein die Nächte waren für beide Elternteile überaus anstrengend, da er an Blähungen litt. Amelie empfahl Margaritha einen Sud aus Fenchel und Kardamom, woraufhin sich die Nachtruhe deutlich besserte. Francine schenkte Nicolas eine hölzerne Rassel, welche mit Kirschkernen gefüllt war. Sooft er konnte, unterbrach Arnaud seine Arbeit, nur um sich am Anblick des Kleinen zu erfreuen. Meist lag er zufrieden in der Wiege und nagte an der Rassel. Immer öfter kam auch ein Lachen über seine Lippen und Margaritha erzählte an den Abenden voller Stolz, was Nicolas tagsüber gelernt hatte.

Als sich die Blätter golden verfärbten, unternahmen sie eine Bootsfahrt auf dem Orb zu der Insel, auf der ihn Margaritha das erste Mal geküsst hatte. Arnaud dachte an Bernard und die schrecklichen Ereignisse im Heiligen Land. Es kam ihm vor, dass sie eine Ewigkeit zurücklagen und doch hatten sie ihn hierhergeführt. Er hatte nun in Beziers ein neues Leben gefunden und blickte mit Stolz und innerer Zufriedenheit auf seine Familie. Als sie von der Bootsfahrt zurückkamen, stand Avigdor am Hafen. Er schien betrübt zu sein. Arnaud half Margaritha aus dem Boot und bat sie, Nicolas nach Hause zu bringen. „Was betrübt dich, mein Freund?" „Sarah ist erkrankt und der jüdische Arzt findet keine Medizin. Ihr Körper ist übersät mit roten Flecken und sie fiebert. Wie du weißt, werden die Nonnen von Saint Jude auf Grund unseres Glaubens sie nicht in ihre Obhut nehmen. Du kennst doch die Oberin des Klosters." „Schwester Marie?" Avigdor nickte. „Vielleicht kannst du sie bitten, nach Sarah zu sehen?" „Bien sur, mon ami, komm, fragen wir sie gemeinsam." Schwester Marie war gerade mit der Abnahme der Schröpfgläser an einem Patienten beschäftigt, als Arnaud sie um ein Gespräch bat. „Ehrwürdige Schwester, ich bin Arnaud der Weber aus der Rue Abreuvoir." „Ich kenne dich, mein Sohn." „Es geht um die Frau von Avigdor aus der Rue de la petite Jérusalem. Sie liegt im Fieber und der jüdische Arzt ist ratlos. Könntet Ihr einen Blick auf sie werfen?" „Das ist höchst ungewöhnlich, dass ich zu Kranken der jüdischen Gemeinschaft gerufen werde", sagte Schwester Marie mit ernstem Blick. „Aber vor Gott sind alle Kinder gleich. Ich werde dich begleiten." Avigdor wartete vor der Klostertür und erwies Marie seine Ehrerbietung. „Führt mich zu Eurer Frau!" Sarah lag im Erdgeschoß des Hauses und fieberte. Ihr ganzer Körper war mit roten Flecken bedeckt. Schwester Maire wusch sich die Hände und untersuchte die Kranke. Ihre Zunge war rot wie Himbeeren und hatte einen weißlichen Belag. Der Rachen war entzündet und ihr Herz schlug kaum vernehmbar. „Purpura scarlatina", murmelte die Oberin, „wundert mich nur, dass sie nicht schon in ihrer Kindheit daran erkrankt war." „Was fehlt ihr, ehrwürdige Schwester?", fragte Arnaud. „Scharlachfieber", sagte Schwester Marie und nahm ein Buch aus ihrem Umhang und zeigte es Arnaud. „Dieses Buch heißt: *Causae et curae*, es wurde von unserer Ordensgründerin Hildegard von Bingen geschrieben.* Folgt mir zurück zum Kloster, Meister Avigdor! Ich werde euch eine Kräutermischung aus Vogelmiere** geben, die Ihr zweimal täglich verabreichen müsst."

Hildegard von Bingen war eine Äbtissin, Ärztin, Komponistin und Mystikerin des Hochmittelalters. Sie veröffentlichte mehrere Bücher zu theologisch-philosophischen Fragen auf Grund ihrer Visionen. Ihr medizinisches Verständnis war stark an die antike Lehre der vier Körpersäfte angelehnt. Im Innsbrucker Kräuterbuch vereinte sie die Kräuterkunde mit den Vorstellungen der antiken Medizin.

**Der Vogelmiere, lateinisch: Stellaria media, werden entzündungshemmende Qualitäten zugeschrieben. Die Ernte der Heilpflanze war, der Legende nach, eine Heik(l)e Aufgabe. Sie musste im Sommer unter den Sternen gepflückt werden, um ihre volle Wirkung zu entfal-*

ten. Als Inhaltsstoffe sind Flavonoide, Oxalsäure, Vitamin C und Saponine bekannt. Saponine leiten sich vom Lateinischen „Sapo" – Seife – ab und dienen manchen Pflanzen als Schutz gegen Pilzbefall. Sie finden sich in Erbsen, Quinoa, Ginseng und Jiaogulan, welches auch als rankende Indigopflanze oder „Kraut der Unsterblichkeit" bezeichnet wird.

„Seid bedankt, ehrwürdige Schwester", sagte Arnaud, nachdem er sich von Avigdor beim Kloster verabschiedet hatte. Arnaud ging über die Schafweide Richtung Rue Abreuvoir. Er erinnerte sich an den todgeweihten Antoine. „Vielleicht hatte das weiße Fell der Ziege doch zu seiner Genesung beigetragen?" Er nahm etwas frischen Schafskot und vermischte ihn im Keller seines Hauses mit Honig und Wasser. Dann holte er die Patera aus ihrem Versteck und befüllte sie mit der pastösen Substanz. In den nächsten Tagen verschlechterte sich Sarahs Zustand und Avigdor war in tiefer Sorge um das Leben seiner Frau. Als Arnaud das Haus betrat, war der Duft von Weihrauch in der Luft. „Der Rabbi hat gestern Sarah mit einem Gemisch aus Olivenöl, Myrrhe, Weihrauch und Kalmus nach den Anweisungen des 133. Psalm des Talmuds gesalbt. Es geht zu Ende", sagte Avigdor mit tränender Stimme. Sarahs Mund war von einer bestürzenden Blässe umrahmt und sie atmete schwer. Arnaud legte ihr drei Wachskugeln in den Mund und gab ihr Wasser. „Was ist das?", fragte Avigdor. „Du erinnerst dich an die Patera aus Jerusalem, die ich dir verpfänden wollte?" „Ja, aber Judah Ben Jakar konnte sich doch keinen Reim auf die Inschrift machen." „Ich bin den Anweisungen gefolgt und habe die Patera befüllt. Nach einigen Tagen bildet sich in ihr das ‚weiße Fell der Ziege'. Ich weiß nicht, was es ist, aber vielleicht rettet es deine Frau. Gib ihr noch drei Kugeln am nächsten Morgen, ich komme am Abend wieder." Am nächsten Abend war Sarahs Zustand unverändert. Arnaud gab ihr wieder vom weißen Fell der Ziege und einen Sud aus Weidenrinde. „Wir können nur beten", sagte er zu Avigdor, der niedergeschlagen in einer Ecke saß. Als er am Abend in sein Haus zurückkehrte, waren Margaritha und Nicolas bereits eingeschlafen. Bevor er die Öllampe löschte, warf er einen Blick auf sie. Mutter und Sohn lagen eng umschlungen im Bett und Arnaud dankte dem Herrn für ihre Gesundheit. Tags darauf wurde er von Margaritha geweckt. „Arnaud, steh auf, ein Diener von Avigdor möchte dich sprechen!" „Was gibt es?", fragte Arnaud, nachdem er sich angekleidet hatte. „Meister Avigdor schickt mich, es geht um seine Frau Sarah." Als sie das Haus im jüdischen Viertel erreichten, stand Avigdor an der Türschwelle. „Das Fieber ist gesunken, sie fühlt sich besser." Sarah saß im Bett und lächelte. Die Schatten des Todes waren aus ihrem Gesicht gewichen. „Was hat Rabbi Judah noch gesagt?" „Dass ich auf die heilende Kraft von Gott vertrauen soll", antwortete Arnaud mit einem zufriedenen Lächeln und umarmte Sarah.

Margaritha bereitete sich für die Weihnachtsmesse vor und konnte sich wie immer nicht entscheiden, welches Kleid sie tragen sollte. Francine und ihre Töchter würden für Nicolas sorgen, der schon in seiner Krippe saß und fröhlich vor sich her brabbelte. „Margaritha, beeil dich, wir kommen zu spät", rief Arnaud. Nach den ersten Boten des Winters war es wieder milder in Beziers geworden und die Menschen versammelten sich auf den Straßen, um das Fest von Christi Geburt zu begehen. Nach der Mette in Saint Nazaire gingen Arnaud und seine Frau unter dem kristallklaren Sternendach nach Hause. „Vermisst du dein zu Hause?" „Nein, ich habe mich sehr gefreut, als meine Eltern letzte Woche aus Girona zu Besuch waren. Mama ist ganz verzückt nach Nicolas. Papa hat sich nicht viel geäußert, aber ich denke, er ist sehr stolz auf seinen Enkelsohn." Tatsächlich hatte Donna Sophia Arnaud zum ersten Mal seit der Vermählung nicht mit Ignoranz gestraft, sondern hatte sich zufrieden mit dem Zuhause und den Lebensumständen ihrer Tochter gezeigt. Zum Abschied hatte sie Arnaud sogar umarmt.

Während der Nacht begann Nicolas zu husten. Margaritha stillte ihn, doch das Kind kam nicht zur Ruhe. Am nächsten Tag hatte er hohes Fieber und keuchte fürchterlich. Er trank kaum und glühte an der Stirn. Arnaud ging zu Amelie und fragte sie nach Rat. „Gib ihm etwas von dieser Tinktur. Er ist kräftig und wird sicher bald gesund sein." Nicolas weinte den ganzen Tag und Margaritha war verzweifelt. „Geh zu den Nonnen von Saint Jude, vielleicht können sie uns helfen", flehte sie ihn an. Schwester Marie empfahl ihm, geröstete Zwiebeln auf die Brust seines Sohnes zu legen, um die Körpersäfte wieder ins Gleichgewicht zu rücken. Nicolas wurde von Tag zu Tag schwächer und Margaritha wachte jede Nacht an seinem Bett. Arnaud sah die schwarzumränderten Augen seiner Frau und betrachtete seinen Sohn. Bei jedem Atemzug zog sich das Fleisch seines Brustkorbs zurück und die kleinen Rippen wurden sichtbar. Er ging in den Keller und holte die Patera aus ihrem Lederbeutel. Dann befüllte er sie und bekreuzigte sich. „Gott, allmächtiger Vater, sende deinen Geist und deine Kraft auf diese Schale herab und heile mein Kind", sprach er knieend. Nach drei Tagen bildete sich der weiße Flaum und Arnaud teilte das „weiße Fell der Ziege" in zwölf Teile. Er fütterte Nicolas mit den kleinen Wachskugeln und schlief ermattet ein. Am nächsten Tag erwachte Arnaud durch die ersten Sonnenstrahlen, die durch das Fenster ins Zimmer fielen. Er betrachtete Nicolas und sah, dass seine Finger blau waren und er sich nicht bewegte. Er hob Nicolas aus seinem Bett und nahm ihn an seine Brust. Nicolas lächelte friedlich, der Schmerz war aus seinem Gesicht gewichen. Sein Atem war erloschen. Arnaud spürte, wie sich ein tiefer Schmerz durch seine Brust bohrte und brach in Tränen aus. Am ganzen Leibe zitternd weckte er seine Frau und umarmte sie. „Unser Sohn ist jetzt beim Herrn", sagte er mit gebrochener Stimme. Margaritha riss sich von ihm los und schrie: „Nein, das kann nicht sein!", dann beugte sie sich in einer Geste tiefer Trauer nach vorne und bedeckte mit der rechten Hand ihr Gesicht. „Gott erbarme sich unser", sagte sie schluchzend.

Nicolas Nazac wurde am Dreikönigstag des Jahres 1196 begraben. Der Friedhof von Saint Jacques lag im Norden der Kirche und alle Freunde der Familie waren anwesend. Pater Renaud, der Prior von Saint Nazaire, leitete die Zeremonie. Nach der feierlichen Einsegnung verließ Arnaud das Haus und begab sich zum Ufer des Orb. Die letzten Sonnenstrahlen färbten den Fluss in goldenem Licht und Arnaud holte die Patera aus seinem Hemd. Er betrachtete die goldene Schale und ihre Inschrift. „Was hatte sie für einen Nutzen, jetzt, da mein Sohn tot ist. War die Heilung von Antoine und Sarah nur Zufall gewesen?" Arnaud war verzweifelt. Nach all dem Leid, das er im Heiligen Land erfahren hatte, und den glücklichen Tagen der letzten Jahre spielte er mit dem Gedanken, die Patera in den Fluss zu werfen. Arnaud dachte an Bernard und Simon Faiblos. Dann verbarg er die Schale wieder unter seinem Hemd.

Nach Nicolas Tod wurde Margaritha von einer tiefen Schwermut befallen. Sie verließ kaum das Haus und verbrachte ganze Tag in ihrem Zimmer. Meistens lag sie auf ihrem Bett und starrte ins Leere. Sie aß kaum und Arnaud war tief besorgt. Er fragte seinen jüdischen Freund um Rat. „Was soll ich mit ihr machen, Avigdor?" „Sarah wird sich um sie kümmern. Sie braucht jetzt Ruhe und eine verständnisvolle Frau an ihrer Seite." Sarah besuchte Margaritha jeden Tag und führte stundenlange Gespräche mit ihr. Arnaud war dankbar für die Fürsorge, welche sie seiner Frau zuteilwerden ließ. Er war tagsüber zu beschäftigt und die Abende saß er neben ihrem Bett und tröstete sie. Er vermisste seinen Sohn ebenfalls und der Verlust brannte in seiner Seele. „Ich habe von einem neuen ‚Perfectus' in der Gemeinde gehört", sagte er eines Abends. „Er predigt morgen bei der Messe. Lass uns doch gemeinsam hingehen und seine Worte hören", sagte er und küsste Margarithas Stirn. Tags darauf verließ seine Frau zum ersten Mal nach Wochen das Haus. Die Mandelbäume im Garten standen schon in voller Blüte und die Sonne bedeckte die Stadt mit dem warmen Licht des Frühlings. Als er in ihr Gesicht blickte, konnte er zum ersten Mal seit Nicolas Tod wieder ein zartes Lächeln entdecken. „Was für ein wunderschöner Tag, wie heißt der neue Priester?"

„Guilhabert de Castres."

Die Magdalenen-Kirche der Stadt war bis auf den letzten Platz gefüllt und nach einem anfänglichen Gefühl der Unsicherheit und Beklemmung freute sich Margaritha, all die bekannten Gesichter der Stadt wiederzusehen. Guilhabert stand vor dem Altar und unterhielt sich mit einer Gruppe „Perfecti". Er war ein großer Mann, von schlanker Gestalt und im Gegensatz zu den katholischen Würdenträgern umwarb ihn eine Aura von tiefer Inspiration. In seiner Predigt bezog sich Guilhabert auf den Verlust, den Menschen im Leben erleiden müssen und endete mit den tröstenden Worten aus dem Johannes-Evangelium: „Ihr habt jetzt Traurigkeit, ich werde euch aber wieder sehen und euer Herz wird sich freuen", Johannes 16, 22. Margaritha schien bei diesen Worten innerlich zu erblühen und Arnaud griff nach ihrer Hand und drückte sie mit all der Liebe, die er für sie empfand. Nach der Messe hatten sich alle vor der Kirche versammelt. Guilhabert stand auf den steinernen Stufen, als Margaritha an ihn herantrat. „Bruder Guilhabert, ich danke euch für eure salbungsvollen Worte, sie haben mich tief ergriffen und mir Trost gespendet." „Das freut mich, meine Tochter", sagte er mit einem gütigen Lächeln. „Wie ist Euer Name?" „Margaritha, ich bin die Frau des Webers Arnaud Nazac. Arnaud, komm und begrüße unseren Bruder, Guilhabert."

Von nun an trafen sie Guilhabert jeden Sonntag und manchmal verbrachten sie die Nachmittage gemeinsam im Haus in der Rue Abreuvoir. Seine Gesellschaft tat beiden gut und abgesehen von seinem reinen Glauben und der tiefen Überzeugung, dass der Weg der Albigenser der Richtige war, hatte er schon einiges erlebt. Guilhabert war ein umsichtiger Mann, geschuldet seiner profunden Ausbildung, welche er in jungen Jahren erhalten hatte. Er erzählte Arnaud und Margaritha aus seiner Jugend als Spross einer Adelsfamilie in Castres und wie es dazu gekommen war, dass er nun einer der führenden Priester der Katharer-Bewegung war. Auf Wunsch seines Vaters war er im Alter von fünfundzwanzig Jahren im Jahre 1190 nach Rom gegangen, um seine Ausbildung im Kirchenlatein zu vertiefen. Im Zuge seiner zweijährigen Studien hatte er Einblick in das Ränkespiel der Kurie und die allzu weltliche Auslegung der christlichen Lehre, was ihn zutiefst anwiderte. Speziell der Ablasshandel und die Ausschweifungen mancher Kardinäle waren so gar nicht mit seinem Glauben vereinbar, sodass er 1192 wieder ins Languedoc zurückkehrte und sich in Fanjeux niederließ. „Weißt du, Arnaud, ich habe schon vor meiner Reise in die Heilige Stadt mit Katharern Kontakt gehabt. Ihre Denkweise und die Lehren, die sie daraus zogen, haben mich fasziniert. All sein Hab und Gut zum Wohle der Gemeinschaft mit den anderen zu teilen entspricht doch viel mehr der Lebensweise von Jesus Christus, als sich durch Geld von seinen Sünden zu befreien. Hat nicht Jesus die Tempelpriester in Jerusalem beschimpft und sie vertrieben, weil sie das Haus des Herrn beschmutzten?" Arnaud und Margaritha nickten angesichts der Tiefsinnigkeit seiner Worte. „Wir tragen keine Waffen und versuchen nicht, andere Menschen mit dem Schwert zu bekehren, sondern mit Worten und unseren Taten. Viele unserer Brüder leben in Armut als Wanderprediger und finden doch jede Nacht ein Bett zum Schlafen und gutherzige Menschen, die ihnen eine warme Mahlzeit zuteilwerden lassen. Was haben die Kreuzzüge der Vergangenheit gebracht? Jerusalem ist für die Christenheit verloren und bei jedem Kreuzzug haben Tausende Menschen ihr Leben verloren. Und wofür?" Arnaud fühlte, wie sich sein Inneres zusammenzog. Er musste unweigerlich an die Tausenden Toten auf den Hügeln von Hattin denken. Die Schmerzensschreie der verletzten Soldaten hallten in seinen Ohren. Er dachte an Bernards geschändeten Körper und sein Blut im Sand der Wüste. „Der Papst sitzt in seinem goldenen Palast und kümmert sich mehr darum, den Einfluss und Reichtum der Kirche zu vergrößern, als um das Seelenheil der Christen. Es gibt eine Dualität zwischen Gut und Böse im Kosmos und der Zweck unseres Lebens ist es, dem Guten zu dienen." Margaritha war voll der Bewunderung für Guilhaberts Worte. „Wie wahr, Bruder Guilhabert, bitte kommt uns bald wieder besuchen." Mit der Zeit fand Margaritha neue Lebensfreude und teilte wieder das Bett mit Arnaud. War es zu Beginn ein vorsichtiges Herantasten an die

Bedürfnisse des anderen, so fanden beide wieder die gewohnte Lust und Befriedigung an der gegenseitigen Hingabe. In den Nächten ertappte sich Arnaud des Öfteren dabei, dass er seine Frau im Schlaf betrachtete. „Was für ein glücklicher Ehemann ich doch bin, dass diese Frau an meiner Seite lebt." Durch die Worte von Guilhabert fühlte sich Margaritha innerlich gestärkt und interessierte sich immer mehr für seinen Glauben. „Du musst wissen", sagte Guilhabert eines Nachmittags zu Margaritha, „das ‚Apparellamentum' und das damit verbundene Gebet sind nur den bekennenden Katharern vorbehalten. Es ist ein monatlicher Bußgottesdienst, der zur Reinigung von den beeinträchtigenden Beeinflussungen des irdischen Lebens dient. Das Apparellamentum soll dich vor dem Rückfall in den Sündenstand bewahren. Jeder Katharer beichtet seine Verfehlungen nur einem Diakon." „Wann wirst du Diakon?", fragte Margaritha. „Wenn es dem Herrn gefällt und ich mich als würdig erwiesen habe", antwortete Guilhabert mit einem sanftmütigen Lächeln. „Im Gegensatz zur Amtskirche ist auch der freiwillige Tod bei uns keine Erbsünde. Manche Menschen nehmen die ‚Endura' auf sich und fasten, bis sich der Leib vom Geiste trennt. Das ist die höchste Form der Selbstaufgabe. Kein ewiges Höllenfeuer wird diese wahren Gläubigen je bestrafen." Margaritha war fasziniert von den Ausführungen des charismatischen Priesters und immer mehr keimte in ihr der Gedanke auf, wo ihre Bestimmung liegen würde.

Im Sommer wurde sie erneut schwanger und Arnaud freute sich darauf, wieder Vater zu werden. Bei all dem Schmerz, den er durch den Verlust von Nicolas erlitten hatte, waren doch die Stunden mit ihm ein besonderer Teil seines Lebens gewesen. Im Gegensatz zur ersten Schwangerschaft litt Margaritha nicht an der morgendlichen Übelkeit. Wenn Arnaud am Abend erschöpft von der Arbeit neben ihr im Bett lag, konnte er die Vorwölbungen ihres Bauches sehen. Margaritha nahm seine Hand und legte sie auf die Stelle. „Kannst du es spüren?" Tatsächlich war dann ein sanftes Treten zu bemerken und Arnaud sprach zu dem noch Ungeborenen. Er erzählte ihm von der Schönheit und Güte seiner Mutter und dem wunderbaren Leben in Beziers. Kurz nach Ostern gebar Margaritha unter der kundigen Hand von Amelie eine Tochter. Arnaud war vom ersten Augenblick in das Neugeborene verliebt und flüsterte seiner Frau zu: „Lass sie uns Bernadette nennen." Margaritha erholte sich rasch von der Geburt und bereits nach drei Tagen stand sie wieder in der Küche und gab der Dienerin Anweisungen für ein Festmahl anlässlich des freudigen Ereignisses. Plötzlich krümmte sie sich vor Schmerzen und fiel in Ohnmacht. Arnaud trug sie in ihr Bett und sah, dass sie wieder blutete. „Was ist mit dir?", fragte er sie, nachdem sie das Bewusstsein wieder erlangt hatte. „Ich habe ein fürchterliches Ziehen im Unterbauch. Lass bitte die Hebamme holen!" Arnaud schickte sofort einen Diener und nach einer gefühlten Ewigkeit stand Amelie vor der Tür. „Gut, dass du da bist, liebe Amelie. Margaritha blutet wieder und hat fürchterliche Krämpfe". Amelie warf einen prüfenden Blick auf das Laken. Sie nahm es und roch daran. Dann untersuchte sie Margarithas Schoß. „Der Mutterkuchen hat sich nicht vollständig gelöst und ihr Unterleib ist entzündet. Gib ihr täglich von diesem Pulver, es nennt sich Mutterkorn* und wird die Blutung stoppen. Ich nehme Bernadette zu mir nach Hause und werde mich um sie kümmern."

*Mutterkornalkaloide werden aus einem Pilz, der Roggen befällt, gewonnen. Sie spielen durch ihre kontrahierende Wirkung auf die Gebärmutter eine wichtige Rolle in der Behandlung von gebärenden Frauen.
    Ein weiterer Pilz, der an den Hängen Tibets im Frühjahr geerntet wird, nennt sich „Yartsa Gumbu", der Sommergras-Winterwurm. Der Pilz befällt Schmetterlingsraupen der Wurzelbohrer und frisst sich durch das Gehirn der Insekten. Auf Chinesisch heißet er: „Dong chong xia cao". Der Kilopreis für diesen vor allem in der Traditionellen Chinesischen Medizin verwendeten Pilz liegt bei mehreren Tausend Euro.

Arnaud war tief besorgt und seine Sorge wurde noch größer, als Margaritha in der Nacht hohes Fieber bekam und sich vor

Schmerzen krümmte. Der Sud aus Salweiden-Rinde brachte ihr nur kurz Erleichterung, er wachte die ganze Nacht an ihrem Bett und kühlte mit feuchten Tüchern ihre Stirn. Amelie untersuchte sie am nächsten Morgen. Beim Abtasten ihres Bauches schrie Margaritha vor Schmerzen. Die Blutung war weniger geworden, doch das Laken hatte sich bräunlich verfärbt. „Kindbettfieber", sagte Amelie mit ernster Miene. „Die nächsten Tage werden über ihr Schicksal entscheiden. Gib ihr weiter von dem Mutterkorn und rufe mich, wenn sich ihr Zustand verschlechtert." Arnaud warf einen besorgten Blick auf seine Frau und nachdem sich Amelie verabschiedet hatte, ging er in den Keller und holte die Patera. Antoine und Sarah waren durch ihre Kraft geheilt worden, er musste es versuchen. Margaritha war stark und doch, das hohe Fieber zehrte an ihren Kräften. Die Patera war nach drei Tagen vom „weißen Fell der Ziege" bedeckt. Arnaud betete, während er den Flaum in das Bienenwachs presste und seiner Frau die Kugeln verabreichte. Am nächsten Tag bat er Guilhabert in sein Haus. Allein durch seine Anwesenheit würde Margaritha wieder Kraft finden. Als dieser die Schwelle zu seinem Haus betrat, begrüßte ihn Arnaud mit einer Geste der Dankbarkeit, indem er seine Hand mit beiden Händen fest umschloss. „Bruder Guilhabert, ich danke Euch für Euer Kommen! Margaritha liegt nach der Geburt unserer Tochter im Fieber und ich möchte, dass Ihr sie segnet." Guilhabert nickte und ohne ein Wort zu sagen, begaben sich beide an ihr Bett, knieten nieder und beteten. Danach berührte Guilhabert Margarithas Stirn mit den Worten: „Du wirst gesunden, meine Schwester, wir brauchen dich in dieser Welt." Margaritha lächelte und fiel in einen tiefen Schlaf.

Nach drei Tagen sank das Fieber und Arnaud sah einen Hoffnungsschimmer am Horizont. Auch die Krämpfe wurden weniger und Amelie war mit dem Heilungsverlauf zufrieden. „Sie hat es überstanden, gepriesen sei der Herr." „Amen", antwortete Arnaud und stieg in den Keller. Er nahm die Patera, reinigte sie und legte sie wieder an ihren Platz zurück. Es dauerte noch Wochen, bis sich Margaritha wieder um Bernadette kümmern konnte. Als Amelie schließlich mit Bernadette im Arm in das Haus in der Rue Abreuvoir kam, war Margaritha überglücklich. „Wie groß du geworden bist", sagte sie und liebkoste ihre Tochter.

Kapitel 7

Das Consolamentum

Guilhabert de Castres wurde im Jahr 1204 von Bischof Gaucem in Toulouse zum „Filius major" der Katharer erhoben. In dieser Funktion durfte er als Diakon das „Consolamentum" auch an Frauen spenden. Nach ihrer Heilung beschäftigte sich Margaritha immer intensiver mit dem Glauben der Katharer. Durch ihre asketische Lebensweise stieg sie in den Rang einer „Initiierten" auf und war Vorbild für viele Bürger von Beziers. Allein weitere Kinder wurden Arnaud und Margaritha durch das Schicksal verwehrt. Bernadette blieb ein Einzelkind, sodass sie die ungeteilte Liebe und Aufmerksamkeit ihrer Eltern genoss. Sie war nun schon sieben Jahre alt und war Arnauds ganzer Stolz. Er ließ die schönsten Kleider für sie fertigen und sie liebte es, mit ihm durch Beziers zu spazieren. Als er eines Abends wieder in der Weberei in die Bücher vertieft war, stürmte Margaritha in die Kammer. „Arnaud, du wirst es nicht glauben, der Ältestenrat hat mich für würdig empfunden. Guilhabert will mir nächste Woche in Fanjeaux das Consolamentum erteilen." Arnaud hob erstaunt seinen Blick. „Gepriesen sei der Herr, ich bin stolz auf dich." Dann schloss er sie in die Arme.

Fanjeaux lag drei Tagesreisen von Beziers in Richtung Osten entfernt. Arnaud und Margaritha ritten zuerst nach Narbonne und besuchten Pierre Maroux. „Welch eine Freude, euch zu sehen, und wie groß du geworden bist", sagte Pierre, als er Bernadette von Arnauds Sattel hob. „Was führt euch nach Narbonne?" „Guilhabert de Castres wird mir in Fanjeaux das Consolamentum erteilen", sagte Margaritha mit stolzer Stimme. „Was für wunderbare Neuigkeiten, kommt und esst mit uns, es gibt frische Krabben." Arnaud blickte in Richtung Hafen und sah eine Armada von Kreuzfahrerschiffen. „Ein neuer Kreuzzug?" „Ja", erwiderte Pierre. „Sie wollen Jerusalem für die Christenheit zurückgewinnen." Arnaud dachte an seine Zeit in Jerusalem und an Tariq. „Wird es denn niemals enden?"*

Der vierte Kreuzzug von 1202-1204 sollte nie sein Ziel Jerusalem erreichen. Die vorwiegend fränkischen Kreuzfahrer plünderten zuerst das kroatische Zadar und belagerten im Anschluss Byzanz. Die Hauptstadt des Oströmischen Reiches wurde schließlich erobert und zahlreicher Reliquien und Schätze beraubt. Dies führte, entgegen den ursprünglichen Zielen des ersten Kreuzzugs, Ostrom vor den Seldschuken zu beschützen, zu einer nachhaltigen Schwächung des Byzantinischen Kaiserreichs.

Nach einer Nacht in Narbonne erreichten sie schließlich Fanjeaux im Lauragais. Die Stadt lag auf einem Hügel im Südosten der Landschaft, welche von den Einheimischen auch „Pays de Cocagne", das Schlaraffenland, genannt wurde. Auf Grund des besonders milden Klimas gediehen hier exotische Pflanzen, unter anderem auch der Färberwaid. Als sie an einem der Sträucher vorbeiritten, hielt Arnaud sein Pferd an und stieg ab. „Ich kenne diese Pflanzen aus Jerusalem, ihre Blätter enthalten das schönste Blau, welches du jemals gesehen hast. Die Juden nennen es Indigo."* Mit seinem Dolch schnitt Arnaud einige Zweige des Busches ab und packte sie in seine Satteltasche.

Das Lauragais war Jahrhunderte lang für die Herstellung von Indigo bekannt, bis der amerikanische Indigo aus den Kolonien die Produktion in Europa unrentabel machte. Die Extraktion des Farbstoffes war eine langdauernde Prozedur, während der die Färber wenig zu tun hatten. Der Ausdruck des „Blaumachens" leitet sich davon ab.

Hunderte von Katharern hatten sich bereits in Fanjeaux versammelt, um der Zeremonie beizuwohnen. Margaritha übergab ihre Tochter in Arnauds Hände und betrat das Gotteshaus. Die Luft in der Kirche Notre Dame de L'Assomption war geschwängert von Weihrauch und die anwesenden „Perfecti" huldigten dem Herrn mit einem stimmungsvollen Choral. Guilhabert ging bedächtigen Schrittes auf Margaritha zu. „Seid gegrüßt, Schwester, ich freue mich, Euch wohlbehalten in Fanjeaux begrüßen zu dürfen." Margaritha lächelte Guilhabert an und verbeugte sich vor ihm. „Darf ich Euch Esclarmonde de Foix[49] vorstellen?" Margaritha umarmte die ältere Frau mit den Worten: „Seid gegrüßt, Schwester." An ihrer Kleidung konnte sie erkennen, dass Esclarmonde von nobler Herkunft war. Außerdem sprach sie mit leicht nasaler Stimme. Nachdem die Messe gelesen war, wurden die Namen der vier Frauen aufgerufen. Als erster erklang der Name von Esclarmonde de Foix. Sie trat vor, kniete sich nieder und breitete die Arme zum Gebet aus. Guilhabert sprach mit feierlicher Stimme: „Schwester, möchtest du unserem Glauben beitreten?" „Ja, das will ich", antwortete Esclarmonde. Guilhabert fuhr fort. „Gott hat dich gesegnet." Esclarmonde antwortete mit feierlicher Stimme: „Bittet bei Gott um mich, dass er mich zu einer guten Christin macht." Kaum hatte sie geendet, als Guilhabert Margarithas Namen rief. Er trat an sie heran und legte seine Hand auf ihren Kopf. Margaritha senkte in Demut ihr Haupt. Ihr Herz pochte und sie breitete die Arme zu Gebet. „Versprichst du, von nun an kein Fleisch, keine Eier, keinen Käse und keine Nahrung zu essen außer aus dem Wasser und vom Baum?" „Ja, das verspreche ich." „Versprichst du, dass du nicht lügen oder fluchen, noch irgendein lebendiges Wesen töten wirst?" „Ja das verspreche ich." „Versprichst du, dass du dem Glauben nicht entsagen wirst aus Angst vor Feuer oder Wasser oder einer anderen Art des Todes?" Mit einem endgültigen Versprechen war die Geistestaufe vollzogen und Margaritha trat wieder in die Reihen der Gläubigen zurück. Nachdem Guilhabert zwei weiteren Frauen das Consolamentum gespendet hatte, erhoben sich die Anwesenden und stimmten ein feierliches Gebet an. Die Sonne warf ihre letzten wärmenden Strahlen auf die Hügel des Lauragais, als Margaritha gemeinsam mit Guilhabert das Gotteshaus verließ. Arnaud hielt Bernadette in den Armen. Als sie ihre Mutter in dem Gewand einer „Perfecta" sah, riss sie sich los und rannte zu ihr. „Bist du jetzt eine Heilige, Mama?" „Nein, mein Schatz, aber der Diakon hat mich

gesegnet und seine Worte haben mir Kraft gegeben und mich
getröstet." Am nächsten Tag traten sie die Heimreise nach Beziers an, nicht, ohne vorher in Castelnaudary, der Hauptstadt
des Lauragais, Halt zu machen. „Ich muss unbedingt etwas von
dem Indigo besorgen", sagte Arnaud. „Wozu?", fragte Margaritha. „Ich werde zu deinen Ehren ein Antependium für die Kathedrale Saint Nazaire weben lassen. Es wird das schönste und fei-
erlichste seiner Art sein."

Kapitel 8

Der Pranger

Arnaud betrachtete mit Stolz seine Familie. Bernadette war zu einer selbstbewussten jungen Frau geworden. Margaritha war so schön wie an dem Tag, als er sie zum ersten Mal gesehen hatte. Sie führten ein gutes Leben in Beziers geprägt vom Glauben der Katharer. Über die Jahre hatte Arnaud gelernt, dass das „weiße Fell der Ziege" nicht jedem Fieberkranken die Gesundheit zurückgeben konnte. Margaritha stand dem weißen Flaum immer skeptisch gegenüber. Für sie zählte nur die Reinheit des Glaubens. Am Ende war das Schicksal der Kranken in Gottes Hand. Arnaud war an den Schläfen ergraut, doch er verspürte immer noch die gleiche Lebensfreude wie in seiner Jugend. Durch seine Geschäfte war er zu einem respektierten Bürger von Beziers geworden. Bernadette war Arnauds ganzer Stolz. Wenn sie nicht durch häusliche Arbeiten oder mit dem Lernen beschäftigt war, liebte sie es, durch Beziers zu schlendern. Sie kannte jede Ecke der Stadt und hatte in jeder Straße Freunde, die sich über ihren Besuch freuten. So auch Joseph, der Bäcker, der in der Rue Malapague, der Straße der Totschläger wohnte. Joseph war glatzköpfig und von gedrungener Gestalt. Er hatte einen langen Schnurrbart, den er an den Enden aufzwirbelte. Überall an seiner Kleidung klebte der weiße Staub des Mehls. Bernadette wunderte sich immer, dass jemand mit so wulstigen Fingern so kunstvolle kleine Bäckereien fabrizieren konnte. Jeden Morgen holte sie bei ihm frisches Brot und fragte nach seinem abendlichen Würfelspiel. Gegenüber seiner Bäckerei befand sich das Gefängnis von Beziers. Bruno, der Kerkermeister, war Josephs bester Freund. Jeden Abend trafen sie sich zum Würfelspiel im Kerker und meistens gewann Bruno, sodass Joseph am nächsten Tag immer mit einem zusätzlichen Laib Brot ins gegenüberliegende Gefängnis gehen musste. „Wieder verloren!", würde Joseph verärgert sagen. „Ich weiß nicht, wie er es zustande bringt, aber die Würfel gehorchen ihm einfach." Mit einem Achselzucken übergab er dann Bernadette das herrlich duftende frische Brot und würde sich wieder an die Arbeit machen. Beim Rückweg in die Rue Abreuvoir traf sie auf Louis, den Sohn des Kerzenmachers Jacques Bougiers. Louis war etwa in ihrem Alter. Sie waren gemeinsam aufgewachsen und kannten Beziers in all seinen Facetten. Louis grinste über das ganze Gesicht. „Warum hast du so gute Laune?" „Na, weil ich morgen zum ersten Mal mit Vater in die Kathedrale darf, um die neuen Kerzen zu beliefern." Der Beruf des Kerzenmachers war in der Stadt eine hoch angesehene Position, denn nur die Bourgiers durften die Kerzen für die Kathedrale St. Nazaire und den angrenzenden Palast herstellen. Damit war auch eine große Verantwortung verbunden, denn das heilige Licht von Bethlehem durfte niemals erlöschen und wenn der Bischof mit der Qualität der Ware nicht zufrieden war, bedeutete das eine große Schande für die Familie. „Viel Glück!", sagte Bernadette, als sie sich von Louis verabschiedete und die steilen Treppen, welche von der Église Saint Jacques zum Fluss führten, hinunterhüpfte. Zurück in der Rue Abreuvoir traf sie auf Justine, Antoines älteste Tochter, die gerade die Wäsche ihres Mannes wusch. „Na, Bernadette, warst du wieder bei Joseph?" Bernadette nickte und gab Justine eine Kostprobe des frischen Brots. „Wie immer köstlich, am besten schmeckt es mit Meersalz und Olivenöl. Grüße deine Eltern von mir!" „Das mache ich", sagte Bernadette und lief fröhlich bis zum Ende der Straße. Arnaud machte sich gerade auf den Weg zu Avigdor, als ihm seine Tochter entgegenkam. „Was gibt es Neues in der Stadt?" „Nicht viel, Vater, ich habe Jacques getroffen." „Ich besuche Avigdor, hast du Lust, mich zu begleiten?" „Hätte ich schon, Vater, aber ich muss Mutter im Haus helfen."

Als Arnaud den Platz vor der Kathedrale überquerte, sah er, wie Bruno, der Kerkermeister, eine Frau zum Pranger zerrte. Bruno war in seiner Funktion als der Verwalter des Gefängnisses auch der Vollzugsbeamte des Grafen. Disziplinierungsmaßnahmen an fehlgegangenen Bewohnern, wie das Anlegen des

Lästersteins*, als auch die Exekution niedergerichtlicher Strafen fielen in seine Verantwortung.

Besonders das Auspeitschen mit der neunschwänzigen Katze war eine gefürchtete und äußerst schmerzhafte Prozedur. Die Peitsche bestand aus einem dicken Ledergriff, der sich in neun Bänder aufteilte. An den Enden waren kleine Eisenkugeln in das Leder eingearbeitet. Die Striemen, welche diese an der Haut und den Weichteilen des Verurteilten hinterließen, bedeuteten lebenslange Stigmata. Vor allem Gotteslästerung und schwerer Diebstahl wurden mit der neunschwänzigen Katze bestraft. Der Pranger von Beziers stand an der Ecke der Rue Bonsi und Rue Malapague. Das öffentliche Schandmal bestand aus einem meterhohen steinernen Pfahl von rechteckigem Grundriss, an dessen Nordseite mehrere Eisenringe befestigt waren. An der Vorderseite befanden sich in Stein geritzte Fratzen ähnlich den Wasserspeiern, den sogenannten Gargoyles, an der Fassade der Kathedrale. Der Pranger stand auf einem großflächigen Podest. Die darunter befindlichen Kalksteinplatten waren stumme Zeugen hunderter Bestrafungen, die an ihm vollzogen worden waren. Das Sediment hatte sich im Laufe der Zeit durch das Blut und die Exkremente der Delinquenten dunkel verfärbt. Die Verurteilten mussten oft tagelang an ihm ausharren, je nach Art und Schwere ihrer Verbrechen. Bruno fesselte die junge Frau an ihren Händen. Dann befestigte er die ledernen Fesseln an einem der Eisenringe. Beim genaueren Hinsehen erkannte Arnaud, dass es sich bei der Frau um Fleur, Antoine Colberts jüngste Tochter handelte. Er lief zum Pranger und stellte den Kerker-

meister zur Rede. „Mein Gott, Bruno, was machst du mit Fleur?"
„Tritt zurück, Arnaud", antwortete dieser forsch. „Das hier geht
dich nichts an, ich übe nur mein Amt aus." Arnaud tat, wie ihm
geheißen wurde und ließ Bruno seine Arbeit verrichten. „Aber
warum, Bruno, was hat sie getan?" „Sie hat ihren Mann mit einem spanischen Soldaten betrogen. Du kennst die Strafe für
Ehebruch, Arnaud." Bruno wandte sich wieder Fleur zu. „Komm
schon, Kleines", sagte er mit ernster Stimme. „Wehr dich nicht,
das macht es nur schlimmer." Fleur hörte Brunos Worte, doch
ihr Inneres geriet in Rage. Sie wehrte sich mit Leibeskräften, bis
die Lederriemen sich in das Fleisch ihrer Handgelenke schnit-
ten. Erst als kleine dünne Bahnen ihres Blutes von den Unter-
armen tropften, gab sie schließlich nach und fügte sich ihrem
Schicksal. Der Vollzug der Strafe zog eine große Schar an Schau-
lustigen in seinen Bann. Manche hatten Mitleid mit Fleur, andere wiederum ergötzten sich an dem Schauspiel. In jedem Fall
war es für jeden eine Warnung, dass eine Verletzung der Geset-
ze schwere Strafen nach sich zog. Als Bruno sein Messer zückte,
schrie Fleur: „Nein, nein, bitte nicht, tu mir das nicht an!" „Du
kennst das Gesetz, der Graf hat es befohlen!" Mit einem gezielten Schnitt öffnete er ihr Kleid und entblößte ihre Brüste. Fleur
weinte vor Verzweiflung und senkte vor Scham ihr Haupt. Die
anwesenden Männer gafften lüstern auf ihre rosigen Brüste. Die
vorbeigehenden Frauen jedoch bedeckten die Augen ihrer Kinder und wandten sich ab. Fleur schluchzte vor Verzweiflung. Sie
hatte ihre Ehre für immer verloren. Arnaud wandte seinen Blick
von ihr ab und ging zu Bruno. „Ich weiß, dass du hier nur deine
Pflicht tust, aber ich kenne sie seit Kindheitstagen. Erzähl mir
von den Vorwürfen." „Komm mit, Arnaud, ich bin hier fertig."
Das Gefängnis von Beziers lag an der Ecke Rue des Vieilles
Prisons und Rue Malapague. Vor dem zweigeschoßigen Haus befand sich ein halbrunder Steinbrunnen, aus dem die Bewohner
der Straßen ihr Wasser bezogen. Das Haus hatte einen Innenhof, in dem sich ein kleines moosbewachsenes Bassin befand.
Soulange, Brunos Frau, war eine robuste Person, die genau wie
ihr Mann dem Essen nicht abgeneigt war. Sie war für die Ver-

pflegung der Gefangenen verantwortlich, während ihr Diener Laurent, genannt der Bucklige, das Essen austeilte. Im Keller des Gefängnisses befanden sich die mit eisernen Türen gesicherten Zellen. Laurent war für die Säuberung der Gefängniszellen zuständig und wechselte einmal pro Woche das Stroh. Die Gefangenen waren mit schweren Eisenketten an Händen und Füßen an die Mauern gebunden. Zur Verrichtung ihrer Notdurft standen ihnen Holzeimer zur Verfügung, die einmal täglich entleert wurden. Überall im Keller wimmelte es vor Ratten. In der Dämmerung wagten sich die lästigen Nager aus ihren Löchern, um im Bassin zu trinken. Bruno hasste die Tiere und schickte dann Chou Chou, seinen Terrier, in den Innenhof. Am nächsten Morgen lagen gewöhnlich drei bis vier tote Ratten vor der Kellertür. Laurent sammelte die Opfer des nächtlichen Massakers ein und entsorgte sie gemeinsam mit den Fäkalien der Gefangenen. In einem großen Fass auf einem Schubkarren brachte er die stinkende Brühe zum Orb und warf den gesamten Inhalt in den Fluss. „Tritt ein, Arnaud", sagte Bruno. Sie setzten sich in die Küche. Soulange war gerade mit der Zubereitung einer Lammkeule beschäftigt. Arnaud nickte ihr höflich zu. Dann fragte er mit ernster Miene: „Was genau ist passiert, dass Fleur diese Strafe aufgebürdet wurde?" „Sie hat ihren Mann mit einem spanischen Soldaten betrogen. Didier hat die beiden ‚in flagranti' erwischt. Im darauffolgenden Handgemenge hat der Spanier die Kneipe kurz und klein geschlagen. Am Ende lag der arme Didier halbtot am Boden. Der Spanier konnte nur durch die vereinten Kräfte von fünf Männern überwältigt werden. Wir wussten immer, dass Fleur nach der Heirat mit dem pummeligen Wirt nicht glücklich war, aber Ehebruch?" Arnaud schüttelte betroffen den Kopf. „Der Spanier sitzt bei mir im Keller ein. Er hat die Statur und Kraft eines Pferdes, kein Wunder, dass es fünf Männer brauchte." „Was weißt du über ihn?", fragte Arnaud. „Bis jetzt gar nichts, er weigert sich, zu sprechen." „Einer von König Alfonsos Soldaten?" „Er trägt keine noble Kleidung, wer weiß? Die Frage ist vielmehr, ob Didier es überleben wird. Wenn der Wirt stirbt, wird der Graf mit aller Härte über ihn richten." „Der Galgen?", fragte Arnaud. Bruno nickte. „Wir unterliegen alle dem Gesetz und die Strafe muss in Relation zur Tat stehen. Es nennt sich Talion*, der Graf hat es mir einmal erklärt, aber die genauen Hintergründe habe ich nicht verstanden. Nur Ritter sind von der Gerichtsbarkeit ausgenommen. Der Graf nannte dies Exemption." „Wirst du Fleur den Lästerstein ersparen?", fragte Arnaud. „Das kommt darauf an, in welcher Verfassung sie am Ende des Tages ist." Soulange unterbrach die beiden in ihrem Gespräch. „Willst du mit uns speisen, Arnaud?" Dieser bedankte sich für die Einladung, aber nach alldem, was er gesehen hatte, stand ihm nicht der Sinn nach einer Mahlzeit.

* Unter ius talionis, oder dem „Talionsprinzip", aus dem Lateinischen „talio" für Vergeltung, versteht man eine Rechtsfigur, nach der zwischen dem Schaden, der dem Opfer zugefügt wurde und dem Schaden, der dem Täter zugefügt werden soll, ein Gleichgewicht angestrebt werden soll. Basierend auf dem Konzept der Kommensurabilität können in der Ethik sämtliche Werte miteinander verglichen werden. Klassischerweise wird in der sogenannten Trichotomie von Vergleichsoperationen für Werte ausgegangen. Ein Wert kann somit „besser, schlechter oder gleich" einem anderen Wert sein.

Im Keller des Gefängnisses fütterte Rodrigo eine Ratte mit dem Rest des Brotes, das er erhalten hatte. Durch das schmale vergitterte Fenster trat ein Hauch von Tageslicht in das dunkle Verlies. Der Spanier war sein gesamtes Leben Soldat in den Diensten der Könige von Kastilien gewesen und hatte unter anderem ein Jahr in Gefangenschaft im Kerker von Granada überlebt. Ratten waren in jedem Gefängnis lästige Begleiter, doch wenn man sie entsprechend anlernte und ihnen einen Teil der Ration zukommen ließ, konnte man mit ihnen auskommen. „Immer die Frauen", dachte Rodrigo voller Ärger und Selbstvorwürfen. „Gerade jetzt, nachdem ich von König Alfonso VIII.[50] so großzügig für meine Dienste bedacht worden bin." Rodrigo griff nach seinem Geldbeutel. „Dreißig Dukaten in Gold, die Entschädigung für ein Leben des Kampfes und der Entbehrung." Rodrigo war schon bei der Schlacht von Alarcos im Jahre 1195 an König Alfonsos Seite gestanden. Kastilien war damals einem Heer von Almohaden und Truppen von Leon und Navarra unterlegen. Nach der Einnahme von Calatrava war die geografische Trennung zwischen christlichen und muslimischen Gebieten wieder die alte Guadiana-Linie. Erst nach dem Frieden von Guadalajara im Jahre 1207 waren die Königreiche von Kastilien und Navarra erstmals vereint und stellten sich gemeinsam der Bedrohung durch die Mauren. Es war der Beginn der Reconquista. Unter der Führung von König Alfonso war es gelungen, Toledo zu erobern. Die Stadt war auf Grund ihrer zentralen Lage von großer strategischer Bedeutung für die christlichen Könige Spaniens. Vor allem der Kalif von Granada, Muhammad an-Nasir[51] hatte die christlichen Königreiche in den Jahren zuvor immer wieder untereinander ausgespielt und so seine Macht auf der iberischen Halbinsel gefestigt. Rodrigo war ins Languedoc gekommen, um sich nach den Jahren des Krieges mit seinem Bruder zu treffen. Die blonde Wirtin hatte ihm schon den ganzen Abend lang schöne Augen gemacht. „Noch etwas Wein, mein Herr?" Mit diesen Worten beugte sie sich beim Einschenken so tief zu ihm, dass er ihre Brüste sehen konnte. Als sich die Kneipe allmählich leerte, bedeutete sie ihm, ihr auf die Tenne zu folgen. Was dann folgte, war voller Wollust und von einer beinahe animalischen Intensität. Doch die Abwesenheit der Wirtin war nicht unbemerkt geblieben. Im darauffolgenden Streit mit dem Inhaber der Kneipe war wieder einmal sein Temperament mit ihm durchgegangen. Er hatte den gehörnten Ehemann übel verprügelt und die Kneipe verwüstet. Nach der Schlägerei wollte er Reißaus nehmen, doch die Einheimischen hatten ihn überwältigt und der Gerichtsbarkeit des Grafen übergeben. Rodrigo warf der Ratte noch ein Stück Brot zu und schmiedete Pläne für seine Flucht. Er hatte schon Schlimmeres überlebt.

Arnaud ging am Abend wieder zum Pranger. Bruno war gerade damit beschäftigt, die Lederriemen an Fleurs Händen zu lösen. Bei ihrem Anblick zog sich sein Innerstes zusammen. Ihre

Arme wurden durch die Fesseln auf unnatürliche Weise hinter ihrem Rücken überstreckt, sodass Arnaud unweigerlich an die biblische Darstellung des Höllensturzes des Erzengels Samaels erinnert wurde. Fleur saß mit gespreizten Beinen zu Füßen des Prangers. Ihr blondes Haar war zerzaust und ihre blauen Augen blickten in eine unendlich scheinende Leere. Nachdem Bruno die Fesseln gelöst hatte, gab Fleur ein leises Stöhnen von sich und kippte bewusstlos zur Seite. „Bring sie hier weg, sie hat genug gelitten", sagte Bruno zu Arnaud. Arnaud nahm Fleur in seine Arme und trug sie unter den gaffenden Blicken der Stadtbewohner zurück zur Schenke ihres Mannes. Sie klammerte sich fest an seinen Hals und fragte mit weinender Stimme: „Ist es vorbei?" Arnaud beruhigte sie. „Ja, Fleur, du bist bald zu Hause." Als sie bei der Kneipe ankamen, saß Didiers Mutter weinend vor dem Haus. Beim Anblick von Arnaud mit Fleur stand sie auf und schrie aus voller Kehle: „Mein Sohn ist tot, ich verfluche dich, du Hure! Scher dich weg, du bist hier nicht mehr willkommen!" Arnaud war wie vor den Kopf gestoßen. „Didier tot, welch tragische Wendung." Die Nachricht vom Tod des Wirts verbreitete sich wie ein Lauffeuer in der Stadt. Arnaud kehrte um und trug Fleur in die Rue Abreuvoir. Auf dem Weg dahin wurde Fleur von den Frauen der Stadt beschimpft. Manche waren aufgebracht vor Wut und warfen mit faulem Gemüse nach ihr. Arnaud ging so schnell er konnte. Antoine würde sich sicher seiner Tochter annehmen. Als sie am Haus des Webers ankamen, senkte der alte Mann seinen Blick und verschloss wortlos die Tür. Fleur war nach dieser Schande nicht länger seine Tochter. Margaritha kam ihnen auf halbem Weg entgegen und gemeinsam trugen sie Fleur ins Haus. Sie wuschen sie, gaben ihr zu trinken und zogen ihr saubere Gewänder über. Schließlich setzte sie Arnaud auf ein Pferd. Sie durfte keine Stunde länger in der Stadt bleiben. Arnaud wusste um die Grausamkeit der Bewohner, wenn eine Person aus der Gemeinschaft ausgestoßen war. „Geh nach Narbonne zu Pierre Maroux! In der Satteltasche ist etwas Geld." Fleur klammerte sich an die Mähne des Pferdes. Arnaud begleitete sie über die Pont Vieux und sagte ihr mit Tränen in den Augen Lebewohl. Als er wieder zurück in der Straße der Wasserträger war, lief ihm Bernadette entgegen. „Vater, was ist mit Fleur passiert?" „Sie hat Schande über sich und ihre Familie gebracht", sagte er mit tränenden Augen. „Ehebruch ist eine schwere Sünde und deshalb wurde sie verstoßen. Sie hat ihr Leben in Beziers verwirkt." Bernadette wurde am nächsten Tag von einem Ziehen in ihrem Unterbauch geweckt. Als sie das Bettlaken betrachtete, war sie entsetzt. Es war getränkt von Blut. „Mama, Mama, komm schnell", rief sie voller Verzweiflung. Margaritha trat in ihr Zimmer und warf einen verständnisvollen Blick auf ihre Tochter. „Keine Sorge, Liebes, du bist nun eine Frau."

Kapitel 9

Praecedatis, Milites Christi

Papst Innozenz III.[52] hatte einen Tobsuchtsanfall und wischte mit einer kraftvollen Bewegung seines rechten Armes alle auf seinem Schreibtisch befindlichen Papiere weg, sodass diese in hohem Bogen durch das päpstliche Antechambre flogen. Er war soeben schriftlich durch Arnaud Amaury von der Ermordung seines Legaten Pierre de Castelnau[53] in Kenntnis gesetzt worden. Castelnau war 1202 gemeinsam mit dem Legaten Raoul de Fontfroide als Missionar und Prediger ins Languedoc geschickt worden, um die wachsende Anzahl von Albigensern vor Ort zu bekämpfen und sie zu konvertieren. Nun, im Jahre 1208, war er tot, ermordet in Saint Gilles du Gard durch einen gedrungenen Mörder des Grafen Raimund von Toulouse. „Diese Ketzer, diese Katzenküsser", schrie er aus voller Kehle und fiel ermattet von seiner Rage wieder in seinen Sessel zurück. „Ich muss dieses Problem ein für alle Mal beseitigen", dachte der Papst. „Es beschäftigt die Kirche schon zu lange." Nicht nur, dass kein Katharer sich zum wahren Glauben bekehren ließ, sie verweigerten der Kirche auch den Eid und lehnten das herrschende Feudalsystem ab. Auch die Wesenseinheit von Jesus Christus und Gott Vater und in weiterer Folge die göttliche Trinität lehnten sie ab. Die Situation der Kirche war schwierig, denn der dritte und der vierte Kreuzzug hatten nicht die erwünschte Rückeroberung Jerusalems gebracht. Stattdessen war der vierte Kreuzzug von der Verwüstung und der Plünderung Konstantinopels geprägt, das dadurch ab dem Jahre 1204 nachhaltig geschwächt wurde. Anders als die französischen Ritter, welche die Eroberung der Stadt am Bosporus mit wüsten Gelagen feierten, hatten die mitgezogenen Venezianer einige Reliquien und diverse Kulturschätze in ihren Besitz gebracht. Beide Fakten, sowohl die Schwächung von Byzanz und das daraus resultierende Schisma zwischen katholischer und orthodoxer Kirche, als auch die Beanspruchung der Reliquien waren jedoch durchaus im Sinne des Papstes gewesen. Durch den Tod von Friedrich Barbarossa im Jahre 1190 im Taurusgebirge und das Ableben von Richard Löwenherz im Jahre 1199 war es eine Zeit des politischen Aufruhrs. Nachdem die päpstliche Bulle „ad abolendam" seines Vorgängers Lucius zur Ketzerbekämpfung keine Wirkung gezeigt hatte, war eine seiner ersten Amtshandlungen als neuer Papst die Verfassung einer neuen Bulle „Vergentis in senium". Darin hatte Innozenz III. bereits im Jahre 1199 auf die drohende Gefahr durch die ketzerischen Katharer aufmerksam gemacht, jedoch schienen alle Bemühungen des Amtsklerus, die verlorenen Schafe wieder unter das Patronat von Rom zu stellen, vergeblich. Auch das explizite Verbot der Lektüre der Bibel bei nicht-christlichen Veranstaltungen hatten sie weitgehend ignoriert. Schon früher in der Kirchengeschichte hatte eine Gruppierung mit diesem Namen versucht, das Gleichgewicht innerhalb der Kirche zu stören. Der Papst erinnerte sich an sein Studium zur Kirchengeschichte und die Verurteilung und Exkommunikation der Novatianer beim Konzil von Nicäa im Jahre 325. Diese „Katharoi", hervorgegangen aus dem griechischen Wort für die „Reinen", hatten die Vollmacht der Vergebung nicht der Kirche, sondern nur Gott zugesprochen und somit die Autorität der Amtskirche untergraben. Dieses Schisma währte bis zur Vereinigung mit der unter Konstantin entstandenen Reichskirche beim Konzil. Auch die Frage der Wesensgleichheit oder Wesensähnlichkeit zu Gott war in Nicäa endgültig geklärt worden. Die Behauptungen von Bischof Arius aus Alexandria[54], wonach eine monotheistische Lehre nicht mit der von der Mehrheit der anwesenden Bischöfe vertretenen Anschauung der Trinität, also der Wesenseinheit von Gott dem Vater, Jesus dem Sohn und dem Heiligen Geist in Gleichklang zu bringen sei, wurden als ketzerisch verworfen und der Arianismus wurde ebenso exkommuniziert. „Und nun diese Katzenküsser", dachte der Papst. Der große Scholastiker und Zisterziensermönch Alanus ab Insulis[55] schrieb nach seiner Lehrtätigkeit in Montpellier eine zutreffende Abhandlung mit dem Titel „Contra Haereticos" über die Katharer. Basierend auf seinen Beobachtungen bewertete er ihre Rituale als ketzerisch. Alanus selbst war wegen der Verwendung einer Katze (lateinisch: Cattus) als Gestalt von Luzifer der Namensgeber der Bezeichnung: „Katzenküsser." Bereits im Jahre 1165 hatte ein Disput zwischen katholischen Würdenträgern in Form des Erzbischofs von Narbonne und einigen sogenannten Perfecti in der Stadt Albi stattgefunden. Das Treffen endete mit einer verbalen Verurteilung der Katharer, welche fortan als Albigenser bezeichnet wurden. Diese hatten sich, ausgehend vom Languedoc, von den Pyrenäen bis zum Mittelmeer und entlang der Flüsse Garonne und Rhone wie ein Geschwür in der mittelalterlichen Welt ausgebreitet. In Italien wurden sie „Paterer oder Patarener"* genannt und selbst im Heiligen Römischen Reich Deutscher Nation waren ihre Anhänger zu finden.

*Der Name leitet sich möglicherweise vom Pataria-Viertel in Mailand ab, das einen Trödlermarkt beheimatete. Der kausale Zusammenhang ist jedoch nicht historisch verifiziert. Die Patarener wurden auf Grund ihrer Armut spöttisch als „Lumpenhändler" bezeichnet.

Ihr Glaube war eine Mischung aus manichäisch-gnostischen Strömungen und dem Johannesevangelium, welches als einziges christliches Manifest anerkannt wurde. Auch die Gleichstellung von Mann und Frau war dem Papst ein Dorn im Auge. „Hatte nicht schon Augustinus[56] mit den Worten: „Mulier tacet in ecclesia", die Frau schweigt in der Kirche, die Rolle der Frau in der christlichen Kirche klar definiert? Und war es nicht eine Tatsache, dass der Mensch zwischen Kot und Urin geboren wurde?" Augustinus hatte wörtlich gesagt: „Inter faeces et urinam nascimur." Innozenz III. verstand sich selbst als die einzige fortdauernde Institution in einer sich radikal verändernden Landschaft Mitteleuropas. Bereits im Alter von 37 Jahren zum Papst gewählt, war er der erste Papst, der sich als Stellvertreter Christi, „Vicarius Christi", und nicht nur als Nachfolger Simon Petris bezeichnete. Er residierte im Lateranpalast, der zu seiner Zeit als die herrschaftlichste Residenz in Europa galt, gleich neben der Basilika San Giovanni in Laterano. Innozenz III. verfügte über eine Heerschar von Beratern und Sekretären, die ihm bei der Verfassung von päpstlichen Bullen halfen. Einer seiner getreuen Sekretäre war Luciano, ein unscheinbarer Glatzkopf mit spitzer Nase. Er war von gedrungener Gestalt, jedoch sehr geistreich und beflissentlich. Luciano hatte sich als wahrer Sykophant in der Hierarchie der Schreiber bis ins päpstliche Vorzimmer vorgedient und war nun, nachdem sich der Zorn des Pontifex etwas gelegt hatte, damit beschäftigt, die wild durcheinandergewürfelten Papiere einzusammeln und sie entsprechend ihrer Dringlichkeit wieder auf dem leergefegten Schreibtisch zu platzieren. Innozenz III. dachte im Stillen, dass diese Sekte eigentlich keine Christen waren und deshalb die volle Härte der heiligen Kirche verspüren sollten. „Und wie bestraft man Ungläubige und Häretiker?", murmelte Innozenz. Luciano schaute zum Heiligen Vater auf, als ob er einen Befehl überhört hatte, doch der blickte ihn nur mit einem schelmischen Lächeln an. „Luciano, bereite alles für die Verfassung einer weiteren Bulle vor, das hat nun absolute Priorität!" Die Bulle „ut contra crudelissimos", beginnend mit den Worten „Praecedatis Milites", sollte das Schicksal der Albigenser endgültig besiegeln.

Kapitel 10

Caedite eos, Novit enim Dominus qui sunt eius

Arnaud Amaury[57], der päpstliche Legat und geistige Führer des Kreuzzuges gegen die Albigenser, betrachtete von einer Anhöhe im Süden die Stadt Beziers, welche vor seinem Zelt in der Abendsonne glänzte. „Nun sollen diese Ketzer den Zorn des Papstes spüren", dachte er. Mit Simon de Montford[58] hatte er einen erfahrenen militärischen Oberkommandanten zur Seite, der mit seinem Puritanismus des Nordens den aufwieglerischen Bewohnern Okzitaniens das Fürchten lehren würde. Amaury selbst war von der Abstammung her Katalane und bereits seit neun Jahren Abt des Klosters Citeaux, welches südlich von Dijon auf halbem Weg nach Beaune lag. Im Geiste ließ er die Geschehnisse, welche sich in den letzten Jahren im Languedoc ereignet hatten, noch einmal Revue passieren. Auf Geheiß seiner Heiligkeit Innozenz III. war er 1204 mit der Führung der bereits im Albigenserland tätigen Legaten Pierre de Castelnau und Raoul de Fontfroide beauftragt worden. Beide waren, wie auch Amaury, Zisterzienser und hatten seit Jahren Predigermissionen gegen die Albigenser geführt, allerdings mit wenig Erfolg. Diese Albigenser waren von ihrem Irrglauben so besessen, dass sie nicht einmal die mahnenden Worte des Heiligen Vaters vom wahren Glauben überzeugen konnten. Mit der Ernennung zum „Legatus a latere" war Arnaud Amaury nun zum geistigen Führer gegen das Ketzertum von höchster Stelle betraut worden. Im Winter 1206 hatte er am Generalkapitel der Zisterzienser teilgenommen und war daraufhin nach Fanjeux weitergereist. Nach langen Beratungen über die weitere Vorgangsweise mit den renitenten Bewohnern des Languedocs und deren Adeligen waren die päpstlichen Legaten zum Schluss gekommen, dass nur die Exkommunikation des Grafen Raymond von Toulouse unter den Adeligen einen Sinneswandel bewirken konnte. Diese wurde im Jahr 1207 persönlich von Pierre de Castelnau ausgesprochen. Raymond von Toulouse zeigte sich von dieser Maßnahme wenig beeindruckt, er führte weiterhin sein ausschweifendes Leben und stand somit im krassen Gegensatz zu Simon de Montford. Trotzdem konnte der Graf diese öffentliche Beleidigung nicht auf sich bewenden lassen und sah sich zu einer Tat veranlasst, welche das Schicksal des Languedocs auf immer verändern würde. Pierre de Castelnau war 1208 nach Saint Gilles gereist, ein wahrhaft historischer Ort. Von hier war 1096 der erste Kreuzzug ins Heilige Land aufgebrochen. Pierre hatte Amaury erzählt, dass er sich noch ein letztes Mal mit Graf Raymond zu einem klärenden Gespräch treffen wollte. Nachdem dieses aber ergebnislos verlaufen war, brach de Castelnau nach Arles auf und wurde im Januar 1208 nach Überquerung der Rhone ermordet. Amaury hatte sofort den Grafen als Hauptverdächtigen beim Papst diskreditiert und dieser hatte ohne weitere Verzögerung zum Albigenser-Kreuzzug aufgerufen. Der „Legatus a latere" versammelte in Lyon ein Heer von Kreuzfahrern. Unter der Prämisse, dass die Ritter vierzig Tage unter Amaury dienen mussten, wurden ihnen vom Papst sämtliche Sünden erlassen. Mehr als 10.000 Ritter hatten sich bereit erklärt, das Kreuz auf sich zu nehmen und Amaury war mit ihnen über Montpellier nach Beziers gezogen, welches als eine der Hochburgen der Albigenser galt. Unter seinen Rittern befanden sich mehrere Herzöge aus dem Heiligen Römischen Reich. So auch Herzog Leopold VI.[59] von Österreich. Sein Vater Leopold V.* hatte sich durch seine Lösegelderpressung von Richard Löwenherz einen Namen gemacht. „Adelige mit solch einem Nervenkostüm und Verhandlungsgeschick kann man immer brauchen", dachte Amaury.

Dieser Mann hatte, wie man im Spanischen sagt, wirklich Cojones: Nicht nur, dass er seinem Lehensherrn den Gehorsam verweigerte, er trieb die Forderung noch auf 150.000 Silberlinge.

Ähnliches kann wohl auch Han van Meegeren attestiert werden. Er verkaufte Hermann Göhring den angeblich letzten Vermeer „Chris-

tus und die Ehebrecherin", den er selbst gefälscht hatte, um 1,5 Millionen Gulden. Göhring, dessen Vater dem Protektorat „Deutsch-Südwestafrika", dem heutigen Namibia**, vorstand, musste unbedingt einen besitzen, nachdem Adolf Hitler bereits zwei Vermeers sein Eigentum nennen durfte.

** *Die Landnahme in Namibia durch den deutschen Kaiser war nur durch die unterschiedliche Definition einer Meile zustande gekommen. Während die indigenen Bantuvölker nach englischem Vorbild 1,6 Kilometer beim Abtreten ihres Grundbesitzes an die deutschen Kolonialisten berechneten, so bestanden die neuen Herren auf der „Gemeinen Deutschen Meile", welche 7,42 Kilometer betrug. Der betroffene Küstenabschnitt in Namibia wurde später als Diamantensperrgebiet bezeichnet. Bis zum Ausbruch des Ersten Weltkriegs wurden von dort nach der Erstentdeckung durch den deutschen Geologen August Stauch Diamanten im Wert von 152 Millionen Reichsmark gefördert.*

Beziers war von allen Seiten schwer zu erobern. Der Fluss Orb schützte die Stadt nach Westen hin und die Mauern Richtung Osten waren erst kürzlich verstärkt worden. Eine Belagerung würde sicher einige Zeit in Anspruch nehmen und eine Intervention des störrischen Grafen aus Toulouse war nicht auszuschließen. Simon de Montford legte dem päpstlichen Legaten seinen Plan für die Belagerung der Stadt vor. „Eure Exzellenz, wir platzieren die Trebuchets* auf einer Anhöhe östlich der Stadt. Somit sind sie außerhalb der Reichweite der Bogenschützen." Amaury warf einen kritischen Blick auf die vor ihm liegende Karte.

* *Das Trebuchet, zu Deutsch „Blide, oder Tribock", war ein mittelalterliches Katapult mit einer Reichweite von bis zu 350 Metern. Die Steingeschosse wogen zwischen 15 und 50 Kilogramm. Die Reichweite eines Langbogens betrug circa 200 Meter.*

„Mit den neuen Tontöpfen und dem griechischen Feuer, das die Kreuzfahrer aus Konstantinopel mitgebracht hatten, wird von dort ein flammendes Inferno auf die Einwohner von Beziers niedergehen." De Montford erklärte dem Legaten den Plan zur Eroberung der Stadt. „Während die Verteidiger an der östlichen Mauerseite durch permanente Wurfgeschoße beschäftigt werden, wird ein Stoßtrupp das südliche Tor, welches zum Mittelmeer führt, attackieren." Amaury nickte und zeigte sich mit dem Vorhaben zufrieden. „Es ist unbedingt erforderlich, einen schnellen Sieg davonzutragen, um den übrigen Albigensern im Languedoc keine Möglichkeit zu bieten, Truppen und Nachschub aus anderen Städten zu schicken." Das war ganz in Amaurys Sinne und er hatte vorgesorgt.

Thomas de Castelnau war der jüngere Bruder des jüngst verstorbenen Pierre und sann auf Rache. Im Gegensatz zu seinem älteren Bruder hatte Thomas sein Leben nicht der Kirche gewidmet, sondern war Weinhändler geworden. Die Nachricht vom brutalen Ableben seines Bruders hatte ihn schwer getroffen und er hatte Amaury bei einem persönlichen Gespräch versichert, dass er den Kreuzzug in jeder erdenklichen Form unterstützen würde. Der „Legatus a latere" hatte eine spezielle Aufgabe für den rachsüchtigen Bruder. Er würde der Stadt den „Coup de Grace" versetzen. „Eure Exzellenz, der Bischof von Beziers ist soeben angekommen", sagte Simon de Montford. Renaud de Montpeyroux[60] war der katholische Bischof von Beziers und wollte unbedingt ein Blutvergießen verhindern. „Ich habe hier eine Liste von 222 ‚Perfecti' aus Beziers", begann er seine Verhandlungen. „Sie sind die einflussreichsten Mitglieder der Bewegung in unserer Stadt und werden von allen respektiert." Amaury warf einen kritischen Blick auf das Dokument und überflog die aufgelisteten Namen. „Guilhabert de Castres", sagte er nachdenklich. „War das nicht der vorlaute Albigenser, welcher den Papst in Pamiers aufs Ungeheuerlichste diffamiert hatte? Simon, was haltet Ihr davon?" „Ehrlich gestanden: nichts. Wir haben unsere Stellungen bezogen und sind in der Überzahl. Der Fall von Beziers ist nur eine Frage der Zeit, mein Herr." De Montpeyroux insistierte auf Verhandlungen und wollte den Einwohnern der Stadt eine letzte Chance geben, die drohende Gefahr durch ein in der Relation geringes Opfer abzuwenden. „So sei es", sprach Amaury, „aber wenn sie das Angebot ablehnen, kann ihnen nur Gott helfen." Der Bischof kehrte mit dem Verhandlungsangebot in die Stadt zurück und unterbreitete dem Ältestenrat der „Perfecti" sein Angebot. Es wurde in allen Punkten abgelehnt. Die Einwohner von Beziers würden solidarisch mit ihren albigensischen Mitbürgern sein, komme, was und wer da wolle, lautete die Antwort. Dies wurde durch einen Boten dem päpstlichen Legaten übermittelt. „Diese störrischen Esel", sagte Amaury, „nun, sie haben es so gewollt."

Guilhabert de Castres stand am Glockenturm der Kathedrale von Saint Nazaire, dem höchsten Punkt der Stadt und warf einen besorgten Blick nach Osten. Arnaud hatte ebenfalls die steilen Stiegen des Turms erklommen und gesellte sich zu seinem Freund. Der Juli 1209 war wie gewohnt heiß und schwül verlaufen und die Erde war vertrocknet. Nach der Ermordung von Pierre de Castelnau im Vorjahr hatte der Papst nun den Vorwand, auch militärisch gegen das Languedoc vorzugehen und als erste Stadt sollte Beziers den Zorn des Papstes zu spüren bekommen. Beziers lag auf einer Anhöhe, die auf der Westseite und im Norden durch den Fluss Orb gesichert wurde. Die Mauern waren hier zwanzig Meter hoch und die einzige Brücke über den Orb, die Pont Vieux, stellte ebenfalls ein unüberwindliches Hindernis dar. Im Osten und Süden der Stadt befanden sich zwei Tore. Das erste öffnete sich zu der Straße nach Montpellier und das zweite Richtung Süden nach Vendres und weiter zum nahen Mittelmeer. Alle Tore wurden rund um die Uhr bewacht und der freie Zugang zur Stadt war in den letzten Wochen deutlich eingeschränkt worden. Beziers verfügte über genug Wasser und Lebensmittel, um einer Belagerung zu trotzen. Die Staubwolke, welche das Heer der Kreuzfahrer verursachte, war in den letzten Tagen immer größer geworden und hatte sich Beziers schon so weit genähert, dass man die Insignien des Papstes auf den Fahnen an vorderster Front erkennen konnte. „Sind wir genug gerüstet, um einer Belagerung bis zum Entsatz der Truppen des Grafen von Toulouse standzuhalten?", dachte der Diakon. Graf Raymond Roger de Trencavel war ein Neffe des Grafen von Toulouse und Herr über Beziers und Carcassonne. Nachdem Aufruf des Papstes zum Kreuzzug gegen die Albigenser hatte Trencavel dem Filius major der Stadt versichert, dass Raymond von Toulouse die Stadt Beziers im Falle einer Belagerung durch die Kreuzfahrer unterstützen würde. Graf Trencavel, wörtlich der Nussknacker, war zwar kein Albigenser, aber er und der gesamte Adel des Languedoc tolerierten und unterstützten die Glaubensgemeinschaft. Zu den bestehenden Truppen aus Chevaliers Faydits* hatte Graf Trencavel noch Söldner aus den umliegenden Städten rekrutiert, welche die Stadtbewohner im Falle eines Angriffs unterstützen sollten.

Die Chevaliers Faydits waren adelige Ritter des Languedoc, die ihr Hab und Gut verließen, um die Albigenser zu unterstützen.

„Raymond von Toulouse wird uns zu Hilfe kommen", sagte Guilhabert, um die Bedenken seines Freundes angesichts der großen Heerschar, welche sich vor den Toren versammelt hatte, zu zerstreuen. Guilhabert de Castres hatte seine Lehren aus der Konfrontation mit der Amtskirche und den radikalen Sichtweisen von Domingo de Guzman[58] gezogen. Die Debatte von Pamiers* vor zwei Jahren hatte sich tief in seine Erinnerungen eingebrannt.

Pamiers liegt an der Ariège, die aus dem Süden von den Gipfeln der Pyrenäen ihr Wasser Richtung Norden führt und sich mit der Garonne vereint. Über der Stadt thronen zwei Türme.

Es war der letzte Versuch einer Annäherung zwischen Katholiken und Albigensern gewesen. Am Vortag war Guilhabert de Castres mit seinem Bischof Gaucelm[61] von Toulouse aus angereist und sie hatten im Haus eines Perfecti ein bescheidenes Mahl zu sich genommen. Der Bischof wurde dabei über die Zusammensetzung der päpstlichen Delegation informiert, im Speziellen über die Anwesenheit von Diego de Acebo[62] aus Osma in Spanien, einem glühenden Verfechter des amtierenden Klerus. In seinem Gefolge war ein junger spanischer Mönch aufgefallen, der sich besonders für die Interpretationen der Heiligen Schrift seitens der Albigenser interessiert hatte. Sein Name war Domingo de Guzman[63]. Am darauffolgenden Tag versammelten sich die beiden Streitparteien in der Église Sainte-Marie du Mercadal, wobei die Albigenser die linke Seite des Chorgestühls und die Katholiken die rechte Seite gewählt hatten. Die Luft war geschwängert vom Duft des Weihrauchs. Die Inspiration durch den Heiligen Geist sollte auf die bevorstehende Debatte herniedergehen. Bischof Acebo ließ es sich nicht nehmen, den ersten Angriff auf die Albigenser mit den Worten „Die Trinität ist ein unverzichtbares Dogma des Glaubens" zu eröffnen. Bischof Gaucem erläuterte daraufhin, dass nach der Ansicht der Albigenser Gott Vater und Jesus der Sohn nicht wesensgleich waren – an dieser Interpretation des Monotheismus war schon Arius von Alexandria gescheitert – und dass er den Sinn eines Heiligen Geistes nicht nachvollziehen konnte, wo doch Gott der Logos und somit alleinige Quelle des Glaubens sein sollte. „Das ist Blasphemie!", schrie der spanische Bischof. Gaucelm ließ nicht locker, erhob sich von seinem Stuhl. „Wie kann es sein, dass im Evangelium nach Markus Jesus vier Brüder, nämlich Joses, Simon, Judas und Jakob* hat? Sind die dann nicht auch wesensgleich zu Gott?"

*Tatsächlich wurde Jesus über die Jahrhunderte weg zum Einzelkind, allein Jakobus wurde später als sein „gerechter Vetter" bezeichnet. Die Geburt von fünf Kindern war der Amtskirche mit der „Reinheit und Jungfräulichkeit Marias" als nicht vereinbar erschienen.

Diego de Acebo bekam einen hochroten Kopf und schrie mit voller Kehle: „Das ist Häresie! Wie könnt Ihr es wagen, unseren Herrn und die Heilige Schrift derartig zu beleidigen?" Bischof Gaucelm wusste, dass er den Bogen überspannt hatte, und zog sich wieder auf seinen Sitzplatz zurück. In dieser Frage würde man keine Einigung erzielen, zumal die Albigenser nur das Johannes-Evangelium als Basis ihres Glaubens akzeptierten. Diego de Acebo erging sich danach in ausschweifenden Ausführungen über die vier Evangelien und die Stellung der Apostel zu Jesus Christus. Bei der Bergpredigt hakte Bischof Gaucelm abermals nach. Er unterbrach die Worttirade des Spaniers und fragte ihn, wie das Zitat „Selig sind die geistig Armen, denn ihnen gehört das Himmelreich" zu verstehen sei. Gaucem wartete dessen Antwort gar nicht ab, sondern unterstellte der Amtskirche, dass durch das Faktum der Messlesung auf Latein das gewöhnliche Volk gar nichts von den segensreichen Worten der Heiligen Schrift mitbekäme und somit von der Kirche absichtlich in geistiger Armut belassen werde. Vielmehr sei diese Aussage von Jesus unter dem Kontext von geistlich statt geistig zu verstehen und es handle sich hierbei um einen Übersetzungsfehler der früheren Christen. Eine exaktere Interpretation wären doch die Worte „Um des Geistes wegen arm Gebliebene"*, also genau die Lebensweise der Albigenser. „Geistige Reife durch Entsagung aller weltlicher Fesseln."

* *In den Schriftrollen der Essener von Qumran, welche in einer Höhle nahe des Toten Meeres gefunden wurden und eine alternative Quelle zu den urchristlichen vier Evangelien darstellen, ist die Bergpredigt mit genau demselben Wortlaut übersetzt.*

Bischof de Acebo schüttelte nur den Kopf. Er holte tief Luft und sprach nun mit der Bestimmtheit eines katholischen Würdenträgers: „Wer glaubt Ihr, dass Ihr seid? Die besten Theologen des Heiligen Stuhls und der Glaubenskongregation haben sich seit Jahrhunderten um eine sinngerechte Übersetzung der Evangelien bemüht, um der Botschaft Jesu gerecht zu werden und Ihr provinzialistischen Aufwiegler verdreht den armen Gläubigen mit solchen Aussagen den Kopf." Bischof Gaucelm war schon zu erschöpft von den langen Debatten und nervenzehrenden Wogen des Disputes. Plötzlich stand Esclarmonde de Foix von ihrem Platz auf. „Was ist mit der Rolle der Frau in der Kirche?" Bischof Acebo antwortete mit einem süffisanten Lächeln: „Die

Stellung der Frau, werte Gräfin, ist schon von unserem Kirchenfürsten Augustinus hinreichend erörtert worden. Dem ist nichts hinzuzufügen." Ein Raunen ging durch die Versammelten. Eine Frau hatte es gewagt, den Bischof mit einem Vorwurf zu konfrontieren.*

* *Esclarmonde de Foix wurde für ihr vorlautes Benehmen im Anschluss an die Debatte von Pamiers in eine Spinnerei verbannt.*

Daraufhin erhob Guilhabert des Castres seine Stimme. Er tat dies wie immer mit einer kontemplativen Pause, um sicherzugehen, dass er auch von allen gehört wurde. „Wir mögen zwar aus der Provinz sein, aber wir messen uns nicht an, die Stellvertreter Christi zu sein. Jesus hat zu Petrus gesagt: ‚Du bist der Stein, auf dem ich meine Kirche baue.' Der Papst wird seit jeher als Pontifex maximus, als oberster Brückenbauer bezeichnet." Nach einer kurzen Pause hakte er nach. „Durch welche göttliche Fügung erdreistet sich der Heilige Vater Papst Innozenz, sich als ‚Vicarius Christi' zu bezeichnen?" Die Worte hallten in einer schier unendlichen Stille nach. Keiner der Anwesenden konnte glauben, was er soeben gehört hatte. Ein direkter Angriff auf die Autorität des Heiligen Stuhls war auch eine Kriegserklärung an die Amtskirche und den gesamten Klerus. Domingo Guzman sprang von seiner Bank auf und schrie mit aller nur erdenklichen Verachtung für das Gegenüber: „Nieder mit den Ketzern, nieder mit den Feinden des Papstes!" Nur mit knapper Not konnte er davon abgehalten werden, über den Altar zu springen und sich mit geballter Faust an den anwesenden Albigensern zu vergehen. Der Disput endete mit wüsten Beschimpfungen beider Parteien und schließlich verließ die päpstliche Delegation als erste die Église Sainte-Marie du Mercadal. Guilhabert konnte das Feuer in den Augen von Domingo* erkennen und war sich sicher, dass er sich hier einen Feind auf Lebenszeit gemacht hatte. Wieder hatte man sich auf keine Vorgangsweise zur friedlichen Koexistenz der beiden Glaubensgemeinschaften einigen können.

Domingo Guzman versuchte nach dem Aufruf durch Innozenz III, als Wanderprediger die Albigenser zu konvertieren. Alles, was er erntete, waren nur Spott und Hohn gewesen und die Gewissheit, dass es tiefgreifender theologischer Kenntnisse bedurfte, um die Argumente dieser Sekte zu entkräften. Als Befürworter einer spirituellen und intellektuellen Auseinandersetzung mit dem Katharer Glauben war es, der Legende nach, in Fanjeaux zu einem Gottesurteil gekommen. Domingo de Guzman sollte auf Bitten der anwesenden Katharer seine Argumente gegen deren Glauben auf ein Blatt Papier schreiben. Er übergab dieses an die katharischen Anwesenden, die mit ihm diskutiert hatten. Man warf es ins Feuer mit den Worten: „Wenn deine Argumente richtig sind, wird der Zettel nicht verbrennen", sagte der älteste Perfectus Das Papier verbrannte nicht. Daraufhin schrieben die Katharer ihre Argumente ebenso auf ein Blatt Papier und warfen es in dasselbe Feuer – zweimal blieb es unversehrt; beim dritten Mal jedoch flog es hoch in die Luft und setzte einen hölzernen Balken des Dachgestühls in Brand. Im Jahre 1215 gründete Domingo Guzman den Predigerorden, der zwei Jahre später von Honorius II.[64] als Dominikanerorden in einer Bulle bestätigt wurde. Er schickte seine Ordensbrüder nach Paris und Bologna, um ihnen eine fundierte theologische und philosophische Ausbildung angedeihen zu lassen. Nur so konnten sie der intellektuellen Elite der Albigenser entgegentreten. Der Dominikanerorden wurde federführend in der nach dem Albigenser-Kreuzzug eingesetzten Heiligen Inquisition und brachte einen ihrer energischsten und gefürchtetsten Vertreter hervor: Bernardo Guy[65]. Die Funktion des Stellvertreters Christi wurde im ersten Vatikanischen Konzil 1870 noch um eine weitere Nuance erweitert: Die Unfehlbarkeit des Papstes in Glaubensfragen.

„Glaubst du, dass sie heute noch angreifen werden?" Guilhabert de Castres war tief in Gedanken versunken gewesen und nach einer kurzen Phase der Rückkehr in die Realität antwortete er: „Nein, mein Bruder, aber morgen könnte es so weit sein." Schweigend und jeder in seiner Gedankenwelt verloren, verließen sie den Glockenturm der Kathedrale von Saint Nazaire. Die Pont Vieux zu ihren Füßen hatte sich golden im Licht der untergehenden Sonne verfärbt und jeder ihrer steinernen Bögen spiegelte sich an der vollkommen ruhigen Wasseroberfläche des Orb, sodass man glauben konnte, es handle sich um steinerne Kreise. Die sanften Hügel, durch welche sich der Orb von Norden her der Stadt näherte, waren von einer seltsamen Schönheit erfasst. „Ein wahrhaft paradiesischer Ort", dachte Guilhabert. In den nächsten Tagen sollte er zur Hölle auf Erden werden.

Arnaud erwachte mit demselben mulmigen Gefühl in der Magengrube, welches er am Vortag der Niederlage bei den Hügeln von Hattin gehabt hatte. Er blickte zu Margaritha, die noch fest schlief. „Womit habe ich eine so wunderbare Frau im Leben verdient." In der Ecke des Schlafzimmers befand sich Bernadettes Liegestatt. Auch sie war noch in ihren Träumen. Bernadette war groß geworden und die kindlichen Züge waren aus ihrem Gesicht gewichen. Es ließ sich bereits jetzt erahnen, welch wunderschöne Frau sie einmal werden würde. Sie hatte das Temperament und den scharfsinnigen Verstand ihrer Mutter und quälte ihn den ganzen Tag mit Fragen über dieses und jenes. Ihre schulische Ausbildung hatte Arnaud übernommen und Bernadette war bereits jetzt im Alter von dreizehn Jahren sowohl des Schreibens als auch des Lesens mächtig. Nun machte sie sich daran, Latein zu lernen. Noch ganz in Gedanken versunken, hörte er plötzlich die Glocken von Saint Jacques unaufhörlich läuten. Diese hatten die Aufgabe, die Beziers zu alarmieren, falls Gefahr drohte. Es war also so weit. Guilhabert sollte recht behalten, die Belagerung von Beziers hatte begonnen. Ein plötzlicher Donner ließ Arnaud in Mark und Bein erzittern. Margaritha und Bernadette wurden jäh aus ihren Träumen gerissen und blickten mit fragenden Augen Richtung Arnaud. „Die Kreuzzügler greifen an, ihr wisst, was zu tun ist." Margaritha und Bernadette sollten vorerst im Haus bleiben und er würde sich wieder mit dem Filius Major am Glockenturm von Saint Nazaire treffen. Nachdem er sich angezogen hatte, trat er auf die Rue Abreuvoir und schaute sich um. Auf der Westseite der Pont Vieux hatte eine Garnison von Soldaten Stellung bezogen, die Brücke über den Orb war somit unpassierbar. Nach Osten hin sah er dichten Rauch aufsteigen, der vom permanenten Donner der Katapulteinschläge begleitet war. Arnaud rannte vorbei an der Église Saint Jude und nahm eine Abkürzung über die Mauer zur Kathedrale von Saint Nazaire. Völlig atemlos kam er am Glockenturm der Kathedrale an, wo bereits Guilhabert de Castres mit betroffenem Gesicht auf ihn wartete. „Was sind das nur für Geschoße, mit denen die Kreuzzügler die Ostwand der Stadt überziehen?", fragte sich dieser mehr selbst als Arnaud. Es bestand berechtigte Sorge, dass die Mauer im Osten einer Kombination aus Stein und Brandgeschossen in dieser Form nicht lange standhalten würde. Wohin er auch blickte, hatten die feindlichen Truppen Stellung bezogen. „Sie haben eine riesige Phalanx von Trebuchets", sagte Arnaud. „Ja, und ihre zerstörende Ladung prasselt mit großer Präzision auf die Stadt hernieder", antwortete der Filius major. Guilhabert beschloss, sich vor Ort ein Bild der Lage vom Osten der Stadt zu machen, und fragte Arnaud, ob er ihn begleiten wollte. Arnaud nickte und beide eilten den Turm hinunter, als sie auf Graf Trencavel trafen. Dieser war außer sich vor Wut über die Wucht und die Zerstörungskraft der gegnerischen Attacken. „Unsere Bogenschützen können die Katapulte nicht erreichen. Wir müssen alle verfügbaren Kräfte an der Mauer im Osten bündeln!", befahl Graf Trencavel seinen obersten Chevaliers Faydits. Er würde mit Guilhabert und Arnaud kommen, um die Schäden an der Befestigung zu begutachten. Die Stadt war in Aufruhr und als sie die Rue de Bonsi Richtung Osten nahmen, kamen ihnen die ersten Opfer der Belagerung entgegen. Die Söldner am Osttor hatten großflächige Verbrennungen am ganzen Körper und schrien vor Schmerzen. Sie wurden von Freiwilligen zur Kirche Saint Jude in das von Nonnen geführte Hospiz der Stadt gebracht. Schließlich erreichte das Trio die Rückseite der Mauer. Dunkler Rauch stieg von der Außenseite der Mauer auf und es stank nach Schwefel, aber sie hielt stand und zeigte keine Risse. Unermüdlich hämmerte eine Salve nach der nächsten auf das Mauerwerk ein und trotz intensiver Bemühungen und dem Einsatz aller Kräfte war es den Soldaten auf dem Wehrgang nicht gelungen, das Feuer zu löschen. „Dieser Geruch", dachte Arnaud. Er erinnerte sich an einen Abend in der Al-Aqsa-Moschee, als einer der Tempelritter vom ersten Kreuzzug und der Eroberung von Jerusalem erzählte. Die Wehrtürme der vordersten Front waren allesamt in Flammen aufgegangen, nachdem sie die Sarazenen mit leicht entflammbaren Tontöpfen beschossen hatten. Als Reaktion darauf wurden alle Türme mit Laken, welche zuvor in Essig getränkt worden waren, ummantelt, auf dass sich das Feuer nicht so leicht entzünden konnte. Arnaud erzählte Guilhabert von der Geschichte und dieser beriet sich daraufhin mit dem Grafen. In Ermangelung einer Alternative wurde beschlossen, sämtliche Fahnen der Stadt und alles verfügbare Stoffgewebe in Essig zu tränken und über die Maschikulis* an der Außenseite der Mauer zu befestigen. Es dauerte einige Zeit, bis die Truppen die vom Grafen befohlenen Textilien bereitgestellt und getränkt hatten, doch schließlich konnte die Arbeit im Schutz der Maschikulis* beginnen. Und tatsächlich, die Feuer wurden weniger und die Maßnahme zeigte Wirkung. Graf Trencavel und Guilhabert trauten ihren Augen kaum, als sich der Rauch etwas legte. Ein Jubelschrei ging durch die Reihen der Faydits und in einigen Hundert Metern Entfernung beobachtete ein verdutzt schauender Simon de Montford das Spektakel. Er gab den Befehl, das Bombardement mit unverminderter Härte weiterzuführen und entschied, dass es nun Zeit für die zweite Phase der Attacke war.

Ein Maschikuli, zu Deutsch „Wurflochreihe", abgeleitet aus dem Französischen für „macher/zermalmen" und „coulis/Flüssigkeit", war eine architektonische Bauart der Wehrgänge einer mittelalterlichen Burg.

Nun begannen die Fußtruppen von Süden her ihren Vormarsch Richtung Stadtmauer. Sie hatten einen Rammbock gebaut und versuchten, das Tor nach Vendres mit Gewalt zu nehmen. Als die Verteidiger die drohende Gefahr erkannten, wurden die päpstlichen Truppen mit einem Hagel aus Pfeilen eingedeckt, wodurch ihr Vorstoß kurz ins Stocken geriet. Plötzlich öffnete sich das Südtor und Hunderte Ballen aus Weidengeflecht rollten in Richtung der Angreifer. Diese waren in Lampenöl getränkt und wurden kurz nach dem Verlassen des Tors in Brand geschossen, sodass sich nun eine gewaltige Feuerwalze in Richtung der Fußtruppen bewegte. Ein Ausweichen war auf Grund der örtlichen Gegebenheiten nicht möglich. Die Angreifer ergriffen die Flucht und ließen sämtliches Belagerungsgerät zurück. Der Rammbock und die Sturmleitern wurden ein Raub der Flammen. Von den Mauern der Stadt waren überall Jubelschreie zu vernehmen. Zum zweiten Mal an diesem Tag war es den Bewohnern von Beziers gelungen, eine Attacke erfolgreich abzuwehren. Simon de Montford gab daraufhin den Befehl, die Kampfhandlungen einzustellen. Die Albigenser sollten sich sicher fühlen und ihren Triumph feiern. Er wiederum rief seinen Sohn Almarich[65] zu sich und gab ihm genaue Instruktionen für den nächsten Tag.

Thomas Castelnau hatte den ganzen Tag in einer Kneipe zugebracht und nun, da er alle Wagenladungen an Wein verkauft hatte, gönnte er sich ein üppiges Abendmahl. Er war schon seit Wochen in der Stadt und die Wirte waren von seinem Wein, welcher aus dem Norden Navarras stammte, sehr angetan. Im Gegensatz zu den örtlichen Weinen war dieser von einer Dichte und Fülle, welche am Gaumen Kirscharomen gepaart mit einem leicht hölzernen Beigeschmack erzeugte. Die lange Lagerung in den Eichenfässern hatte sich bezahlt gemacht. Der gespickte Fasan duftete herrlich und die in Rotwein geschmorten Feigen waren die perfekte Beilage, um das Mahl abzurunden. Nachdem er eine Flasche Wein ausgetrunken hatte, begab er sich im Obergeschoß der Schenke zur Ruhe.

Das Volumen der heute gebräuchlichen Weinflaschen geht übrigens auf den Benediktiner Pierre Perignon[67] aus der Champagne zurück. Nicht nur, dass er eine spezielle Methode zur Champagnerherstellung erfunden hatte, auch die Befestigung des Korkens mittels einer Kordell, genannt Agraffe, wurde von Dom Perignon eingeführt. Die durchschnittliche Menge an Wein, welche zu seiner Zeit von einem männlichen Individuum zum Abendessen getrunken wurde, waren circa 75 cl, was in etwa der heutigen Einzelflaschengröße entspricht.

Noch im Dunkel der Nacht verließ Thomas de Castelnau die Herberge. Er nahm die Hintertreppe vorbei am Aborterker und machte sich auf den Weg zum Südtor. Die Stadt war wie ausgestorben. Die Bewohner waren erschöpft von den Strapazen des ersten Belagerungstages. Noch vor dem ersten Krähen des Hahnes traf er am Tor nach Vendres ein. Das Tor wurde nur von zwei Wachen gesichert und beide waren in den frühen Morgenstunden erschöpft von der langen Nacht. Er zückte sein Messer und schnitt den Wachen von hinten kommend die Kehle durch. Dann nahm er eine Fackel von der Wand und öffnete behutsam das Tor. Thomas schwenkte die Fackel dreimal und verschloss daraufhin das Tor. Das war das vereinbarte Zeichen. Almarich schlich sich im Schutz der Dunkelheit mit zehn seiner getreusten Gefolgsleute von Süden her an. Sie trugen keine Rüstung und waren nur leicht bewaffnet. Ihre Gesichter waren mit Ruß geschwärzt und sie hatten schwarze Mäntel übergeworfen, um im Dunkel der Nacht nicht entdeckt zu werden. Als sie das Tor erreichten, gaben sie das vereinbarte Klopfzeichen. Thomas trat heraus und sprach: „Die Stadt ist Euer, mein Herr, möge mein Bruder Pierre in Frieden ruhen." Almarich schwenkte erneut die Fackel und seine Männer sicherten das Tor und die Mauer. Er trat an Thomas heran. „Mit besten Grüßen vom Legaten Arnaud Amaury!" Dann durchtrennte er ihm die Kehle bis zur Wirbelsäule. Der päpstliche Legat wollte keine unliebsamen Zeugen des Verrats an Beziers. Simon de Montford und Legat Amaury sahen aus der Entfernung das vereinbarte Zeichen und erteilten ihren Truppen den Befehl zur sofortigen Erstürmung der Stadt. „Was sollen wir mit den Kindern, den Frauen und den Katholiken machen?", fragte Simon de Montford den päpstlichen Legaten. Amaury antwortete:

„Caedite eos, novit enim Dominus qui sunt eius."

„Tötet sie alle! Der Herr wird die Seinigen schon erkennen."

Arnaud und seine Familie waren schon früh auf den Beinen. Nach den Ereignissen des letzten Tages konnte keiner so richtig schlafen. Die Wucht des ersten Angriffs hatte Arnaud überrascht. Belagerungen wurden normalerweise auf lange Zeit geplant. Hunger und Krankheit waren sichere Verbündete der Belagerer. Nichtsdestotrotz sollte es für Margaritha ein besonderer Tag werden. Nach Jahren intensiver Vorbereitung und eingehender Prüfung durch die arrivierten Perfecti und den Diakon würde sie heute das Consolamentum in der Kathedrale Saint Nazaire spenden. Margaritha streifte ihren Mantel über und lächelte Arnaud an. Er hatte sie in all den Jahren immer in ihrem Glauben unterstützt, wohlwissend, dass er nicht die mentale Stärke zum Aufstieg in die Reihen der „Perfecti" hatte, und war daher ein „Credens", ein Gläubiger, geblieben. „Wir gehen gemeinsam zu Joseph und holen Brot", sagte er zu beiden. Von der nahegelegenen Église Saint Jude konnte man immer noch das Wimmern der Brandopfer des gestrigen Tages hören. Sie erklommen die Stiegen hinauf zur Kirche Saint Jacques und nach kurzer Zeit standen sie vor Josephs Bäckerei. Die Eltern warteten draußen, als Bernadette den kleinen Laden betrat. Joseph war glatzköpfig und hatte seinen mächtigen Schnurrbart an den Enden aufgezwirbelt. Er hatte ein zaghaftes Lächeln auf seinen Lippen. „Gestern habe ich ihn besiegt. Ich glaube, ab jetzt werde ich eine Glückssträhne haben. Was sagt eigentlich dein Vater zu der Belagerung, er kennt doch die hohen Herren so gut." „Das müssen Sie ihn selbst fragen!", antwortete Bernadette, nahm das Brot und mit einem höflichen „merci et au revoir" verließ sie die Bäckerei. Ab nun trennten sich ihre Wege. Margaritha ging hinauf zur Kathedrale, um mit den Perfecti ein Morgengebet zu sprechen. Arnaud machte sich in Begleitung seiner Tochter auf den Weg in die nahegelegene Rue de la petite Jérusalem zu seinem Freund Avigdor. Auch Avigdor zeigte sich besorgt über die Belagerung und Arnaud schilderte seinem Freund den Angriff auf die Ostmauer. Nur Bernadette schien sich an den frischen Süßigkeiten aus Honig und Nüssen, welche Sarah zubereitet hatte, zu erfreuen. Plötzlich läuteten wieder die Glocken von Saint Jacques. Diesmal war jedoch kein Donner der Katapulte zu vernehmen, sondern ein unglaubliches Geschrei erhob sich in der Stadt. Arnaud und sein jüdischer Freund befahlen den Frauen, im Haus zu bleiben, und stürmten auf die Rue Bonsi. Eine wahre Menschenmasse kam auf sie zugerannt und ein Mann mit blutüberströmtem Gesicht schrie verzweifelt. „Die Kreuzfahrer, sie sind in der Stadt und bringen jeden um!" Am Ende der Rue Bonsi konnte man schon die Ritter der Kreuzfahrer hoch zu Ross erkennen. Sie pflügten mit ihren Schwertern durch die Menschenmenge und wollten offensichtlich zur Kathedrale Saint Nazaire. Die päpstlichen Söldner drangen in jedes Haus ein und töteten wahllos ihre Opfer. Kinder, Frauen, Albigenser, Katholiken – keiner wurde von ihnen verschont. Arnaud und Avigdor hatten genug gesehen. Von den Chevaliers Faydits fehlte jede Spur, sodass nur noch die Flucht aus der Stadt als einziger Ausweg übrigblieb. Nachdem sie wieder in die Rue de la petite Jérusalem zurückgekehrt waren, liefen sie in Avigdors Haus. Arnaud schrie aus voller Kehle: „Die Kreuzfahrer sind in der Stadt, sie töten wahllos alle, die sich ihnen in den Weg stellen. Wir müssen sofort fliehen!" Avigdor und Sarah packten hastig das Notwendigste und beschlossen, die Flucht über das Nordtor zu versuchen. Arnaud nahm Bernadette am Arm. Sie sah ihn entgeistert an. So hatte sie ihren Vater noch nie gesehen. „Was ist mit Mama?", fragte Bernadette verzweifelt. Arnaud zerrte sie aus dem Haus in Richtung Rue Bonsi. Als sie an der Kathedrale vorbeiliefen, sahen sie, dass diese bereits von Kreuzrittern umzingelt war. Das große Eichentor war verschlossen und die Eindringlinge hatten das Dach des Gotteshauses in Brand gesetzt. Margaritha war verloren. Arnaud blickte auf seine völlig verängstigte Tochter. „Wenn wir getrennt werden, treffen wir uns in der Rue Abreuvoir, verstanden?" Bernadette nickte und klammerte sich an ihren Vater. Im Schutz der Häuserwände erreichten sie schließlich die Rue Malapague. Die Straße war übersät von Leichen, welche die marodierenden Horden der Söldner aufgetürmt hatten. Joseph, der Bäcker, lag tot am Boden. Sein Bauch war aufgeschlitzt und die Eingeweide quollen hervor. Seine braunen Augen waren weit gen Himmel geöffnet, als würde er zum Herrgott emporschauen. Daneben lagen Antoine und seine Frau Francine. Beide waren mit Lanzen niedergestreckt worden. Bernadette musste sich abwenden und wurde in diesem Moment von einem Ritter zu Pferd erfasst und mitgeschleppt. Arnaud hastete dem Entführer hinterher, doch nach wenigen Minuten hatte er sie aus den Augen verloren. In einer Seitengasse, die zum Place de Chaudronniers führte, brach er zusammen und weinte. Er hatte binnen kurzer Zeit die beiden liebsten Menschen auf der Welt verloren. Ein schriller Schrei voller Leid und Schmerz brachte ihn wieder zurück in die Realität. „Vielleicht war Bernadette doch nicht verloren?" Er musste sie suchen und zurück in die Rue Abreuvoir gehen.

Almarich de Montford packte die junge Frau und hob sie bäuchlings auf sein Pferd. Er durchpflügte die auf der Straße liegenden Leichen und bog nach links in die Rue des Vieilles Prisons ab. In einer Nische der Häuser befand sich ein Brunnen und Almarich warf das Mädchen vor seine Füße. Dann stieg er ab, packte sie am Schopf und zerrte sie zum Brunnen. Während er ihren Kopf unter die Wasseroberfläche drückte, zischte er ihr ins Ohr. „Wenn du dich wehrst, stirbst du!" Bernadette umklammerte mit ausgestreckten Händen die steinerne Umrahmung des Brunnens, um sich gegen das Gewicht ihres Peinigers zu stemmen. Sie spürte seinen heißen Atem in ihrem Nacken. Er roch nach Schweiß und Blut. Almarich riss ihr das Kleid vom Leibe und spreizte ihre Beine. Was darauf folgte, war das Schlimmste und Demütigendste, das einer Frau im Leben widerfahren konnte. Almarich zwängte sein Gemächt zwischen ihre Beine und drang mit voller Wucht in sie ein. Der grelle Schmerz im Schoß ließ ihr den Atem stocken und als sie sich zu wehren versuchte, drückte er ihren Kopf wieder unter das Wasser des Brunnens. Seine Stöße waren von einer derartigen Wucht und Unbarmherzigkeit, dass Bernadette beinahe ohnmächtig jeglichen Widerstand aufgab. Als er schließlich von ihr abließ, glitt sie zu Boden und verharrte wimmernd mit angezogenen Beinen. „Katzenküsser", sagte Almarich verächtlich und spuckte auf die Frau, die er soeben geschändet hatte. Bernadette war vor Schmerz all ihrer Sinne beraubt. Einem Schmerz, der so tief in ihrem Körper und ihrer Seele brannte, dass sie am liebsten sterben wollte. Almarich wandte sich daraufhin dem Gefängnis zu. Aus der Küche duftete es herrlich nach geschmortem Fleisch. Nach dem ereignisreichen Tag konnte er eine Stärkung vertragen. Bruno empfing ihn mit einem kräftigen Hieb in die Magengrube und stürzte sich auf den Eindringling. Almarich war ein versierter Kämpfer und nach kurzem Kampf gelang es ihm, seinen Dolch unter das Schlüsselbein des Kerkermeisters zu stoßen. Bruno stöhnte und spuckte Blut, als er in sich zusammensank. Soulange kam wild schreiend aus der Küche gerannt. Bereits auf halbem Weg zu ihrem sterbenden Mann wurde sie von Almarichs Schwert mitten in der Brust getroffen und auf den Rücken geschleudert. „Verfluchtes Pack!", schrie Almarich und begab sich in die Küche. Nachdem er sich gestärkt hatte, ging er den Schreien aus dem Keller nach. „Vielleicht würde sich der ein oder andere Katharer hier verstecken", dachte er. Er öffnete die schweren Eisentüren und streckte jeden der Häftlinge mit seinem Schwert nieder. Als er die letzte Zelle betrat, schleuderte ihm Rodrigo den hölzernen Eimer entgegen und brachte sich trotz seiner eisernen Fesseln in eine gute Verteidigungsposition. „Passt auf, junger Ritter, ich habe schon mehr Mauren getötet, als Ihr zählen könnt!" „Ihr seid Soldat?", fragte Almarich. Rodrigo nickte. „Was macht Ihr hier?" „Eine Frauengeschichte, ich bin eigentlich nur auf der Durchreise." „Wenn Ihr euch uns anschließt und vierzig Tage an unserem Kreuzzug teilnehmt, werden Euch vom Papst alle Sünden erlassen und Ihr seid ein freier Mann." „Ihr habt mein Ehrenwort und jetzt befreit mich endlich von den Ketten." „Wie ist Euer Name?" „Rodrigo de Guzman."

Arnaud bog um die Ecke der Rue Colliers und hatte volle Sicht auf den Platz der Kesselflicker. Es bot sich ihm ein Bild des Schreckens. Die Kämpfe zwischen den Eindringlingen und den Stadtbewohnern waren noch voll im Gange. Die Schmiede kämpften mit allem, was sie zur Verfügung hatten. Mit Hämmern und Zangen versuchten sie, die Attacken der Kreuzzügler abzuwehren. Diese brachten mit den Hinterläufen der Pferde die Vordächer, unter denen sich die Essen befanden, zum Einsturz, sodass eine Schmiede nach der anderen in Flammen aufging. Die Anzahl der Toten überstieg jedes Fassungsvermögen, die Eindringlinge mordeten im Auftrag des Papstes Frauen und Kinder egal welcher Religion und welchen Standes. Phillipp, der Kesselflicker, lag nach vorne übergebeugt über einem großen Kupferkessel, den er erst kürzlich für den Bischof angefertigt hatte. Sein Körper war von drei Pfeilen durchbohrt und aus seinem weit geöffneten Mund floss das Blut in Strömen. Amelie, die Hebamme, saß zusammengesunken vor ihrem Haus und rang nach Luft. Ein Schwert steckte in ihrer rechten Brust und das weiße Leinenkleid war durchtränkt von Blut. Arnaud lief zu ihr und zog das Mordinstrument aus ihrem Thorax. Unter leichtem Schaben der Rippen konnte er es schließlich entfernen. Amelie stöhnte unter den Höllenqualen und verlor das Bewusstsein. Er presste ein Stück Stoff auf die Wunde und wusste, dass er nichts mehr für sie tun konnte. Nachdem er es geschafft hatte, den Place de Chaudronniers hinter sich zu lassen, floh er weiter in den Jardin des Arenes. Viele der Stadtbewohner hatten sich hierher zurückgezogen, da die Bäume Schutz vor den marodierenden Horden boten. Arnaud hoffte, dass auch Bernadette es geschafft hatte, sich hier zu verstecken, doch seine Suche blieb erfolglos. Er lief weiter zur Église Saint Jacques und von dort Richtung Rue Abreuvoir, als er eine Stimme hinter sich vernahm. „Vater, Vater, ich bin hier." Bernadette stand mit wackeligen Beinen am oberen Ende der steilen Treppe, die von Saint Jacques zum Orb hinunterführte. Ihr weißes Leinenkleid war rotgefärbt und sie krümmte sich vor Schmerzen. Arnaud lief ihr, so schnell er konnte, entgegen, nahm jedes Mal drei Stufen der Stiege und konnte sie schließlich wieder in die Arme nehmen. „Du lebst, du lebst", flüsterte er ihr zärtlich ins Ohr.

Graf Trencavel und Guilhabert hatten sich zur morgendlichen Lagebesprechung am Glockenturm von Saint Nazaire eingefunden, als sie plötzlich den Tumult und das Geschrei in der Stadt vernahmen. Überall waren die Fahnen der Kreuzritter in der Stadt zu sehen und beide fragten sich, wie die Belagerer es geschafft hatten, die Mauern der Stadt zu überwinden. Von den Chevaliers Faydits fehlte jede Spur und die Stadt schien in Anbetracht der schieren Anzahl der Angreifer dem Untergang geweiht. „Beziers ist verloren, ich muss sofort nach Carcassonne aufbrechen und die Stadt warnen!", sagte der Graf. Carcassonne war der Hauptsitz seiner Grafschaft und würde nach Beziers das nächste Ziel des Kreuzzuges sein. „Wir müssen uns beeilen, Graf Raymond!" Als eine der wichtigsten Personen der Albigenser-Bewegung durfte Guilhabert nicht in die Hände der päpstlichen Truppen fallen. Dies würde ein schwerer Schlag für ihre Gemeinschaft sein. Als sie die Treppen des Glockenturms hinunterrannten, hörten sie den Gesang der Perfecti, die sich zum Morgengebet versammelt hatten. „Sollte ich nicht lieber bei seinen Glaubensbrüdern bleiben und ihnen in höchster Not beistehen? Das würde den sicheren Tod bedeuten." Der Gedanke an Domingo Guzman und seine fanatischen Aufrufe bestärkten ihn jedoch in seiner Entscheidung. Er schloss sich der Leibgarde des Grafen an und sie würden versuchen, durch den Jardin de la Plantade die Stadt zu verlassen und in Richtung Orb zu fliehen. Dort wartete ein Boot, das die beiden nach Roquebrun bringen sollte.

In der Kathedrale von Saint Nazaire waren die Anwesenden „Perfecti" tief im Gebet versunken, als plötzlich die schwere Eisentür mit einem dumpfen Grollen in ihr Schloss fiel. Sämtliche Seitenausgänge wurden auf einen Schlag geschlossen und von der hölzernen Decke des Gotteshauses senkte sich qualmender Rauch. Angst und Panik breitete sich unter den Anwesenden aus. Der Rauch wurde immer stärker und allmählich konnte man die Hitze des Feuers spüren, welches auf die Seitenwände der Kathedrale übergegriffen hatte. Guillaume, der älteste der Perfecti, trat aus ihrer Mitte. „Liebe Mitbrüder im Herrn, habt keine Furcht, Gott hat uns eine Prüfung auferlegt. Lasst uns im gemeinsamen Gesang diese schwere Stunde begehen!" Daraufhin stimmten alle einen heiligen Choral an und Margaritha spendete mit den salbungsvollen Worten das Consolamentum. Dieser Akt sollte die letzte Tat ihres Lebens sein. Kurz darauf stürzte die brennende Decke der Kathedrale Saint Nazaire mit einem ohrenbetäubenden Lärm ein und begrub über zweihundert „Perfecti" und eine „Perfecta" unter sich.

Das prominenteste Opfer des Massakers von Beziers war sicherlich der oberste katholische Würdenträger, der einen dramatischen Tod erlitt. Bischof Renaud II. de Montpeyroux wurde auf den Lärm und die Eroberung der Stadt durch die Kreuzritter aufmerksam, als er gerade einen blonden Chorjüngling in seinen Privatgemächern des Palastes besprang. Er war ein korpulenter Mann von stattlicher Größe und hatte seit jeher ein Auge auf die nachkommende Generation an jungen Priestern geworfen. Dem zölibatären Leben konnte er nur wenig abgewinnen und schon in seiner Jugend hatte der Bischof Mittel und Wege gefunden, seine Fleischeslust zu befriedigen. Aufgeschreckt durch den Rauch der Kathedrale und das laute Wüten der Soldaten entwickelte sich an seinem Geschlechtsteil ein Priapismus.* De facto waren er und der verkrampfte Jüngling nun im wahrsten Sinne des Wortes innig verbunden. Bischof Renaud wollte sich durch die Zubereitung eines entspannenden Elixiers aus der misslichen Situation befreien. Beim Versuch, im Gleichschritt die nahegelegene Küche zu erreichen, stolperte das Duo so unglücklich über die steinerne Wendeltreppe, dass sich der arme Bischof das Genick brach. Es sollte noch einige Minuten dauern, bis sich der blonde Chorknabe aus der unglücklichen Lage befreien konnte und völlig verstört in Richtung des Refektoriums davonrannte.

Ein Priapismus ist eine dauerhafte Erektion des männlichen Geschlechtsteils, welche mitunter über Stunden andauern kann. Vielleicht war jedoch auch die Schädigung seines Rückenmarks – genannt Tabes dorsalis – die Ursache seines gegenwärtigen Zustands. Eine

Tabes dorsalis entwickelt sich mitunter durch die jahrelange Erkrankung an Syphilis, bei der die Erreger auch das Rückenmark befallen.

In der Rue Abreuvoir packte Arnaud all seine Habe in die Satteltaschen seines Pferdes. Er holte die Patera und das hölzerne Kreuz der Templer aus ihrem Versteck im Keller des Hauses. Bernadette war immer noch völlig verstört von den vorangegangenen Ereignissen, sodass er sie behutsam auf das Pferd setzte. Sie ritten vorbei an der Kirche Saint Jude in Richtung Pont Vieux. Sein Plan, den Fluss zu überqueren, konnte nur gelingen, wenn er es auf die Brücke schaffte. Die östliche Seite des Flusses war zu tief und die Strömung zu stark, auf dass er eine geeignete Furt finden würde. Die Westseite der Brücke wurde von päpstlichen Truppen blockiert. Allein ein Sprung von der Brücke konnte sie retten. Als sie den stadtnahen Teil der Brücke erreicht hatten, wurden die Belagerer auf der gegenüberliegenden Seite auf sie aufmerksam und zückten ihre Langbögen und Armbrüste. Arnaud gab seinem Pferd die Sporen und ritt so schnell er konnte auf die Mitte der Pont Vieux zu. Mit einem mächtigen Satz sprang das Pferd über die steinerne Begrenzung. Arnaud rief Bernadette zu: „Loslassen!" Pferd und Reiter lösten sich im Fluge und schlugen hart an unterschiedlichen Stellen in den Fluten des Orb ein. Nach dem Auftauchen gelang es Arnaud, seine Tochter mit dem linken Arm zu umklammern und sich mit der rechten Hand am Sattelknauf festzuhalten. Die Belagerer eröffneten einen Hagel aus Pfeilen und Armbrustbolzen auf die Flüchtenden. Arnaud wurde durch einen Pfeil am rechten Oberarm getroffen und er spürte, wie sich das Geschoß durch sein Fleisch bohrte. Im nächsten Moment prasselten Dutzende Armbrustbolzen auf die Flüchtenden ein. Arnaud duckte sich und schützte seine Tochter, so gut es ging, mit seinem Oberkörper. Das Pferd wieherte vor Schmerzen, ein Bolzen steckte unter der Mähne im Hals des Tieres. Die Fluten des Orb schwappten andauernd über den Sattel und Arnaud musste all seine Kräfte aufbringen, um Bernadette und das Pferd festzuhalten. Allmählich wurde die Intensität der Geschoße der Belagerer weniger und beide trieben nun im seichten Wasser weiter flussabwärts. Nach einer gefühlten Ewigkeit erreichten sie das rettende Ufer an der Westseite des Flusses. Arnaud trug Bernadette auf den Händen aus dem Wasser und brach auf einer Sandbank zusammen. Er lag bewegungslos im matschigen Untergrund und rang nach Luft. Besorgt drehte er seinen Kopf zu seiner Tochter. „Bist du verletzt?" Bernadette wimmerte und verneinte die Frage durch eine kurze Drehung ihres Kopfes. Unter größten Schmerzen brach Arnaud den Pfeil entzwei und zog beide Enden mit einem kräftigen Ruck aus seinem Oberarm. Keuchend schleppte er sich zu seinem Pferd und nahm ein Leinentuch aus der Satteltasche. Das Tuch triefte vor Wasser. Er verband die blutende Wunde, indem er das Leinen dreimal um seinen Oberarm wickelte und anschließend verknotete. Der Armbrustbolzen hatte den oberen Teil des Halses seines Pferdes getroffen. Er stieg auf und nahm die Zügel straff zwischen seine Zähne. Das Pferd wieherte und stapfte mit den Hufen. „Ruhig, mein Junge", sagte Arnaud und mit einem beherzten Griff brach er den hölzernen Bolzen entzwei, sodass er das Ende aus dem verwundeten Tier entfernen konnte. Dann nahm er die Zügel in die linke Hand, stieg ab und führte das Tier zum Wasser. Er säuberte die Wunde und verband sie mit dem Rest des Leinens. Bernadette lag immer noch völlig paralysiert im Sand. Ihre offenen Augen waren gen Himmel gewandt, doch jegliches Leben in ihr schien erloschen. „Bernadette, komm, steig auf, wir haben keine Zeit zu verlieren, sie werden uns sicher verfolgen." Er hob seine Tochter behutsam auf und setzte sie in den Sattel. Bei der Berührung durch das feuchte Leder des Sattels verzog Bernadette schmerzverzerrt das Gesicht. Sie ritten durch die dicht bewaldeten Ufer des Orb Richtung Süden. Arnaud blickte andauernd mit besorgtem Blick über seine Schulter. Der Auwald war ein Labyrinth aus umgefallenen Bäumen und tiefen Sümpfen, sodass sie nur langsam vorankamen. Bernadette klammerte sich mit aller Kraft an ihren Vater. Erst kurz vor Lespignan lichteten sich die Auen und sie bogen auf die Via Aquitania nach Narbonne ein. In diesem Moment war sich Arnaud erstmals sicher, dass sie nicht mehr verfolgt wurden, und verlangsamte die Gangart seines Pferdes. In Narbonne würden sie bei seinem Freund Pierre Maroux eine sichere Unterkunft und ein warmes Mahl bekommen, aber bis dahin stand ihnen noch ein langer Ritt bevor.

Als Arnaud am frühen Abend die Mauern von Narbonne und das dahinterliegende Mittelmeer sah, war er zutiefst erleichtert. Sie hatten es geschafft. Der Verband an seinem rechten Arm war von Blut getränkt und jede Bewegung schmerzte. Bernadette war im Sattel eingeschlafen. Nach der Stadtmauer bog Arnaud links in Richtung Hafen ab, wo sich die Pierres Auberge befand. Völlig erschöpft und die Mähne des Pferdes umklammernd erreichte er schließlich das Haus seines Freundes. „Pierre, komm schnell, wir brauchen deine Hilfe!" Pierre erschien nach kurzer Zeit in der Tür. „Mein Gott, Arnaud, was ist passiert?" „Beziers ist von den Kreuzfahrern erobert worden, sie haben alle umgebracht. Margaritha ist unter den Opfern." Pierre half seinem Freund beim Absteigen und hob die schläfrige Bernadette vom Pferd. „Du bist verletzt, lass mich das versorgen." Pierre trug Bernadette in die Schenke und bat seine Frau Marie, sich um sie zu kümmern. Er holte heißes Wasser und frische Tücher. Arnaud fiel erschöpft in den Stuhl. „Hast du etwas Wein? Ich könnte einen guten Schluck vertragen." Pierre brachte ihm einen vollen Becher und Arnaud trank diesen in einem Zug aus. Dann entfernte er den provisorischen Verband und reinigte die Wunde am Oberarm. Es floss weiter Blut aus der Wunde und musste daher ausgebrannt werden. Pierre schenkte Arnaud noch einen Becher Wein ein. „Das wird jetzt weh tun, mein Freund, aber es muss sein, sonst verblutest du." Er nahm ein Stabeisen vom Feuer und kauterisierte die Wunde an der Vorder- und der Rückseite. Arnaud schrie vor Schmerzen und fiel in Ohnmacht. Als er das Bewusstsein wiedererlangte, lag er in einem sauberen Bett und die Sonne warf ihre warmen Strahlen durchs Fenster. Bernadette lag schlafend neben ihm. Beim Anblick ihres Gesichtes musste er unweigerlich an Margaritha denken und sein Atem stockte vor Tränen. Tief in seinem Inneren fühlte er, dass ein Teil von ihm gestorben war. Vom Hafen konnte man das Kreischen der Möwen hören. Arnaud versuchte, seinen rechten Arm zu bewegen, aber dieser schmerzte fürchterlich. Nach einigen Versuchen gelang es ihm, sich aufzusetzen und er stieg mit wackeligen Beinen die hölzerne Treppe hinunter. Pierre empfing ihn mit einem Lächeln. „Wie geht es dir, mein Freund?" „Ging schon besser." „Komm, setzt dich zu uns und iss. Arnaud, ihr seid jetzt in Sicherheit." Arnaud fragte ihn, ob es Nachricht aus Beziers gäbe. Pierre setzte ihn mit trauriger Stimme in Kenntnis. „Viele unserer Brüder und Schwestern sind am gestrigen Tag das Opfer eines grausamen Verbrechens geworden. Soweit ich in Erfahrung bringen konnte, sind die Kreuzfahrer im Schutz der Dämmerung von Süden her in die Stadt eingedrungen. Das Tor nach Vendres war angeblich unversperrt. Sie haben die Bewohner und die Chevaliers Faydits im Schlaf überrascht. Die Verteidiger waren noch in ihren Betten, als eine Horde wütender Söldner über sie hereinbrach." Arnaud schluckte vor Entsetzen. „Den Kreuzzüglern ist es gelungen, auch das Osttor zu öffnen, sodass das gesamte Kreuzfahrerheer in die Stadt eindringen konnte. Allein in der Magdalenen-Kirche wurden Tausende Menschen niedergemetzelt, nachdem Almarich de Montford die Tore mit den Hufen seines Pferdes eingetreten hatte. Die Kathedrale von Saint Nazaire wurde bis auf ihre Grundfeste niedergebrannt. Die Zahl der Toten geht in die Zehntausende. Alle Juden der Stadt wurden an der Nordmauer aufgehängt. Zuvor wurden ihnen die Bäuche aufgeschlitzt, eine grausame Referenz an Judas Ischariot, Sarah und Avigdor waren auch unter ihnen." Arnaud war erschüttert und weinte. „So viel Leid, so viel Schmerz zugefügt von der Hand von Christenmenschen. Was sind das für Menschen, die christliche Mitbrüder eiskalt ermorden?" Pierre umarmte seinen Freund. „Was wirst du jetzt tun?" „Ich werde nach Montsegur gehen. Der Burgherr, Raymond de Pereille, ist ein Freund unserer Bewegung. Die Festung ist praktisch uneinnehmbar. Bernadette verdient ein sicheres Zuhause."

Nach einer Woche bei Pierre war Arnauds Oberarm so weit verheilt, dass sie die Reise fortsetzen konnten. Bernadette hatte seit Beziers kein Wort gesprochen und Arnaud wusste um den Schmerz in ihrem Herzen. Er fühlte ihn auch, wenn er nur das Bild seiner verstorbenen Frau vor Augen hatte. Pierre hatte sie mit Tränen in den Augen verabschiedet und für Bernadette ein Pferd bereitgestellt. Sie ritten Richtung Süden entlang des Étang de Bages-Signean nach Peyriac de Mer. Der See war für seine Aale und Krabben bekannt und Arnaud nahm mit seiner Tochter ein Abendmahl in Peyriac zu sich. „Ist Mutter jetzt im Himmel?", fragte Bernadette mit weinerlicher Stimme. „Ja, sie ist jetzt beim Herrn, aber ihre Seele wird wiederkommen, bis sie endgültig im Kosmos aufgeht." „Du meinst, sie hört mich, wenn ich zu ihr bete?" „Sie hört dich bestimmt und wird dich immer lieben." Bernadette umarmte ihren Vater und weinte bitterlich. „Der Ritter, der Ritter, er hat mich geschändet", sagte sie unter Tränen. „Er ist in der Rue des Vieilles Prisons über mich hergefallen. Es tat so weh, ich glaubte, ich müsste sterben." Arnaud sah in die Augen seiner Tochter und er fühlte, wie sich ein Pfeil aus Schmerz und Zorn durch sein Herz bohrte. „Jacques Gourgies, der Sohn des Kerzenmachers, hat mich gefunden und mir wieder auf die Beine geholfen. Erst, als er nach dir fragte, kam ich wieder zu Sinnen. Wir sind gemeinsam durch den Jardin des Arènes zur Kirche Saint Jaques gelaufen. Plötzlich hörte ich einen dumpfen Knall und Jacques schrie fürchterlich. Er fiel direkt vor meine Füße, eine Axt steckte in seinem Rücken. Was sind das für Menschen, Vater?" Arnaud stockte der Atem. Er fand keine Antwort. Arnaud umklammerte seine Tochter mit all der Liebe, die er für sie empfand und weinte bitterlich. Nachdem sie Sigean hinter sich gelassen hatten, nahmen sie den alten Eselspfad nach Estagel. Die Landschaft wurde hügeliger und das Meer rückte in weite Ferne. Zu ihrer Rechten konnten sie die imposante Festung von Duilhac-sous-Peyrepertuse erkennen. Diese thronte hoch oben auf einem Felsen und war eine der größten Katharer-Burgen der Region. Zu ihrer Linken befand sich ein weiteres Refugium der Katharer, die Burg Queribus, sodass das Tal durch beide Befestigungen geschützt war. „Wir müssen durch die Schlucht von Gouleyrous, der Fluss ist kalt, denn er führt Wasser aus den Bergen." Bernadette nickte und hielt sich gut am Sattelknauf fest. Die weißen Schotterbänke und das grünblaue Wasser des Verdoubles waren von magischer Schönheit. Zu beiden Seiten des Flusses ragten die Felswände Hunderte Meter empor und ließen das Rauschen des Wassers an ihren Wänden widerhallen. Im kalten Wasser des Flusses tummelten sich Forellen und die Wasseramseln jagten den herumschwirrenden Insekten hinterher. Vereinzelt ließen sich die Amseln auf den moosbedeckten Steinen des Flusses nieder und warteten geduldig in der Strömung auf ihre Beute. „Auch ich werde mich den Widrigkeiten des Lebens entgegenstellen, um mein Ein und Alles zu beschützen", dachte Arnaud bei ihrem Anblick. Bernadette klammerte sich fest an seinen Körper. Arnaud wusste um den Schmerz in ihrer Seele. Nachdem sie die Schlucht passiert hatten, war der Weg frei nach Quillan. Am nächsten Tag würden sie ihr Ziel erreichen.

Kapitel 11

Chateau Montsegur im Jahre 1209

Die Burg Montsegur lag auf einem Bergrücken, welchen sie nahezu gänzlich bedeckte. In der Ferne konnte man die schneebedeckten Gipfel der Pyrenäen sehen und das feuchtschwüle Meeresklima war der angenehmen kühlen Luft der Berge gewichen. Arnaud und Bernadette waren nicht die einzigen Flüchtlinge aus Beziers. Der Vorplatz der Burg wimmelte von Vertriebenen und Arnaud musste sich seinen Weg durch die Menschenmenge bahnen, um zum Burgherrn vorzudringen. Raymond de Pereille war Anfang zwanzig und eine imposante Erscheinung. Er versuchte, durch Anweisungen an seine Sergeanten der Flut an Vertriebenen Herr zu werden. „Seid gegrüßt, Graf Raymond. Ich bin Arnaud Nazac aus Beziers", sagte Arnaud. „Guilhabert de Castres ist ein gemeinsamer Freund und ich erbitte Zuflucht für mich und meine Tochter in Eurer Burg." Raymond warf einen kritischen Blick auf Arnaud und seine Tochter. „Ihr kennt Guilhabert?" „Ja, mein Herr, meine verstorbene Frau wurde Opfer des Massakers in Beziers und war eine Vertraute des Diakons." „Ihr könnt bleiben, was ist Euer Beruf?" „Ich war Weber und führte die Bücher." Raymond kraulte seinen spitzen Bart. „Ich könnte einen Sekretär gebrauchen, melde dich morgen beim Renauld, meiner rechten Hand." „Sehr wohl, mein Herr." Raymond wies einen der Sergeanten an, Arnaud eine Unterkunft bereitzustellen. Der Sergeant führte die beiden an die Nordseite der Burg. Das Haus bestand aus drei Zimmern und war unter den Maschikulis der Burgmauer eingebettet. Arnaud berührte mit seiner Hand die flechtenübersäte Wand der Eingangstür. Über der Türe thronte ein verwittertes Tram aus Holz in das die Worte „Multaque dum fiunt turpia, facta placent" geschnitzt waren. „Und vieles, das hässlich ist, führt am Ende doch zu Gutem". Arnaud seufzte aus der Tiefe seines Herzens. Bernadette war in Sicherheit. Es dauerte Wochen, bis sich Arnaud von den traumatischen Ereignissen in Beziers erholte. Obschon das Haus im Norden der Burg auf Grund seiner Enge sehr bescheiden und die Einrichtung spärlich war, so bot es doch eine sichere Zuflucht für ihn und seine Tochter. In den Nächten lag Arnaud häufig wach und dachte über sein Leben nach. Sein Kopf war voller Erinnerungen an seine Frau und die vielen Freunde, die an diesem unheilvollen Tag auf grausame Weise ihr Leben verloren hatten. „Wie unbeschwert doch die Ausflüge mit dem Boot auf dem Orb zu der unbewohnten Insel gewesen waren und wie schnell mich die Realität des Mordens, für die ich schon nach dem Massaker bei den Hügeln von Hattin Abscheu und Ekel empfunden hatte, wieder eingeholt hatte. Lag es im Wesen des Menschen, anderen Menschen Leid zuzufügen und sie mit Gewalt zu beherrschen? Nein, Bruder Guilhabert hatte Recht. Unser Dasein erfüllte den Zweck, anderen Menschen Gutes zu tun und nach einem sinnreichen und friedvollen Leben zu trachten." Bernadette wachte jede Nacht schweißgebadet auf und schrie im Traum, als ob sie um ihr Leben kämpfen würde. Arnaud beruhigte dann seine Tochter. Er umarmte Bernadette, bis sie endlich wieder Ruhe fand. Sie war immer noch verschlossen und gewöhnte sich nur langsam an die beengte Atmosphäre der Burg. Der einzige Weg nach außen führte an der Ostseite ins Tal. Arnaud hatte Bernadette untersagt, allein durch die umgebenden Wälder zu streifen. In einem Talbecken südlich der Burg lag der Etang de Diable. Der Etang war ein kristallklarer Bergsee. An wolkenlosen Tagen spiegelten sich die nahen Gipfel der Berge an seiner Oberfläche.

Im Frühling des Jahres 1210 war Bernadette hochschwanger. Über Monate hinweg hatte sie ihren wachsenden Bauch ignoriert und sich insgeheim gewünscht, dass die Leibesfrucht absterben würde. Doch das Ungeborene hatte sich hartnäckig in ihrem Schoß eingenistet. Arnaud unterstützte sie in all den Monaten nach Leibeskräften und tröstete sie, so gut es ging. „Das neue Leben kann nichts für seine Entstehung, meine

Tochter und wer sind wir, dass wir uns anmaßen, zu wissen, was der Schöpfer mit uns auf Erden plant?" Bernadette jedoch fand keinen Trost in seinen Worten. Als die Zeit der Niederkunft nahte und ihr Wasser brach, verständigte Arnaud die Hebamme der Burg. Ihr Name war Madeleine und sie war von pummeliger Gestalt und hatte krauses braunes Haar. Nach der Untersuchung sagte sie mit besorgtem Blick: „Das Kind ist viel zu groß und es liegt verkehrt im Schoß. Das Becken ragt bereits aus ihrer Vulva." „Was bedeutet das?", fragte Arnaud. „Wenn es nicht gelingt, das Kind zu wenden, werden beide sterben." Bernadette krümmte sich vor Schmerzen und flehte um Linderung ihres Martyriums. In einem Akt der Verzweiflung nahm die Hebamme eine eiserne Zange mit halbrunden Zargen und zog so lange an dem ungeborenen Kind, bis es schließlich geborgen war. Es war ein Junge. Wie durch ein Wunder überlebte Bernadette die brachiale Prozedur. Sie fiel voller Erschöpfung in einen tiefen Schlaf. Arnaud säuberte das Kind, wie er es von Amelie gelernt hatte, und verschloss die Nabelschnur mit einer hölzernen Klemme. Dabei fiel ihm auf, dass der Junge seinen rechten Arm nicht bewegte. „Was meint Ihr?", fragte er Madeleine. Die Hebamme untersuchte das Neugeborene. „Abgesehen von der Lähmung ist das Kind kerngesund, macht Euch keine Sorgen. Meiner Erfahrung nach ist das eine vorübergehende Erscheinung." Arnaud nahm seinen Enkelsohn und wiegte ihn in den Schlaf. „Dein Name soll Etienne sein." Etienne hatte die dunklen Augen seiner Großmutter. Bei seinem Anblick wurde Arnaud unweigerlich an Nicolas erinnert. Bilder aus längst vergangenen Zeiten in Beziers keimten in ihm hoch und rührten ihn zu Tränen. Als Bernadette nach zwei Tagen wieder bei Bewusstsein war, konnte sie sich kaum bewegen. Jede Bewegung ihres Körpers schmerzte fürchterlich und allein das Sitzen am Rand des Bettes war unerträglich.*

* *Eine Symphysen-Ruptur, welche einer Sprengung des vorderen Beckenrings gleichkommt, ist eine häufig auftretende Komplikation*

einer Geburt bei einem Missverhältnis zwischen dem weiblichen Becken und der Größe der Leibesfrucht. Gleichermaßen kann es in dieser Konstellation zum Auftreten einer vorübergehenden Lähmung der oberen Extremität des Neugeborenen, einer sogenannten Plexus-Parese, kommen.

Arnaud hielt Etienne voller Stolz in seinen Armen. „Sieh doch, meine Tochter, dein Sohn." „Ich will es nicht sehen, Vater!", schrie Bernadette. „Übergib es der Obhut des Grafen. Er soll darüber verfügen!" Arnaud betrachtete den kleinen Etienne und blickte dann auf seine Tochter. Das Leid, welches sie schon in jungen Jahren ertragen musste, würde ihre Seele für immer belasten. Ihr Schmerz war ungleich größer als die Trauer, die er jetzt empfand. Madeleine stand am Eingang des Donjons, als Arnaud das Neugeborene über die steinernen Treppen empor trug. Mit Tränen in den Augen übergab er ihr seinen Enkelsohn. „Sein Name ist Etienne Calvez, möge er im Schutz des Grafen ein erfülltes und glückliches Leben haben." „Das wird er sicher", sagte Madeleine und nahm das Kind behutsam in ihre Arme.

Gegen Ende des Frühlings des Jahres 1210 brach Raymond de Pereille nach Toulouse auf, um seinem Lehensherrn die jährliche Steuer zu entrichten. Er reiste mit seiner gesamten Entourage gen Norden. Madeleine hielt Etienne in ihren Armen. „In Toulouse erwartet dich ein neues Leben, mon petit", sagte sie beruhigend. Graf de Pereille kehrte zu Beginn des Sommers nach Montsegur zurück. Er brachte besorgniserregende Nachrichten. Nach dem Massaker von Beziers war Graf Raymond Roger Trencavel nach Carcassonne geflohen. Nach zweiwöchiger Belagerung hatte sich die Stadt ergeben. Viele Einwohner von Carcassonne konnten durch unterirdische Gänge fliehen und sich so vor dem sicheren Tod retten. „Graf Trencavel ist gefangen genommen worden", sagte Raymond mit gebrochener Stimme. „Die Städte Albi, Lombers, Montreal und Fanjeaux haben sich angesichts der schieren Übermacht der Kreuzfahrer kampflos ergeben. Alle ‚Perfecti' sind auf dem Scheiterhaufen verbrannt worden, nachdem sie sich geweigert hatten, ihrem Glauben abzuschwören. Nun belagern sie Minerve."

Arnaud erinnerte sich an seine Gedanken beim Anblick der Kreuzfahrerschiffe in Narbonne. „Wird es denn niemals enden?"

Kapitel 12

Das Feuer von Minerve

Die Belagerung von Minerve* war ein Musterbeispiel für die militärische Übermacht der Kreuzfahrer. Auf Geheiß von Simon de Montford wurden die Trebuchets auf den Hügeln südlich der Stadt aufgestellt. Minerve thronte auf einem Felsen zwischen den Flüssen Briant und Cesse. Im Norden lagen die tiefen Schluchten des Briants, der sein Wasser aus der Hochebene der Causses bezog. „Sollen wir die Katapulte noch näher an der Stadt platzieren?", wurde Simon gefragt. „Nein, die Distanz ist ausreichend, das griechische Feuer wird seine vernichtende Kraft schon bald in der Stadt entfachen."

* Minerve wurde ursprünglich von den Römern errichtet und war der Göttin Minerva geweiht. Die gallo-römische Siedlung war auf Grund ihrer Lage und den besonderen klimatischen Bedingungen schon in der Antike für ihren besonderen Wein – den Minervois – bekannt. Ein echter „Minervois" muss zumindest zu 60 % aus den Rebsorten Syrah, Mourvèdre, Grenache und Lledoner Pelut, einer Abwandlung des Grenaches, bestehen.

François Dubois stand am Turm „La Candela", der die Stadt Minerve überragte. Er blickte besorgt nach Süden auf die grünen Weinberge. „So viele Katapulte", dachte François. „Durch die beiden Flüsse und die Schluchten ist die Stadt aufgrund ihre Topografie vor einem direkten Angriff geschützt. Aber der geballten Wucht von Katapulten wird Minerve nicht lange standhalten." Die mächtigen Trebuchets waren innerhalb von drei Tagen von den Blidenmeistern aufgebaut worden. Der Transport jedes Trebuchets bedurfte der Ladekapazität von zehn Ochsenkarren. Unter den kundigen Augen des „Maitre Trebuchets" konnten die Waffen innerhalb kürzester Zeit errichtet und einsatzbereit gemacht werden. Grundvoraussetzung für die exakte Wurfbahn war ein solides Fundament. Je nach strategischer Ausrichtung wurde für den Beschuss von Festungsmauern eine flache Flugbahn, oder für die Zerstörung von Gebäuden innerhalb der gegnerischen Stadtmauern eine höhere Flugbahn kalkuliert. Die Gegengewichte, welche den Katapulten die nötige statische Energie verschafften, waren mit Steinen gefüllt. Bei einem Verhältnis von eins zu sechs zwischen Hebelarm und Wurfarm konnte die maximale Reichweite erzielt werden. Zusätzlich war der Wurfarm mit einer Schlinge versehen. Die Wurfweite konnte somit exakt auf das Ziel adjustiert werden. Die Bedienung erforderte vier Männer und die Zeit zum Nachladen betrug dreißig Minuten.

Eine französische Abwandlung des römischen Onagers war die Pierriere. Ihre Reichweite war auf circa achtzig Meter beschränkt, jedoch konnte sie auf Grund ihrer Konstruktion auch von Frauen bedient werden. Sowohl der Beschuss mit Steinen als auch mit Feuerpfeilen, sogenannten „Phalarika", war mit dieser Waffe möglich.

Am nächsten Tag begann das Bombardement auf die darunterliegende Stadt. Schon nach den ersten Geschoßen mit dem griechischen Feuer standen unzählige Häuser der Stadt in Flammen. Simon de Montford war zufrieden mit dem Ergebnis seiner Kriegskunst. „Lange werden die Bewohner der Stadt dieser massiven Wucht und Zerstörungskraft der Katapulte nicht standhalten", dachte er. Als sich der Tag dem Ende neigte, schien der Himmel über Minerve zu glühen und selbst in den umliegenden Hügeln waren die verzweifelten Schreie der Belagerten inmitten des flammenden Infernos zu hören. Das Bombardement wurde mit unverminderter Härte über zwei Tage durchgeführt. In der Erkenntnis der Ausweglosigkeit ihrer Situation sandten sich Bewohner von Minerve am dritten Tag einen Boten zu Simon de Montford. Der päpstliche Legat Arnaud Amaury war gerade in das morgendliche Gebet vertieft, als Simon zu ihm trat und ihm die Nachricht von der Kapitulation überbrachte. Simon löste den Büßergürtel an seinem Oberschenkel und verband die Spuren der Selbstgeißelung mit einem gesalbten Leinen. Er schloss sein Triptychon* und verwahrte es unter dem Tabernakel.

Ein Triptychon ist ein dreigliedriges Gebetsbuch, das im Mittelalter weit verbreitet war. Das Harbaville-Triptychon ist einzigartig in seiner Art und ein Meisterwerk der Elfenbeinschnitzerei. In der Mitte des Kunstwerks findet sich eine Darstellung von Jesus Christus, in den beiden Medaillons sind die Jungfrau Maria und Johannes der Täufer dargestellt. Über ihnen thronen die Erzengel. Das Kunstwerk ist heute im Louvre ausgestellt. Es wurde im Jahr 1891 für das Museum erworben und ist nach seinem letzten Besitzer Louis François Harbaville benannt.

Das Gebetsbuch war ein Geschenk des Papstes Innozenz III. an Amaury anlässlich seiner Ernennung zum „Legatus a latere" gewesen. Es war nach dem vierten Kreuzzug und der Plünderung von Byzanz im Jahre 1204 in den Besitz des Heiligen Vaters gekommen. „Wie sollen wir mit den Bewohnern verfahren, Eure Exzellenz?" Amaury blickte zufrieden zu seinem Heerführer. „Wie mit Schafen, treibt sie alle auf den Platz vor der Kirche Saint Etienne." Die Kreuzfahrer überquerten die steinerne Brücke über den Briant und nahmen die Stadt in ihren Besitz. In einem Akt brutaler Gewalt wurden Bewohner auf den Platz im Norden der Kirche getrieben und von den Soldaten umzingelt. Zu guter Letzt erschien Arnaud Amaury im feierlichen Gewand eines päpstlichen Legaten und trat vor die versammelten Katharer. Die goldenen Insignien der Macht des Pontifex maximus prangten von seinem weißen Umhang. „Wer ist euer Ältester?", fragte er mit fordernder Stimme. François Dubois trat vor seine Glaubensbrüder und stellte sich dem Legaten vor. „Begleitet mich in die Kirche, wir haben zu reden."

Die Kirche von Saint Etienne war menschenleer, als die beiden zum Altar traten. Dieser war aus weißem Marmor und über die Grenzen der Stadt auf Grund seiner kunstfertigen Ausführung bekannt. „Wie viele ‚Perfecti' gibt es in der Stadt?", fragte Amaury mit ernster Stimme. „Ungefähr vierhundert", antwortete François. „Seid Ihr bereit, eurem Glauben abzuschwören und Euch unter den schützenden Mantel der Mutter Kirche zu stellen?" „Nein, Eure

Exzellenz." „Ihr wisst, was Euch erwartet?" „Das wissen wir wohl, aber wisst Ihr auch, was Euch für dieses Verbrechen im Angesicht unseres Schöpfers erwartet?" „Du wagst es, mir zu drohen, welch Impertinenz!" Mit diesen Worten versetzte Amaury dem Katharer mit dem Rücken seiner Hand eine Ohrfeige, sodass dieser zu Boden ging. Der Smaragd im bischöflichen Ring hinterließ eine tiefe Wunde an François Wange. „Du störrischer kleiner Esel, ihr werdet alle brennen!" Amaury stapfte voller Zorn die Stufen des Altars hinunter und schrie nach seinem Heerführer. „Simon, Simon, fesselt sie alle und bereitet die Scheiter vor!" Simon de Montford wies seine Sergeanten an, Pfähle und Brennholz herbeizuschaffen. Als sie ausreichend Holz und Masten aufgetürmt hatten, wurden die gefesselten Katharer in Gruppen zu vier Personen angebunden. Amaury trat auf François zu. Er schaute ihm tief in die Augen und bekreuzigte sein Gegenüber mit den Worten: „Ad ignem damnati esset, Ihr seid zum Feuer verdammt!" François antwortete mit einem milden Lächeln. Dann ignorierte er den päpstlichen Legaten in seinem Tun und stimmte einen Choral der Katharer an. Almarich de Montford trat mit einer Fackel an Amaury heran. „Sollen wir sie mit Öl übergießen, Eure Exzellenz?" „Nein, mein Sohn, das würde ihren Tod nur beschleunigen." „Wollt Ihr die erste Fackel werfen?" Simon de Montford nahm seinem Sohn Almarich die Fackel aus der Hand. „Exzellenz, entschuldigt bitte die Unwissenheit und das vorlaute Benehmen meines Sohnes." „Ecclesia non sitit sanguinem"*, antwortete Amaury und verließ den Schauplatz.

*Aus dem Lateinischen: „Die Kirche dürstet nicht nach Blut". Die Exekution eines Gottesurteils war den weltlichen Mächten vorbehalten. Die Befugnisse des Sacerdotiums (der Kirche) und des Imperiums (des Reichs) waren jahrhundertelang Anlass für Streit und Demütigungen zwischen Päpsten und Königen. Der berühmte Gang nach Canossa im Jahre 1077 war ein Bitt- und Bußgang des römisch-deutschen Kaisers, Heinrich VI., um von Papst Gregor VII. die Absolution zu erhalten und wieder in die Gemeinschaft der Kirche aufgenommen zu werden. Diese Kontroverse gipfelte schließlich im Investiturstreit, in dem es hauptsächlich um die Einsetzung (Investitur) kirchlicher Würdenträger durch weltliche Mächte ging.

Simon de Montford warf die brennende Fackel auf den ersten Scheiterhaufen und das trockene Holz entzündete sich sofort. Dann wies er seine Soldaten an, die übrigen Scheiter in Brand zu setzen. Beißender Rauch entwickelte sich über den Feuern, doch die Katharer schienen davon unbeeindruckt zu sein und setzten ihren Gesang fort. Erst als die lodernden Flammen ihre Füße erreichten, schrien einige vor Schmerzen. Das makabre Schauspiel sorgte für Unruhe in der anwesenden Bevölkerung. Die Soldaten hatten Mühe, die aufgebrachte Menschenmenge im Zaum zu halten.

Isabelle Dubois zwängte sich durch die dicht gedrängte Menge. Sie hatte sich von ihrer Mutter Claire losgerissen und trug einen Eimer Wasser. „Was machst du?", fragte Henry, ihr älterer Bruder. Isabelle schlüpfte unter den Füßen der Sergeanten hindurch und lief auf den ersten Scheiterhaufen zu. Henry versuchte, sie aufzuhalten und rannte ihr nach. „Ich muss Vater retten, er verbrennt!" Noch bevor sie das Feuer erreichten, traf beide das Schwert von Almarich de Montford. Die Kinder glitten leblos zu Boden und Almarich sprach zu den anwesenden Stadtbewohnern: „So ergeht es jedem, der glaubt, ihnen helfen zu müssen." Die Zungen der Flammen loderten weit über ihren Ursprung gen Himmel und allmählich wurde der Gesang der Verurteilten leiser. Vereinzelt waren Schreie der Verzweiflung und unsäglichen Leides von den Scheiterhaufen zu vernehmen. Die Hitze der Glut zwang die Soldaten dazu, ihren Ring um die Feuer zu erweitern, um nicht selbst Opfer der Flammen zu werden. Nur mehr schemenhaft waren die Körper der dem Feuertod Geweihten zu erkennen. Schlussendlich verschwanden sie in dem Gemisch aus Feuer und Rauch. Viele der anwesenden Stadtbewohner wandten sich vor Grauen ab, und die anwesenden restlichen Katharer bedeckten vor Scham ihre Gesichter. Claire Dubois saß am Boden und hielt ihre angewinkelten Beine mit beiden Armen fest umschlungen. Sie weinte bitterlich und konnte den Schmerz ihrer Seele kaum ertragen. „Wir sind hier fertig!", sagte Simon de Montford, nachdem alle Feuer bis auf ihre Sockel abgebrannt waren. Nur noch Asche* und Glutnester waren als stumme Zeugen der Exekution auf dem Platz vor der Kirche übrig. Der Geruch von geröstetem Fleisch jedoch brannte sich tief in das Gedächtnis aller Anwesenden** ein.

Das englische Wort für Kalium-Potassium leitet sich von der für die Herstellung von Schwarzpulver verwendeten Asche „potash" des Faulbaums ab. Der Faulbaum ist eine Pflanzenart innerhalb der Kreuzdorngewächse, die von Westsibirien bis Marokko wächst. Der deutsche Trivialname geht auf den leichten Fäulnisgeruch seiner Rinde zurück. Die Rinde wird medizinisch als Abführmittel benutzt und seine Asche diente als Basis für Schwarzpulver. Der Salpeter, der ebenfalls für die Produktion des Schwarzpulvers vonnöten war, wurde jahrhundertelang, bis zur Erfindung des Nitroglyzerins, von sogenannten „Salpêtièrs" in den Kellern der Häuser geerntet. Die Salpêtièrs hatten unbeschränkten Zugang zu allen Häusern und mussten einen fixen Anteil an dem gewonnenen Gut an ihre Lehnsherren abgeben. Erst durch die industrielle Verarbeitung durch Chilesalpeter wurden die Salpêtièrs überflüssig.

**Das Feuer von Minerve war ein schwerer Schlag für die Katharer-Bewegung. Durch den Tod ihrer Anführer waren sie ihrer spirituellen Leitfiguren beraubt und suchten nun Schutz in den noch übrigen Gemeinden Okzitaniens. Hunderte flüchteten in die sicheren Burgen im Schatten der Pyrenäen. Die Nachricht vom großen Feuer verbreitete sich im gesamten Languedoc.*

Kapitel 13

Das Refugium

Claire Dubois traf im Sommer des Jahres 1210 auf der Burg Montsegur ein. Sie war völlig am Boden zerstört. Arnaud nahm sie in seinem Haus auf Geheiß von Raymond de Pereille auf. „Ihr Mann ist in Minerve im Feuer gestorben, kümmert Euch um sie, Arnaud!", hatte der Graf bei ihrer Ankunft befohlen. „Hier ist dein Zimmer", sagte Arnaud und wies Claire die Bettkammer in der Mauernische zu. Sie aß kaum, sprach nicht und in den Nächten konnte Arnaud das Schluchzen und Wimmern aus ihrem Zimmer hören. Es dauerte Wochen, bis sie sich zum ersten Mal zum Essen an den gemeinsamen Tisch setzte. Bernadette war die einzige Person, zu der Claire etwas Vertrauen fasste und nach und nach hatte Arnaud den Eindruck, dass sich Claire in seinem bescheidenen Haus wohlfühlte. Arnaud wollte Claire nicht in ihrem Leid stören, zu gegenwärtig waren die Erinnerungen an den Tod seiner Frau. Bernadette ertrug die gedankenschwere Stille bei Tisch nur kaum und schließlich war sie es, die Claire ermutigte, von den Ereignissen in Minerve zu berichten. Unter Tränen erzählte Claire vom Tod ihrer Familie. „Ich hätte sie festhalten müssen, meine kleine Isabelle", schluchzte sie. „Aber beim Anblick meines François auf dem Scheiterhaufen war ich wie gelähmt. Sie war noch ein Kind und so naiv." „Wie konnte das nur passieren?" Claire weinte und bedeckte vor Schmerz ihr Haupt. „Ich habe mit einem Schlag meine Kinder verloren." „Es war nicht deine Schuld, Claire", sagte Bernadette und umarmte sie. „Dann war da plötzlich dieser junge Ritter mit seinem Schwert. Der arme Henry hat noch versucht, seine Schwester zu retten, doch vergebens. Der Ritter trug auf seinem Wanst über dem Herzen das Symbol eines weißen Löwen auf rotem Grund." Bernadette stockte der Atem. Ihre Erinnerungen an die brutale Vergewaltigung waren nur bruchstückhaft, doch der Wanst mit dem weißen Löwen brannte wie ein Feuer in ihrer Seele. „Ich kenne zwar seinen Namen nicht", sagte sie mit zitternder Stimme, „aber ich weiß, dass er ein abgrundtief grausamer Mensch ist, der vor nichts zurückschreckt." Zum ersten Mal seit dem Feuer von Minerve fühlte Claire einen Hauch von Geborgenheit. Claire hatte feuerrote Haare und azurblaue Augen, in denen Arnaud die Wasser der Aude zu erkennen vermochte. Mit der Zeit wich ihre Schwermut und sie fand in Bernadette eine Vertraute im Geiste. Claire kümmerte sich hingebungsvoll um den Haushalt und auch Arnaud verspürte durch die Anwesenheit einer Frau eine Erleichterung der schweren Last, die auf seiner Seele ruhte.

Als er im Herbst die privaten Gemächer des Grafen betrat, wurde er von einem seiner Diener zurückgewiesen. „Der Graf fühlt sich nicht wohl und wird seinen Geschäften heute nicht nachkommen." Auch am darauffolgenden Tag stieg Arnaud die Treppen zum Donjon empor. Der Medicus der Burg kam ihm eilenden Schrittes entgegen. „Was fehlt dem Grafen?", fragte Arnaud mit besorgter Stimme. „Er hat die Seitenkrankheit."*

Als Seitenkrankheit wurde im Mittelalter die akute Appendizitis, eine Blinddarmentzündung, bezeichnet.

„Der Graf liegt im Fieber. Ich muss nach Toulouse, um Medizin zu besorgen." In Arnauds Kopf drehten sich die Gedanken im Kreis. Er hatte im Hospiz von Saint Jude arme Seelen an der Seitenkrankheit versterben sehen. Zuerst entzündete sich der rechte Unterbauch und die Erkrankten mussten sich übergeben. Dann war das gesamte Abdomen der Kranken hart wie ein Brett. Schlussendlich erlagen sie alle dem Fieber. „Wenn Graf Raymond nicht mehr unser Schutzpatron wäre, was sollte aus den verbliebenen Katharern werden?" Arnaud ging in sein Haus und holte die Patera aus ihrer ledernen Hülle. „Was machst du?", fragte Bernadette. „Der Graf liegt im Fieber, vielleicht kann ich ihm helfen." „Was ist das?" „Das ist eine heilige Schale, die ich in Jerusalem gefunden habe." „Du warst in Jerusalem, Vater?" „Ja, meine Tochter, aber das war lange vor deiner Geburt. Ich wollte das Heilige Land und die Christenheit verteidigen, doch den wahren Glauben habe ich erst durch deine Mutter gefunden." „Was bedeutet die Inschrift?", fragte Bernadette, als sie die Patera gegen das Licht hielt. Arnaud las seiner Tochter die Worte vor, die einst Judah Ben Jakar gesprochen hatte. „Merke dir den Wortlaut der Inschrift, auf dass du ihn nie vergisst." Er nahm etwas Schafskot und vermischte ihn mit Honig und Wasser. „In drei Tagen wird sich in der Patera das ‚weiße Fell der Ziege' bilden. Dann sehen wir weiter." „Vater, sieh doch! Es ist tatsächlich weiß geworden." Arnaud schabte den weißen Flaum mit seinem Messer von der Patera und verpresste ihn in das Bienenwachs. „Drei Tage", dachte er. Er ging mit den Wachskugeln zu Raymond de Pereille. Der Graf krümmte sich vor Schmerzen und die Schweißperlen rannen von seiner Stirn. „Die Medizin aus Toulouse ist nicht eingetroffen", sagte der Medicus mit besorgter Stimme. „Die Pässe sind auf Grund des späten Wintereinbruchs verschneit." Arnaud gab Raymond einen Becher mit Wasser und die Wachskugeln. „Hier, trinkt das und schluckt alles auf einmal hinunter." Graf Raymond sah ihn mit fragenden Augen an. „Was ist das?" „Es wird Euch heilen, vertraut mir, mein Herr." Nach drei Tagen sank das Fieber und die Krämpfe im Bauch verschwanden. Raymond konnte zum ersten Mal wieder feste Nahrung zu sich nehmen und empfing Arnaud mit einem Lächeln. „Was immer Ihr mir gegeben habt, es hat mein Leben gerettet. Erzählt mir davon." „Morgen", sagte Arnaud mit einem Lächeln und entfernte sich. Am nächsten Tag wurde Arnaud von Bernadette mit lauter Stimme aus dem Schlaf gerissen. „Vater, steh auf, der Graf ist hier!" Raymond trat durch die Türschwelle und nahm in der Stube Platz. Arnaud setzte sich zu ihm. „Wie geht es Euch, mein Herr?" „Besser, Arnaud, dank deiner Medizin. Seid Ihr ein Hexer?", fragte der Graf mit besorgter Stimme. „Nein, keine Sorge, ich folge nur dem Rat eines weisen Mannes." Arnaud nahm die Patera aus ihrem Lederbeutel. „Ich habe diese Schale in den Grundfesten der Al-Aqsa-Moschee in Jerusalem gefunden. Der Tempel des Salomon war die Zentrale der Tempelritter. Wenn man der Inschrift genau Folge leistet, entwickelt sich nach drei Tagen ein weißer Flaum. Den habe ich Euch verabreicht." Raymond de Pereille staunte. „Du warst in Jerusalem?" Arnaud nickte. „Jawohl, mein Herr. Die Inschrift endet mit den Worten „Mit der Kraft Jehovas wird der Fiebernde gesunden." „Der Heilige Gral?", fragte Raymond mit erstauntem Blick. „Nein, mein Herr, die Patera ist älteren Datums und hat nichts mit Josef von Arimathäa gemein. Das ‚weiße Fell der Ziege' wirkt nicht immer, schlussendlich sind wir alle in Gottes Hand, aber es freut mich, Euch wohlbehalten zu sehen."

Aus Dankbarkeit für seine Heilung erhielt Arnaud vom Grafen ein neues Haus auf der Burg. Es stand direkt neben dem Donjon und war viel geräumiger und besser ausgestattet als die alte Unterkunft. Sowohl Bernadette als auch Claire hatten ein eigenes Zimmer und im Erdgeschoß fand sich sogar Platz für einen Webstuhl, den Arnaud für Claire kaufte. Die kontemplative Arbeit des Webens tat ihr gut und die Wolle der Schafe aus den umliegenden Bergen war viel dichter, als er es von Beziers gewöhnt war. Arnaud arbeitete weiter als Sekretär des Grafen und mit den Jahren entwickelte sich zwischen ihm und Claire eine tiefe Zuneigung. Trotzdem vermisste er Margaritha jeden Tag und wurde durch Bernadettes Lachen immer an die große Liebe seines Lebens erinnert. „Was für einen tragischen Tod sie doch gefunden hatte." An den langen Winterabenden erzählte Arnaud Bernadette alles, was er über Kräuter und Pflanzen wusste. Er schenkte ihr das Buch „*Causae et Curiae*" von Hildegard von Bingen. Pierre Maroux hatte es in seinem Auftrag in Narbonne erstanden. In den Sommern saßen sie gemeinsam an den Ufern des Etang Diable. Die nahen Gipfel der Pyrenäen speigelten sich in seinen Wassern und Arnaud und seine Tochter fanden endlich wieder ein bisschen Frieden in ihrer Seele. Der Frieden, nach dem sich alle Menschen verzehren, der jedoch nur wenigen im Leben zuteilwird. Bernadette trat in die Fußstapfen ihrer Mutter und erhielt das Consolamentum. Nach den traumatischen Ereignissen in ihrer Jugend entschied sie sich für ein zölibatäres Leben. Sie war nun eine „Perfecta" und alle Menschen auf der Burg respektierten sie. Die wundersame Heilung des Grafen wurde trotz aller Beteuerungen von Arnaud von den Bewohnern der Burg auf den

Heiligen Gral zurückgeführt. Papst Innozenz III. starb im Jahre 1216, kurz vor Bernadettes zwanzigstem Geburtstag.

* Ein Jahr vor seinem Tod hat Innozenz III. in der Bulle „Contra Haereticos" im Rahmen des IV. Laterankonzils neben den Katharern auch die Waldenser verdammt. Pierre Waldes[68], der Gründer der Waldenser, war ein reicher Kaufmann aus Lyon, der all sein Hab und Gut verschenkte und seine Töchter in die Abtei von Fontevraud schickte. Die Abbaye de Fontevraud liegt nahe Chinon und ist Grablege des Hauses Plantagenet. Es ist die größte Klosteranlage für Nonnen in Frankreich. „Die Armen von Lyon", wie Waldes und seine Gefolgsleute genannt wurden, waren mittellose Wanderprediger, die nach der „Vita apostolica" lebten und nicht im pekuniären Konflikt mit der Kirche standen. Sie lehnten den Kircheneid, die Heiligenverehrung und den Ablasshandel ab. Waldes wird auf Grund seines Lebens im laikalen Dienst heutzutage gerne mit Franz von Assisi verglichen.

Fleur stand auf der Stadtmauer von Toulouse und spannte die Feder einer Perriere. Man schrieb das Jahr 1218. Alle Stadtbewohner waren aufgerufen, bei der Verteidigung gegen die päpstlichen Truppen mitzuhelfen. Obwohl das Kreuzfahrerheer zwei Jahre zuvor bei Beaucaire unter Almarich de Montford eine vernichtende Niederlage gegen Raymond von Toulouse erlitten hatte, und selbst der Dauphin sich im vorangegangenen Jahr die Zähne bei der Belagerung von Toulouse ausgebissen hatte, standen die Vollstrecker des Papstes nun unter der Führung von Simon de Montford wieder vor den Toren der Stadt. „Komm schon, Junge, leg einen Stein auf die Perriere!", befahl Fleur. Der Knabe tat, wie ihm geheißen wurde. Mit einem lauten Schnalzen entspannte sich die Feder des Wurfgeschosses und entlud ihre gespeicherte Energie auf den apfelgroßen Stein. Simon de Montford war mit der Inspektion der Schützengräben beschäftigt, als eine Salve von Steinen auf ihn und seine Gefolgsleute herniederprasselte. Die Angreifer konnten gerade noch ihre Schilder zücken. Simon jedoch wurde von einem der Geschosse so unglücklich am Kopf getroffen, dass er vom Pferd fiel und augenblicklich tot war. Fleur jubelte: „Siehst du, Kleiner, wir haben gerade ihren Anführer getroffen, das Wappen der Montford liegt nun im Staub!" Sie versetzte dem Jungen einen wohlwollenden Klaps auf die Schulter. „Wie ist dein Name?" „Etienne Calvez, ich diene in der Küche des Grafen", erwiderte dieser. Almarich de Montford war von dem plötzlichen Bombardement ebenso überrascht worden, wie sein Vater. Nur durch die geistesgegenwärtige Reaktion eines seiner Sergeanten wurde er vor dem Tod bewahrt. Almarich blickte auf seinen Vater, der im Staub lag. Ein dunkler Strom aus Blut ergoss sich aus seinem Helm. „Bogenschützen!", befahl er voller Wut. „Zielt auf die Mauer, los!" Fleur und Etienne waren noch im Siegestaumel, als sich ein Hagel von Pfeilen über ihre Körper senkte. Die erste Salve verfehlte ihr Ziel. Fleur suchte Deckung im Schutz der Zinnen. Als der zweite Hagel an Pfeilen auf die Stadtmauer niederprasselte, stand Etienne immer noch in seiner kindlichen Naivität vor Verwunderung neben der Perriere. Er wurde von einem Pfeil mitten in die Brust getroffen und sank bewusstlos zu Boden. Fleur zog seinen fragilen Körper in den Schutz der Mauer und blickte in seine weit geöffneten Augen. Sie hielt das schwer atmende Kind in ihren Armen. Mit einem plötzlichen Schwall aus Blut, der sich über sie ergoss, war Etiennes Leben zu Ende. Fleur schloss seine Augen und streichelte ihm die Wange. „Geh zu deinem Schöpfer, mein Kind."

Kapitel 14

Chateau La Cavalerie im Jahre 1229

Arnaud betrachtete die schneebedeckten Gipfel der Pyrenäen. Er würde zu Pferd drei Wochen nach La Cavalerie brauchen und die Reise war nicht ungefährlich. Er durfte sich nicht als Katharer zu erkennen geben und würde bis Narbonne reiten. Einmal bei Pierre Maroux angekommen, würde er sich ein paar Tage ausruhen und dann die Reise nach La Cavalerie fortsetzen. Tags darauf sattelte Arnaud sein Pferd und machte sich zum Aufbruch bereit. „Du gehst fort?", fragte Bernadette ihren Vater. „Ich muss." „Geht es um die Patera?" „Ja, du weißt, wo sie aufbewahrt wird." Bernadette nickte. „Wenn alles gut geht, bin ich in zwei Monaten wieder zurück." Bernadette hatte die langen schwarzen Haare ihrer Mutter und ihre gütigen Augen. Irgendwie erinnerte ihr Antlitz Arnaud an seine eigene Jugend, doch nun war er ein alter Mann mit weißen Haaren und einem Körper, der sich verbraucht und müde anfühlte. Er ging ins Haus, nahm den Brief mit dem Siegel von Guilhabert und das hölzerne Kreuz der Templer und verstaute beide in seiner Satteltasche. Dann umarmte er Bernadette und Claire. „Ihr seid mir das Teuerste im Leben, Gott beschütze euch." Arnaud ritt durch das Tor der Burg, die seit zwanzig Jahren sein zuhause war und folgte dem steilen Weg bergab in Richtung Osten. Montsegur lag hoch oben auf einem Bergrücken. An allen Seiten fielen die Bergwände so steil nach unten. „Jetzt gibt es nur mehr drei Rückzugsmöglichkeiten für die Katharer. Montseguř, Quéribus und Usson", dachte er. Die Burgen lagen alle südöstlich von Toulouse am Nordrand der Pyrenäen und waren nur durch kleine Täler wie das Ariège und die hohen Schluchten des Verdoubles erreichbar. Die Nächte waren kalt und er fror. Je näher er der Küste kam, desto wärmer wurde das Klima und nach drei Wochen erreichte er Narbonne. Als er am Hafen von Narbonne die Schiffe sah, wurde er unweigerlich an seine Ankunft aus dem Heiligen Land erinnert. Pierre Maroux traute seinen Augen nicht. „Arnaud, bist du es?", fragte er erstaunt. „Was führt dich nach Narbonne?" „Eine geschäftliche Angelegenheit." „Komm, mein Freund, du siehst müde aus. Lass uns etwas essen, es gibt viel zu erzählen." „Wie geht es Bernadette?" „Gut, sie ist nun eine ‚Perfecta' und lebt ganz für ihren Glauben." „Und Claire?" „Gut, sie ist mir täglich eine Stütze im Leben. Wir haben vor Jahren geheiratet und wohnen gemeinsam im neuen Haus gleich neben dem Donjon des Grafen." „Hast du Fleur jemals wiedergesehen?", fragte Arnaud. „Du meinst Antoine Colberts Tochter?" Arnaud nickte mit besorgter Stirn. „Sie kam im Jahr nach dem Fall von Beziers zu mir. Fleur war hochschwanger und völlig verwahrlost. Als die Wehen einsetzten, habe ich sie zu unserer Hebamme gebracht. Sie hat einen Jungen zur Welt gebracht. Das Kind starb kurz nach der Geburt." „Arme Fleur", dachte Arnaud. „Nachdem sie wieder einigermaßen bei Kräften war, ist sie nach Toulouse aufgebrochen. Sie wollte dort ein neues Leben beginnen. Ich habe sie nie wieder gesehen, doch Matrosen haben mir erzählt, dass sie jetzt ein Bordell in Perpignan betreibt." Arnaud erinnerte sich an Fleurs Martyrium am Pranger von Beziers. „Sie hat die Schmach und die Erniedrigung durch die Stadtbewohner wohl nie überwunden und sich für ein Leben außerhalb des Gesetzes entschieden."

Nach drei Tagen setzte er seine Reise in Richtung La Cavalerie fort. Er mied Beziers und ritt auf Nebenstraßen durch das Gebirge. Erst in Lodève nahm er wieder die alte Römerstraße Richtung Norden. Der Umweg hatte ihn Zeit gekostet, aber er würde den Anblick seiner alten Heimat nicht ertragen können. Zu viel war vor zwanzig Jahren an diesem Ort passiert. Als er schließlich die Kirche Notre-Dame-de-l'Assomption von La Cavalerie sah, war er völlig erschöpft und doch glücklich, dass er es geschafft hatte. Nach dem Stadttor stieg er ab und ging zu Fuß zur Burg. Es war eine Ewigkeit her, dass er mit Roger de Granville von hier ins Heilige Land aufgebrochen war. Seine Kleidung war zerschlissen und er stützte sich auf seinen Stock. „Was willst du, alter Mann?", frag-

te die Wache. „Wir geben nichts, versuch dein Glück woanders!"
„Ich möchte euren Meister sprechen. Ich habe hier einen Brief, der
unbedingt zum Orden nach Gisors gelangen muss." „Ich habe dir
doch gesagt, dass wir nichts für dich tun können." Arnaud nahm
das hölzerne Templerkreuz aus seiner Tasche und gab es dem jungen Wachmann. „Bitte zeige es deinem Meister, es ist wichtig." Nur
widerwillig nahm der junge Mann das Kreuz und verschwand in
der Burg. Nach einigen Minuten trat er wieder hervor. „Ihr könnt
eintreten." Der Meister der Komturei stand am Eingang zum Keller der Burg, der durch ein schmiedeeisernes Tor gesichert war. In
der Mitte des Tors war ein großes Templerkreuz eingearbeitet. „Wo
habt ihr das her?", fragte der Komtur. „Von einem Freund, er hat es
mir vor seinem Tod bei den Hügeln von Hattin gegeben." „Ihr seid
in Hattin dabei gewesen?", fragte der Meister mit prüfendem Blick.
„Ja, aber das ist schon eine Ewigkeit her. Könntet Ihr bitte dieses
Schreiben und das Kreuz zu euren Brüdern nach Gisors schicken?"
Arnaud übergab dem Komtur den Brief an Simon. „Es würde mir
sehr viel bedeuten." Der Komtur nahm den Brief und begutachte-
te das bischöfliche Siegel. Er musterte Arnaud und überlegte: „Ein
alter Mann in Lumpen, was sollte daran schon bedenklich sein." Er
antwortete: „Wir werden eurem Wunsch entsprechen, lebt wohl."

Arnaud verließ La Cavalerie noch am selben Tag und nahm die
Via Aquitania zur Küste. Es würde zwar etwas länger dauern, doch
der Ritt über die Berge auf dem Hinweg war zu beschwerlich gewesen. Der Hafen von Narbonne wimmelte wie üblich von Schiffen aller Herren Länder. Arnaud ritt am Haus des Hafenmeisters
vorbei und wurde unweigerlich an Bernard erinnert. „Wie viele
Menschen mussten wohl ihr Leben lassen, um Jerusalem für die
Christenheit zu erobern?" Pierre war hocherfreut, ihn zu sehen.
„Du siehst müde aus, mein Freund." „Gibt es noch Katharer in Narbonne?" „Nur mehr wenige", sagte Pierre mit trauriger Stimme.
„Wir treffen uns heimlich, die Spitzel der Inquisition sind überall." „Das Languedoc wird nie wieder der Ort sein, der er einmal
war", sagte Arnaud bedrückt. „Der König wird das Land der Krone unterstellen und den gesamten Adel unterjochen." „Dann hat
der Papst wohl sein Ziel erreicht", dachte Arnaud. Er blieb eini-

ge Tage und sie redeten über alte Zeiten und all die Freunde und Glaubensbrüder, die sie über die Jahre verloren hatten. Als Arnaud schließlich in Richtung Montsegur aufbrach, umarmte er Pierre und dankte ihm für seine lebenslange Freundschaft.

„Pass auf dich auf, mein Freund. Wenn es zu gefährlich wird, komm nach Montsegur!" Auf dem Rückweg spürte Arnaud, dass seine Kräfte schwanden und er nur noch mit Mühe vorankam. Der Winter kündigte sein Kommen mit frostigen Temperaturen und starken Winden an. Er war völlig durchnässt, als er schließlich Montsegur erreichte. Ermattet von den Strapazen der Reise legte sich Arnaud auf sein Bett. Bernadette und Claire wärmten ihn mit Decken und gaben ihm heiße Suppe. „Hast du erreicht, was du wolltest?", fragte Bernadette. Arnaud nickte. Er hatte Mühe, zu sprechen und seine rechte Hand gehorchte ihm nicht mehr. Er spürte, wie seine Kräfte schwanden. Dann legte sich eine innere Zufriedenheit auf sein Herz. Arnaud blickte in die Augen der beiden Frauen, welche ihm im Leben so viel Liebe zuteilwerden hatten lassen. Er atmete schwer und Bernadette kniete neben seinem Bett. „Ataraxiam habet", sagte sie und küsste ihren Vater auf die Stirn. Bernadette berührte mit ihrer Hand sein Haupt und erteilte ihm das Consolamentum. Arnaud schloss die Augen und mit einem letzten Atemzug war sein Leben beendet.

Simon Faiblos saß in seiner Schreibstube in der Burg Gisors, als ihm ein Diener den Brief und das hölzerne Templerkreuz übergab. „Eine Botschaft aus La Cavalerie für euch, Meister." Simon war hochbetagt und stand nun dem Archiv der Burg vor. Er nahm das hölzerne Kreuz und las seine Inschrift. Plötzlich wurde sein Körper von einem Zittern erfasst. Ein Name aus längst vergangenen Tagen stieg in ihm hoch: Arnaud Calvez.

Bei dem Gedanken an ihn pochte sein Herz und er war außer sich vor Aufregung. Nach dem Siegel der Botschaft zu schließen, stammte der Brief aus dem Languedoc. Er brach das wächserne Siegel und öffnete den Brief. Die Seiten waren leer, nur am Ende war der Brief mit Arnaud unterfertigt. Simon erinnerte sich an ihre Jugend und die Zeit, als sie sich heimliche Botschaften zukommen ließen. Er beträufelte das Blatt mit Rotkohlwasser und dann wurden plötzlich Buchstaben sichtbar:

Mein lieber Freund Simon, wenn du diese Botschaft liest, bin ich nicht mehr am Leben, ich bitte dich inständig, meine Aufzeichnungen für die Nachwelt zu erhalten.
Dein Freund Arnaud.

Nachdem er die Botschaft komplett entziffert und kopiert hatte, lehnte er sich zurück und überlegte. „Was sollte das alles bedeuten und warum war es Arnaud so wichtig?" Er zeigte die Abschrift Yves de Chantilly, dem Großmeister der Komturei. Dieser las die Zeilen mit Verwunderung. „Wieder so eine erfundene Geschichte über den Heiligen Gral, verbrenne das Dokument!" Simon kehrte wieder in das Archiv der Burg zurück und war von Gewissensbissen geplagt. „Soll ich meinem Vorgesetzten gehorchen und einem guten Freund einen letzten Dienst verweigern, oder zum ersten Mal in seinem langen Leben als Templer den absoluten Gehorsam brechen?" Er verbrannte den Brief aber nicht, ohne ihn vorher noch zu kopieren. In wochenlanger Arbeit illustrierte er die Patera und ihre Inschrift in den schönsten Farben. Als die Arbeit getan war, fühlte er sich erleichtert. Dann verbarg er das Schriftstück in den Chroniken der Abtei unter den Überschriften „Landwirtschaft und Verpflegung".

Kapitel 15

Der Untergang

Chateau Montsegur hielt der Belagerung durch die königlichen Truppen ganze zehn Monate stand, vor allem auch durch die zusätzlichen Befestigungen, die Guilhabert de Castres veranlasst hatte. Als die Burg im Jahre 1244 fiel, war der Bischof schon drei Jahre tot. Guilhabert war in seiner Funktion eine der schillerndsten Persönlichkeiten der Katharer-Bewegung und hatte sich bis zuletzt geweigert, seinem Glauben abzuschwören. Die Bewohner von Montsegur waren nahe am Verhungern und völlig entkräftet von den Entbehrungen der letzten Monate. Raymond de Pereille hatte die Katharer davon in Kenntnis gesetzt, dass er die Burg in Anbetracht der aussichtslosen Lage am nächsten Tag aufgeben würde. Bernadette und fünf weitere „Perfecti" trafen sich in der Krypta unter der Apsis der Kapelle. Von hier führte ein geheimer Gang an den Südhang der Burg. Im Schutz der Abenddämmerung gelang es ihnen, den Belagerungsring zu durchbrechen und die Aude* zu erreichen.

* *Der Legende nach verließen sechs Katharer Chateau Montsegur in der Nacht vor der Eroberung der Burg mit ihrem Schatz, dem „Heiligen Gral". Die verbliebenen 225 Katharer wurden mit ihrem Bischof auf dem Scheiterhaufen verbrannt.*

Bernadette trug die Patera um ihren Hals, als die Flüchtlinge im Morgengrauen stromaufwärts durch das Tal der Aude ritten. Kurz vor Rouze wurden sie plötzlich von königlichen Truppen angegriffen. Bernadettes Pferd stürzte von einer Armbrust getroffen in die Fluten des Flusses. „Reitet weiter!", rief Bernadette ihren Glaubensbrüdern zu. Mit letzter Kraft und unter dem Hagel der Pfeile schaffte sie es, die hohe Steinwand zur rechten Seite der Aude zu erklimmen. Die Ritter konnten ihr in den schweren Rüstungen nicht folgen und hefteten sich an die Fersen ihrer Glaubensbrüder. Über die Berge schlug sich Bernadette nach Usson* durch, wo sich die letzten Katharer versammelt hatten.

*La Reine Margot – unglaublich verkörpert von der beinahe göttlichen Isabelle Adjani in dem gleichnamigen Film aus dem Jahre 1993 – war als Marguerite de Valois die jüngste Tochter von Katharina de Medici und Heinrich II. von Frankreich. Sie war die Schwester von drei französischen Königen. Ihr ältester Bruder, Karl IX., und ihre Mutter Katharina werden für das Massaker an 3000 Hugenotten in der Bartholomäusnacht im Jahre 1572 verantwortlich gemacht. Ihr Mann, Heinrich von Navarra, überlebte als Protestant das Massaker nur durch Konvertierung zum römisch-katholischen Glauben. Königin Margot wurde nach ihrer Verbannung vom Hof in den Jahren 1586 bis 1605 in Usson in Haft gesetzt. Nachdem die Ehe mit Margot kinderlos blieb, ließ sich Heinrich 1598 von ihr scheiden. Die zweite Ehe mit Maria de Medici wurde „per procurationem" durch Papst Clemens VIII. bestätigt. Nach dem Erlöschen der Nachfolge des Hauses Valois wurde Heinrich IV. König von Frankreich und begründete das Haus Bourbon. Im Edikt von Nantes gewährte er den Untertanen seines Reichs Glaubensfreiheit.

Als im Jahre 1257 auch Usson als letzte Katharer-Festung belagert wurde, kniete Bernadette zum Gebet in der Kapelle. Sie war gealtert, doch ihr Wille und der Glaube an die gerechte Sache der Katharer waren ungebrochen. Die Patera hatte auch ihr über die Jahre gute Dienste geleistet und viele Menschen vor dem Tod bewahrt. Die Burg Usson stand in Flammen. Es gab kein Entrinnen. Bernadette hielt die Patera in ihren Händen, als der lodernde Dachstuhl auf sie herabfiel. In der Hitze des Jahrhunderte alten Eichenholzes ver-

brannte die letzte „Perfecta" und das Gold der Patera schmolz
in ihren Händen.

Epilog

Okzitanien fiel, wie es Arnaud vorhergesehen hatte, im Jahre 1271 endgültig unter die französische Krone und wurde seiner, bis dahin eigenständigen Kultur beraubt. Am Ende wurden durch die Verfolgung der Katharer ungefähr 500.000 Menschen getötet. Es handelte sich um einen Präzedenzfall des institutionalisierten Völkermordes im Rahmen eines Kreuzzugs innerhalb der Christenheit.

François Rene de Chateaubriand[69] *kommentierte diesen Genozid als „abscheuliche Episode der Geschichte".*

François-Marie Arouet[70] *alias Voltaire beschrieb ihn als „Nie etwas so Ungerechtes als der Feldzug gegen die Albigenser".*

Aus Furcht um sein Erbe hat „John Lackland" durch seine Unterwerfung und die Verpflichtung, den französischen König als Lehnsherrn zu akzeptieren, den Weg für den Albigenser-Kreuzzug bereitet. Richard Löwenherz hat sich zwar mit seinem Bruder versöhnt, doch nach Richards Ableben entstand ein Machtvakuum im Westen und Süden Frankreichs, das schließlich auch den Zerfall des Angevinischen Reiches einläutete. Erst durch das Versagen von König John konnten der französische König und der Papst ihre Kampagne gegen die Katharer beginnen. John Lackland traf mehrere schwerwiegende Fehlentscheidungen, so auch in der Burg Gaillard, die im Jahre 1204 vom französischen König eingenommen wurde. Chateau Gaillard, das Prestigeobjekt von Richard Löwenherz, war erst zehn Jahre zuvor an einem Kreidefelsen an einer Schleife der Seine um 50.000 Livres im Stil der Kreuzfahrerburgen Krak de Chevaliers und Chateau Montreal erbaut worden. König John ließ in der Kapelle, gegen den Rat der Erbauer, einen Zubau mit einem Fenster anbringen. Durch dieses Fenster konnten die französischen Angreifer schlussendlich die Burg erobern. Im Jahre 1215 musste sich John Lackland auch den Baronen in England durch die Beschlüsse der Magna Charta beugen.

Die Inquisition kam ab dem Jahr 1229, nach der Synode von Toulouse, erstmals flächendeckend in ganz Europa zum Einsatz. Ihre prominentesten Vertreter rekrutierte sie aus den Reihen des neu gegründeten Dominikanerordens. Bernard Guy fällte hunderte Urteile, welche gläubige Christen zur Folter oder zum Tod auf dem Scheiterhaufen verdammten. Seine Hauptwirkungsstätte war die Stadt Toulouse, in deren Umfeld er mehrere Klöster zur Konvertierung der Albigenser Frauen gründete. Die Gebrüder Pierre und Guilhèm Autier[71] kehrten nach ihrer Ausbildung in Italien als Seelsorger und Missionare um das Jahr 1290 ins Languedoc zurück. Sie bildeten eine Untergrundkirche mit 1000 Anhängern an 125 Standorten. Pierre und Guilhelm wurden 1310 und 1312 verhaftet. Nach Tagen der Folter mit dem „Spanischen Stiefel"* wurden sie auf dem Scheiterhaufen verbrannt. Sie gelten als die letzten Katharer. Bernard Guy war der Hauptankläger ihres Prozesses.

Der spanische Stiefel war ein Folterinstrument des Mittelalters. Er bestand aus einem Eisenstiefel, der mit Lederriemen um den Unterschenkel des Delinquenten geschnürt wurde. An der Vorderseite befanden sich zwei Öffnungen mit einem Gewindegang. Durch diese wurden so lange Eisenbolzen in das Schienbein gedreht, bis der Knochen brach und die Weichteile der Wade hervorquollen. Diese Tatsache findet im Wiener Volksmund unter dem Begriff „Jemandem die Waden nach vorne richten" auch heute noch für die Maßregelung eines Menschen ihre Verwendung.

Im Jahr 1296 entstand ein Konflikt zwischen Papst Bonifazius VIII.[72] und König Phillipp IV.[73] von Frankreich um die Besteuerung des Klerus. Dieser führte zu erheblichem Widerstand von Seiten der päpstlichen Kurie und Phillipp IV. verordnete daraufhin ein Verbot des Ausfuhrs von Wertsachen und schnitt damit den Papst von seinen Pfründen ab. Als Reaktion darauf formulierte Bonifazius VIII. in der Bulle „Unam Sanctam" den päpstlichen Machtanspruch in noch nie dagewesener Form, was wiederum alle gekrönten Häupter Europas verstimmte. Im Jahre 1303 verschaffte sich der französische Kanzler Guillame de Nougaret[74] durch Mithilfe eines römischen Adeligen Zugang zu den Privatgemächern der päpstlichen Residenz in Anagni. Sciarra Colonna, der mit der Familie des Papstes, den Caetani, wegen eines Landstreits in Latium verfeindet war, rächte sich durch seinen Verrat am Papst. Bonifazius VIII. wurde von den Eindringlingen geohrfeigt und verhöhnt. Sie bedrohten ihn und forderten ihn zum Rücktritt auf. Bonifazius entgegnete ihnen die Worte „Hier mein Hals, hier mein Haupt!". Daraufhin schlugen sie ihn und warfen ihm ein Eselsfell* über.

* Die Verhöhnung als Esel wurde in der Tradition über Karl den Großen, „rex dyslectus, asinus coronatus" und Guy de Lusignan nach der Niederlage bei den Hügeln von Hattin im Jahre 1187 durch diese Tat fortgeführt. Der Eselsbock oder auch „Spanischer Bock" war bei den Verfahren der Inquisition ein beliebtes Folterinstrument. Der Delinquent wurde dabei auf einen mit Eisennägeln gespickten Holzbock gesetzt. Zur Verschärfung der Schmerzen wurden daraufhin Gewichte an seinen Füßen befestigt.

Bonifazius VIII. starb wenige Wochen nach dem Angriff innerlich gebrochen in Rom. Der Vorfall ging als das „Attentat von Anagni" in die Annalen von 1303 ein. Das Papsttum wurde durch diesen Vorfall erheblich geschwächt und der nächste Papst Clemens V.[75] war eine Marionette des französischen Königs. Bezeichnenderweise erfolgte seine Krönung in Lyon und nicht in Rom. Das Papsttum übersiedelte nach Avignon, einer kleinen Stadt im Süden Frankreichs, welche dem Klerus gehörte. Mit dem Verlust des päpstlichen Schutzes war der Weg frei für Phillipp IV., den Templerorden, dessen größter Schuldner er war, zu vernichten. Der letzte Großmeister des Ordens, Jacques de Molay[76], wurde im Jahre 1314 in Paris am Scheiterhaufen verbrannt, nachdem in Frankreich alle Mitglieder des Ordens verhaftet worden waren. In Analogie zu den Vorwürfen gegen die Katharer, die als „Katzenküsser" – den Anus einer Katze bei satanischen Ritualen zu küssen – bezichtigt wurden, erhob die Amtskirche nun den Vorwurf der Sodomie und Homosexualität gegen die Templer. Im Jahre 1314 erließ Clemens V. die Bulle „Vox in excelso". Die Zuteilung des Templervermögens erfolgte auf Geheiß des Papstes hauptsächlich an den Johanniter-Orden und nicht, wie von „Phillipp dem Schönen" erwünscht, an die französische Krone. Am Vortag der Vernichtung des Tempels zu Paris wurden fünf geheime Kisten mit der Aufschrift Gisors auf einen Wagen verladen und aus der Stadt geschafft. Das Vermögen des Templerordens wurde zusammen mit den Chroniken von Gisors zu den Johannitern nach Berlin Tempelhof und weiter zum Deutschritterorden nach Königsberg gebracht. In der päpstlichen Bulle „pietati proximum" hat Gregor IX.[77] im Jahr 1234 die Besetzung des Kulmer Lands, des heutigen Baltikums, durch die Deutschritter bestätigt. Die Chroniken von Gisors fanden sich im Tresslerbuch von Marienburg im 14. Jahrhundert wieder und wurden Teil des Deutschritterarchivs in Königsberg. Königsberg, die heutige russische Enklave „Kaliningrad", war Jahrhunderte lang der Sitz der Deutschritter und deren Machtzentrum im Baltikum.

Königsberg, Deutsches Kaiserreich im Jahre 1887

Im Sommer des Jahres 1887 wurde Erich Joachim feierlich in die Freimaurerloge „Zum Todtenkopf und Phönix" zu Königsberg aufgenommen. Nachdem der Großmeister der Loge ihm den purpurfarbenen Talar umgelegt hatte, sprach Joachim das Gelöbnis der Freimaurer. „Ich gelobe bei meiner Ehre und meinem Gewissen, mich der Humanität aus vollem Herzen und mit ganzer Kraft zu widmen. Weiters gelobe ich, meine Pflichten gegenüber meiner Familie, meiner Gemeinde, meinem Land und der Gemeinschaft aller Menschen gewissenhaft zu erfüllen, das Brauchtum der Freimaurer in Ehren zu halten, die inneren Angelegenheiten meiner Loge nicht nach außen zu tragen und verschwiegen zu bewahren, was mir ein Bruder anvertraut hat." Mit einem Hammerschlag des Großmeisters wurde sein Versprechen besiegelt. Ernst Joachim widmete sich schon seit Jahren dem Erhalt und Studium des Staatsarchivs von Königsberg, das unter anderem auch das Tresslerbuch von Marienburg beinhaltete. Nach der feierlichen Zeremonie wandte sich Joachim an einen seiner Mitbrüder.

„Bruder Julius, auf ein Wort. Ihr seid doch der Kustos des Hygienemuseums in Berlin?" „Ja, das bin ich", sagte dieser. „Ich habe in den Chroniken etwas gefunden, das Euch interessieren könnte." Ernst Joachim zeigte seinem Mitbruder ein mittelalterliches Pergament. Es war die Darstellung einer goldenen Schale mit flachem Boden. Sie war in den schönsten Farben illustriert. „Die Erläuterung ist unvollständig, aber ich habe in all den Jahren selten eine so kunstvoll ausgefertigte Handarbeit aus dem Hochmittelalter gesehen." „Eine Schale mit flachem Boden", dachte Bruder Julius. „Was steht in der Erläuterung?" „Es ist in Altfranzösisch verfasst, aber soweit ich es entziffern konnte, geht es um Schafe und Ziegen." Julius Petri[78] war unter Robert

180

Koch[79] am kaiserlichen Institut für Bakteriologie tätig und leitete ab dem Jahr 1886 das Hygienemuseum. In dieser Funktion beschäftigte er sich intensiv mit medizinischen Behandlungsmethoden und deren Erwähnung in den antiquierten Schriften. Die Geschichte der Bakteriologie war seine Passion. Julius Petri war von 1880 bis 1892 Mitglied der Loge „Zum Todtenkopf und Phönix". Der Bakteriologe war schon seit Jahren auf der Suche nach einem geeigneten Instrument zur Züchtung von Mikroorganismen. Im Jahre 1887 ging Julius Petri mit der Erfindung der Petri-Schale an die Öffentlichkeit. Die Petri-Schale sollte die Mikrobiologie nachhaltig revolutionieren.

St. Mary's Hospital, Paddington,
London im Jahre 1928

Alexander Flemming[80] war Freimaurer und mehrfacher Meister vom Stuhl. Er stieß im Rahmen seiner Dissertation über mittelalterliche Behandlungstechniken in den Annalen der Freimaurer auf eine Korrespondenz und rätselhafte Aufzeichnungen von Julius Petri. Da er die Abschrift nicht entziffern konnte, zeigte er sie seinem Vorgesetzten am St. Mary's Hospital, Professor Sir Almroth Wright[81]. Dieser hatte am Trinity College in Dublin unter anderem mit John Pentland Mahaffy[82], einem Experten für altertümliche Schriften studiert. Almroth Wright übermittelte den mittelalterlichen Text und die Abbildung seinem ehemaligen Kommilitonen. Sir John Mahaffy war ein renommierter Papyrologe und Professor für antike Schriften. Er war der 34. Provost der Universität und ein genialer Geist. Trotzdem dauerte es eine Weile und bedurfte intensiver Nachforschungen, bis er die Inschrift der Patera entziffert hatte. Letzten Endes übermittelte Sir Mahaffy seine Übersetzung an Professor Wright. „Der Wortlaut der Inschrift ist mysteriös", dachte Almroth Wright. Denselben Gedanken hatte auch Judah Ben Jakar gehabt. „Das ergibt keinen Sinn, Schafe und Ziegen", mit diesen Worten übergab Almroth Wright den Text an Alexander Flemming. „Wer auch immer das geschrieben hat, ich glaube nicht, dass es Relevanz für unsere Forschungen hat."

Alexander Flemming wuchs auf dem Bauernhof Lochfield in der Gemeinde Darvel East Ayrshire in Schottland auf. Sein Vater betrieb dort eine Schafzucht. Er studierte ab dem Jahr 1902 Medizin an der St. Mary's Hospital Medical School in Paddington. Im Jahr 1906 schloss er sein Studium ab, blieb aber weiterhin am Institut und wurde stellvertretender Leiter der Mikrobiologie. Der 25. September des Jahres 1928 war ein Freitag und Alexander Flemming plante mit seiner Frau und seinem Sohn Robert einen Wochenendausflug aufs Land. Er entriegelte die Persenning seines dunkelgrünen Aston Martin Ulsters und öffnete die Beifahrertür für seine Familie. „Was für ein herrlicher Tag!", sagte seine Frau, als sie und Robert Platz nahmen. Flemming drückte den kristallenen Startknopf und nach einem kurzen Ruckeln sprang der Motor an. Der seidenweiche Lauf des 1,5 Liter Aggregats erfüllte ihn mit Zufriedenheit. Flemming bog in die Great Portland Street in Richtung Henlys Corner ein.

Herbert Henly, der seit 1917 eine Garage betrieb und Luxusautos verkaufte, saß Pfeife rauchend vor seinem Geschäft. Über seinem Geschäft hing eine große Tafel mit der Aufschrift „Henly Inc. Exclusive Automobiles". Flemming winkte ihm beim Vorbeifahren zu. „Und, wie fährt er sich?", fragte Herbert Henly. „Sensationell", antwortete Flemming und legte den zweiten Gang ein. Nachdem sie das Treiben der Großstadt hinter sich gelassen hatten, fuhren sie in die Hügel von Aston Hill. Diese waren namensgebend für sein Auto gewesen. Hier hatte der erste Aston Martin eine Bergprüfung gewonnen und war damit Grundstein für das Renommee der Automarke. „Schade nur, dass Lionel Martin das Unternehmen verlassen hatte", dachte Flemming. „Er war ein genialer Konstrukteur." Das sanfte Grün der Hügel bot einer Unzahl von Schafen Nahrung und Flemming erinnerte sich an die Ereignisse des letzten Tages. In einem Akt von wissenschaftlicher Neugier hatte er nach der Anweisung von Professor Mahaffy Schafskot mit Honig und Wasser vermischt. Danach hatte er die bräunliche Paste in einer Petri-Schale inkubiert. „Was wird wohl aus diesem Gemisch entstehen und was hat es für eine Bewandtnis mit dem ‚weißen Fell der Ziege'?" „Du bist mit deinen Gedanken schon wieder ganz wo anders", sagte seine Frau Sarah. „Lass uns einfach das Wochenende genießen, hörst du, Alexander?" Als er am darauffolgenden Montag wieder sein Labor betrat, hatte sich in der Petrischale das „weiße Fell der Ziege" gebildet. Einige Meter entfernt stand eine offene Petrischale mit einer Kultur von Staphylokokken.* Der verantwortliche Laborant hatte versehentlich vergessen, die Kultur mit einer Glasplatte zu verschließen.

*Staphylokokken und Streptokokken zählen zu den Haupterregern mensch-
licher Infektionskrankheiten wie Scharlach, Diphterie und Kindbettfieber.*

Bei genauerer Betrachtung fiel Alexander Flemming auf, dass sich auch
in der Bakterienkultur ein weißer Flaum gebildet hatte. Das Wachstum
der Bakterien wurde durch den weißen Flaum derart gehindert, dass
sich sogenannte Hemm-Höfe gebildet hatten. Er nahm eine Probe des
Flaums und identifizierte ihn unter dem Mikroskop als „Penicillium
chrysogenes". Penicillium chrysogenes ist ein Pilz, der besonders bei
moderaten Temperaturen wächst und daher als psychrophil klassifi-
ziert wird. Genauso wie die Vogelmiere ist der Pilz ubiquitär, was bedeutet, dass er weltweit vorkommt. Die Schöpfung hat der Menschheit
wohl potenzielle Heilmittel bereits in die Wiege gelegt. Es dauerte noch
Jahre, bis das Antibiotikum Penicillin synthetisch hergestellt werden
konnte. Schlussendlich hat es die Infektiologie und die Medizin revo-
lutioniert. Alexander Flemming erhielt für die Entdeckung des Peni-
cillins im Jahre 1945 den Nobelpreis für Medizin.

Louis Pasteur[83] hat diese Entdeckung treffend formuliert:
    „Dans les champs de l'observation, le hasard ne favorise que
les esprits préparés. "
„Der Zufall begünstigt den vorbereiteten Geist."
„Das nennt man dann wohl Serendipität."

Geboren durch die Weisheit eines Juden, geborgen durch die Kunst und das Wissen eines Arabers und zu ihrer Bestimmung geführt durch die Hand und den Glauben eines Christen. Ein über die Konfessionen reichendes Vermächtnis an die Menschheit.

Anhang

Historische Persönlichkeiten in chronologischer Folge:

1) **Guilhabert de Castres, 1165-1241**, *war ein Katharer Bischhof von Toulouse und eine der schillerndsten Persönlichkeiten der Albigenser. Er wurde 1204 zum Filius Major (Diakon) ernannt und spendete im selben Jahr in dieser Funktion vier adeligen Frauen das Consolamentum. Guilhabert nahm an der letzten friedlichen Debatte zwischen Katharern und Katholiken 1207 in Pamiers teil. vgl. Quelle Nr. 7*

2) **Raymond de Pereille, 1186-1244,** *war Burgherr von Chateau Montsegur, überlebte die Belagerung der Burg und fiel 1244 unter der Inquisition. vgl. Quelle Nr.7*

3) **Wilhelm der Eroberer, 1027-1087,** *„Guillaume le Conquerant", war der erste normannische König von England. Hervorgegangen aus einer Mora danica, der polygamen Lebensweise der Wikinger entsprechend, wurde er auch als Guillaume „Le Bastard" bezeichnet. vgl. Quelle Nr.3*

4) **Arnaud de Toroge, 1118-1184,** *gestorben in Verona, war von 1179-1184 der neunte Großmeister des Templerordens. vgl. Quelle Nr.5*

5) **Hugo von Payns, 1070-1136,** *war ein Gründungsmitglied des Templerordens. vgl. Quelle Nr.5*

6) **Gottfried Saint-Omer, 1065-1128,** *war ein Gründungsmitglied des Templerordens. vgl. Quelle Nr.5*

7) **Andreas de Montbard, 1103-1156,** *war ein Gründungsmitglied des Templerordens. vgl. Quelle Nr.5*

8) **Bernard de Clairvaux, 1090-1153,** *war Abt und frühscholastischer Mystiker. Er gilt als einer der bedeutendsten Mönche des Zisterzienserordens, welcher auf den Ort Citeaux zurückgeht. Der Name leitet sich vom französischen Ausdruck für Binsengras ab. Er war ein Neffe von Andreas de Montbard. vgl. Quelle 7.*

9) ***Gerard de Ridefort, gestorben 1189*** *vor Akkon, hieß eigentlich Ruddervoorde und stammte aus bescheidenen Verhältnissen aus Flandern. Er war von 1184-1189 Großmeister des Templerordens. vgl. Quelle Nr. 5*

10) ***Baudoin IV, „Le Lepreux", 1161-1185,*** *war König von Jerusalem. Er stammte aus dem Adelsgeschlecht Chateau-Landon und folgte seinem Vater Almarich I. nach. Baudoin starb an Lepra und seine Regentschaft ging an den Sohn seiner Schwester Sybilla, Balduin V., der jedoch bereits mit neun Jahren verstarb. vgl. Quelle Nr. 8*

11) ***Odo Saint-Amand, gestorben 1180,*** *war der achte Großmeister des Tempels von Jerusalem. vgl. Quelle Nr. 5*

12) ***Saladin, Salah ad-Din Yusuf ibn Ayyub ad-Dawīnī, 1137-1193,*** *war ab 1171 der erste Sultan von Ägypten und ab 1174 Sultan von Syrien. Als kurdisch-stämmiger Führer gründete er die Dynastie der Ayyubiden. vgl. Quelle Nr.8*

13) ***Raymond III. von Tripolis, 1142-1187,*** *war Graf von Tripolis und zeitweiliger Verbündeter von Saladin. vgl. Quelle Nr.8*

14) ***Urban II.,*** *geboren 1035 als Odo de Châtillon, war von 1088 bis zu seinem Tod im Jahr 1099 Papst in Rom. vgl. Quelle Nr.1*

15) ***Plinius der Ältere, 24-79,*** *war ein römischer Verwaltungsbeamter und Gelehrter. Auf ihn geht die Naturalis historia, ein enzyklopädisches Werk der Naturheilkunde, zurück. Plinius starb in Stabiae am Golf von Neapel beim großen Ausbruch des Vesuvs. Download vom 12.2.2024*

16) ***Kronprinz Rudolf von Österreich-Ungarn, 1858-1889,*** *war der einzige männliche Nachfolger von Kaiser Franz-Joseph I.*

17) ***König Leopold II. von Belgien, 1835-1909,*** *war von 1865 bis 1909 König der Belgier.*

18) ***Mobuto Sese Seku Kuku Ngbenda Wa Zawanga, 1930-1997,*** *war ein Kleptokrat des Kongos.*

19) ***Guy de Lusignan, 1153-1194,*** *war bis 1187 König von Jerusalem und wurde auf Intervention von Richard Löwenherz durch den Erwerb von Zypern nach seinem Verzicht auf die Krone von Jerusalem König von Zypern.vgl. Quelle Nr.8*

20) **Roger de Moulins, gestorben 1187,** *war von 1177 bis zu seinem Tod der achte Großmeister des Johanniter-Ordens. vgl. Quelle Nr. 5*

21) **Dschābir ibn Hayyān,** *war ein arabischer Gelehrter im 8. Jahrhundert. Er hinterließ ein umfangreiches Werk naturphilosophischalchemistischer und medizinischer Schriften. vgl. Quelle Nr.8*

22) **Al-Afdal Ibn Salah ad Din,1169-1225** *war der siebente Sohn von Saladin. vgl. Quelle Nr.8*

23) **William de Tracy, gestorben 1189,** *war einer der vier Ritter, die Thomas Becket 1170 in der Kathedrale von Canterbury erschlugen. vgl. Quelle Nr.6*

24) **Thomas Becket, 1118-1170,** *war Lordkanzler und Erzbischof von Canterbury. vgl. Quelle Nr.6*

25) **Heinrich II., 1133-1189,** *war Herzog der Normandie und König von England. vgl. Quelle Nr.6*

26) **Richard Löwenherz, 1157-1199,** *war drittgeborener Sohn von Heinrich II. und König des Angevinischen Reiches. vgl. Quelle Nr.6*

27) **Gottfried V. von Anjou, 1113-1151,** *Gottfried der Schöne, war Begründer des Hauses Plantagenet. vgl. Quelle Nr.6*

28) **Eschiva von Bures, gestorben 1187,** *war Gattin von Raymond III. von Tripolis und als Witwe von Walther de Saint-Omer auch Herzogin von Galiläa. vgl. Quelle Nr.8*

29) **Gottfried von Boillon, 1060-1100,** *war Heerführer des ersten Kreuzzugs zur Wiedererlangung von Jerusalem. Er lehnte den Titel „König" ab, da Jesus ebenda eine Dornenkrone getragen hatte. vgl. Quelle Nr.8*

30) **Renaud de Châtillon, 1125-1187,** *war ein französischer Kreuzritter und Fürst von Antiochia. vgl. Quelle Nr.8*

31) **Balian von Ibelin, 1140-1193,** *war Fürst von Nablus und Ibelin. vgl. Quelle Nr.8*

32) **Rainald von Sidon, 1133-1202,** *war Graf von Sidon. vgl. Quelle Nr.8*

33) **Burchard von Worms, 965-1025,** *war Kirchenrechtler und Bischof von Worms. vgl. Quelle Nr.1*

34) **Arnaud de Levezou, gestorben 1149,** *war Bischof von Beziers. vgl. Quelle Nr.4*

35) **Henri Marie Raymond de Toulouse-Lautrec, 1864-1901,** war ein französischer Maler und Adeliger. Er war ein Vertreter des Post-Impressionismus und litt an Pyknodysostose, einer rezessiven Erbkrankheit.

36) **Phillipp II., 1165-1229,** war König von Frankreich aus der Dynastie der Carpetinger. vgl. Quelle Nr. 3

37) **Hadmar II von Kuenring, 1140-1214,** war ein Ministerialbeamter der Babenberger. vgl. Quelle Nr. 6

38) **Leopold V., 1157-1194, „Der Tugendreiche",** war Herzog von Österreich und der Steiermark und nahm am dritten Kreuzzug und der Belagerung von Akkon teil. vgl. Quelle Nr.6

39) **Papst Coelestin III., 1106-1198,** geboren als Giacinto Bobone, wurde mit 85 Jahren zum Papst gewählt. vgl. Quelle Nr.1

40) **Heinrich der Löwe von Bayern, 1130-1195,** war der Ehemann von Mathilda, der Schwester des englischen Königs Richard Löwenherz. vgl. Quelle Nr.6

41) **Heinrich VI., 1165-1197,** war deutscher Kaiser des Heiligen Römischen Reiches. vgl. Quelle Nr.6

42) **König John Lackland (John ohne Land), 1166-1216,** war ab 1199 englischer König. John Lackland verlor den größten Teil der Normandie und des Angevinischen Reichs an Frankreich. vgl. Quelle Nr.6

43) **Eoin IV.** war der Legende nach, ein schottischer König im 7. Jahrhundert.

44) **Chretien de Troyes, 1140-1190,** gilt als Begründer der höfischen Dichtung und war einer der bedeutendsten Vertreter altfranzösischer Literatur. vgl. Quelle Nr.3

45) **Judah Ben Jakar, 1175-1218,** war ein jüdischer Gelehrter und Lehrer von Nachmanides. vgl. Quelle Nr.9

46) **Hildegard von Bingen, 1098-1179,** war eine Äbtissin der Benediktinerinnen, Ärztin, Dichterin, Komponistin und Universalgelehrte. vgl. Quelle Nr.1

47) **Schlomo Ben Jizchaki, 1040-1105,** genannt Raschi, war einer der berühmtesten jüdischen Gelehrten des Mittelalters. vgl. Quelle Nr.9

48) **Moses Ben Nachmann,** genannt Nachmanides, war einer der renommiertesten Gelehrten des Mittelalters. Er war Arzt, Philosoph und Bibelexeget. vgl. Quelle Nr.9

49) **Esclarmonde de Foix, 1151-1215,** war eine okzitanische Adelige und prominente Angehörige der Katharer. Sie war die Tochter des Grafen Roger I. von Foix und dessen Ehefrau Cecile aus dem Haus Trencavel. vgl. Quelle Nr.7

50) **Alfons VIII, 1155-1214,** war König von Kastilien. Er läutete durch die Vereinigung mit Aragon und Portugal den Beginn der Reconquista, der Rückeroberung Spaniens durch die Christen, ein. vgl. Quelle Nr. 7

51) **Muhammad an-Nasr, 1181-1213,** war der vierte Kalif der Almohaden und wurde von den Christen in Iberien „Miramamulin", von seinem arabischen Titel „Amir al-mu'minin", der Fürst der Gläubigen genannt. Muhammads Mutter war eine christliche Konkubine und vererbte ihm seine blauen Augen und sein rotes Haar. vgl. Quelle Nr.8

52) **Papst Innozenz III., 1161-1216,** gilt als einer der bedeutendsten Päpste des Mittelalters. Er rief 1198 zum vierten Kreuzzug auf und vertrat ein pessimistisches Weltbild auf Basis dessen er die Natur des Menschen ablehnte. Innozenz III. sicherte seine Macht durch Nepotismus ab. Papst Gregor IX., 1167-1241, war sein Neffe. vgl. Quelle Nr.1

53) **Pierre de Castelnau, gestorben 1208,** war ein Zisterziensermönch und päpstlicher Gesandter im Kampf gegen die Albigenser. Er wurde nach seinem Tod als Märtyrer heiliggesprochen. Seine Gebeine, die sich bis 1562 in Saint-Gilles befanden, wurden von den Hugenotten verbrannt. vgl. Quelle Nr.1

54) **Arius von Alexandria, 260-327,** war ein christlicher Presbyter und gefährdete durch seine Auffassung über die Trinität die Konstantinische Wende und Einheit der Kirche. vgl. Quelle Nr.1

55) **Alanus ab Insulis, 1120-1202,** war ein Scholastiker und Zisterziensermönch. vgl. Quelle Nr.1

56) **Augustinus von Hippo, 354-430,** war ein römischer Bischof und Kirchenlehrer. Er gilt als einer der vier lateinischen Kirchenväter, dem in dogmatischen und exegetischen Fragen kanonische

(verbindliche) Geltung zugesprochen wurde. Die Misogynie wurde durch seine Lehren Teil des Rollenverständnisses in der Kirche. vgl. Quelle Nr.1

57) **Arnaud Amaury, gestorben 1225,** *war ein Mönch des Zisterzienserordens, dem er von 1200 bis 1212 als Abt des Klosters Citeaux vorstand. Er wurde als päpstlicher Legat zum geistlichen Führer des Albigenser-Kreuzzugs, den er in der Anfangsphase maßgeblich bestimmte und ihm als Legatus a latere geistig vorstand. vgl. Quelle Nr.1*

58) **Simon de Montford, 1160-1218,** *war der 5. Earl of Leicester und militärischer Führer des Kreuzzugs gegen die Albigenser. Er starb bei der Belagerung von Toulouse im Jahre 1218 durch einen Steinwurf. Über die Jahrhunderte war er das prominenteste Opfer einer Perriere. vgl. Quelle Nr.7*

59) **Leopold VI., 1176-1230,** *war Herzog von Österreich und der Steiermark. Er nahm an zwei Kreuzzügen – unter anderem dem Albigenser-Kreuzzug – teil. Er errichtete eines der ersten gotischen Bauwerke in Österreich, die „Capella speciosa" in Klosterneuburg. vgl. Quelle Nr.7*

60) **Renaud II. de Montpeyroux,** *war von 1208-1211 Bischof von Beziers vgl. Quelle Nr.7*

61) **Gaucelm,** *Bischof von Toulouse vgl. Quelle Nr.7*

62) **Diego de Acebo, gestorben 1207,** *war von 1201-1207 Bischof von Osma in Spanien. vgl. Quelle Nr.7*

63) **Domingo de Guzman, 1170-1222,** *gründete 1215 den „Ordo Praedicatorum", später als Dominikanerorden bekannt, um die Häresie zu bekämpfen. vgl. Quelle Nr.7*

64) **Papst Honorius III., 1148-1227,** *stammte aus dem Haus der Savelli. vgl. Quelle Nr.1*

65) **Bernard Guy, 1261-1331,** *war ein Dominikanermönch und Ankläger der Heiligen Inquisition in hunderten Prozessen. vgl. Quelle Nr.1*

66) **Almarich de Montford, 1195-1241,** *war der Sohn von Simon de Montford und ab dem Jahre 1230 Connétable von Frankreich. vgl. Quelle Nr. 7*

67) **Pierre Perignon, 1638-1715,** *aus dem Orden Dom Perignon war der Erfinder der Methode Champenoise und der Agraffe.*

68) **Pierre Waldes, gestorben 1218,** *war ein Kaufmann aus Lyon und gründete als religiöser Laie und Wanderprediger die Gemeinschaft der Waldenser. vgl. Quelle Nr.7*

69) **François-René de Chateaubriand, 1768-1848,** *war ein französischer Schriftsteller und Politiker.*

70) **François-Marie Arouet, alias Voltaire, 1694-1778,** *war ein französischer Philosoph und Schriftsteller. Er ist einer der meistgelesenen Autoren der Aufklärung.*

71) **Pierre und Guilhèm Autier,** *wurden 1310 und 1312 als letzte Katharer verbrannt. vgl. Quelle Nr. 7*

72) **Bonifazius VIII., 1235-1303,** *war ab 1294 Papst und wurde 1303 beim Anschlag von Anigni zutiefst gedemütigt. Bonifazius war wegen seines Hochmuts berüchtigt. Einen ebenso hochmütigen wie skrupellosen Gegner fand er im französischen König Phillipp IV. vgl. Quelle Nr.1*

73) **Phillipp IV., „der Schöne", 1268-1314,** *war König von Frankreich und löste per Dekret im Jahre 1307 den Templerorden auf. Er zwang das Papsttum zur Übersiedlung nach Avignon (1309-1377). vgl. Quelle Nr.3*

74) **Phillipp de Nougaret, 1260-1313,** *war einer der wichtigsten Berater Phillipp IV. Er war maßgeblich für die Auflösung des Templerordens verantwortlich. vgl. Quelle Nr.3*

75) **Papst Clemens V., 1250-1314,** *löste auf Druck von Phillipp IV. den Templerorden auf. vgl Quelle Nr. 1*

76) **Jacques de Molay, gestorben 1314,** *war der letzte Großmeister des Templerordens, er wurde am Scheiterhaufen verbrannt. vgl. Quelle Nr.5*

77) **Gregor IX, 1167-1241,** *war ein Förderer des Dominikanerordens und kämpfte im Rahmen der Inquisition gegen die Häretiker. vgl. Quelle Nr.7*

78) **Julius Petri, 1852-1921,** *war ein deutscher Mikrobiologe und Erfinder der Petri-Schale, welche zur Züchtung von Bakterien verwendet wird.*

79) **Robert Koch, 1843-1910,** *war ein deutscher Mediziner und Mikrobiologe, der den Erreger der Tuberkulose und der Cholera entdeckte. Er erhielt den Nobelpreis für Physiologie und Medizin.*

80) **Sir Alexander Flemming, 1881-1855,** *war ein britischer Bakteriologe, Nobelpreisträger und Freimaurer. Unter der Nummer 2692 wurde er ab 1942 erster Großschaffender der Loge von England.*

81) **Sir Almroth Edward Wright, 1861-1947,** *war ein britischer Mikrobiologe und Immunologe. Er erfand die Schutzimpfung gegen Typhus abdominalis.*

82) **Sir John Pentland Mahaffy, 1839-1919,** *war der 34. Provost des Trinity College in Dublin und Professor für Papyrologie und altertümliche Schriften.*

83) **Louis Pasteur, 1822-1895,** *war ein französischer Chemiker und Mitbegründer der Mikrobiologie.*

Quellenverweis

1. *Herbers Klaus: Geschichte der Päpste in Mittelalter und Renaissance, Reclams Universal Bibliothek Nr.19275 2014, ISBN 978-3-15-019275-7*
2. *Rainer Johannes Michael, Mattiangeli Daniele, Camplani Camilla: Die wiedergefundenen Bullen von Papst Clemens IV. und die Auflösung des Templerordens, Facultas 2021, ISBN-13: 978-3-7089-2110-5*
3. *Ehlers Joachim, Müller Heribert, Schneidmüller Bernd: Französische Könige des Mittelalters, C.H.Beck 1996, ISBN-13-978-3406404467*
4. *Cheyette Frederic L., Adelige des Languedoc: The ‚Sale‘ of Carcassonne to the Counts of Barcelona (1067–1070) and the Rise of the Trencavels. In: Speculum, 63, 1988, S. 826–864
   Templer und Deutschritter, https://unipub.uni-graz.at/obvugrhs/download/pdf/1958447?originalFilename=true. Download vom 12.2.2024.
   Berg Dieter: Die Anjou Plantagenets. Die englischen Könige im Europa des Mittelalters (1100–1400), Kohlhammer Verlag 2003, ISBN 978-3-17-023251-8*
5. *Von Döllinger Ignaz: Die Katharer-Geschichte und Lehre: Sowie andere gnostisch-manichäische Sekten des Frühmittelalters, Bohmeier Joh. 2009, ISBN-13 978-3890946160*
6. *Möhring Hannes: Saladin, Der Sultan und seine Zeit 1138-1193, C.H.Beck, München 2005, ISBN 2-406-50886-3*
7. *Haeberli Simone: Der Jüdische Gelehrte im Mittelalter: Christliche Imagination zwischen Idealisierung und Dämonisierung, Jan Thorbecke Verlag 2010, ISBN 13 978-3799542838*
8. *Das Tressler Buch, Download vom 13.3.2024 https://doi.org/10.11588/diglit.21837
   Grimoni Lorenz : Freimaurer in Königsberg, die Loge „Zum Todtenkopf und Phönix", veröffentlicht in: Königsberger Bürgerbrief, Ausgabe Nr. 69, Museum Stadt Königsberg, Duisburg, 2007*

Danksagung

An meine Tante Mag. Gerda Kislinger für ihre Ideen und den prüfenden Blick auf das Manuskript.

An Dr. Heike Sommer-Stern für ihre wertvollen Anmerkungen.

An meinen Freund Ebrahim Ebrahim für seine jahrelange Treue. Shukran Habibi.

An meine Freunde Jeffrey Stern und Stacy Schuepbach für ihre Mithilfe bei der Erstellung des Coverlayouts.

An meine Frau für die professionelle Beratung in infektiologischen Fragen.

Der Autor

Christian Berger ist 1968 in Oberösterreich geboren und mit katholischem Hintergrund aufgewachsen. Er besuchte ein Jesuiten-Kollegium
und maturierte im Jahre 1986, bevor er seine
medizinische Laufbahn einschlug. 1992 wurde er
Doktor der Medizin, anschließend Facharzt für
Allgemeinmedizin und Orthopädie im Jahre 2002
und schließlich Dozent für Orthopädie im Jahre
2007. Christian Berger lebt mittlerweile in Klosterneuburg bei Wien, ist verheiratet und Vater zweier
Kinder. In seiner Freizeit geht er sportlichen Aktivitäten nach und hat eine Leidenschaft für Oldtimer,
Geschichte, Kochen und Handwerken. Neben seiner Habilitation zum Privatdozenten ist „La Patera.
Das weiße Fell der Ziege" seine erste Publikation.
Sein oberstes Lebensmotto lautet: Kreativität!

novum VERLAG FÜR NEUAUTOREN

Der Verlag

Wer aufhört besser zu werden, hat aufgehört gut zu sein!

Basierend auf diesem Motto ist es dem novum Verlag ein Anliegen, neue Manuskripte aufzuspüren, zu veröffentlichen und deren Autoren langfristig zu fördern. Mittlerweile gilt der 1997 gegründete und mehrfach prämierte Verlag als Spezialist für Neuautoren in Deutschland, Österreich und der Schweiz.

Für jedes neue Manuskript wird innerhalb weniger Wochen eine kostenfreie, unverbindliche Lektorats-Prüfung erstellt.

Weitere Informationen zum Verlag und seinen Büchern finden Sie im Internet unter:

www.novumverlag.com